古圩往事

陆耀儒 著

中国旅游出版社

责任编辑： 王佳慧　高　辰

责任印制： 冯冬青

封面设计： 中文天地

图书在版编目（CIP）数据

古圩往事 / 陆耀儒著 . –– 北京 : 中国旅游出版社，

2023.9

（行走阡陌）

ISBN 978-7-5032-7199-1

Ⅰ. ①古⋯　Ⅱ. ①陆⋯　Ⅲ. ①散文集 – 中国 – 当代

Ⅳ. ① I267

中国国家版本馆 CIP 数据核字（2023）第 161794 号

书　　名：古圩往事

作　　者：陆耀儒　著

出版发行：中国旅游出版社

　　　　　（北京静安东里 6 号　邮编：100028）

　　　　　http://www.cttp.net.cn　E-mail: cttp@mct.gov.cn

　　　　　营销中心电话：010-57377103，010-57377106

　　　　　读者服务部电话：010-57377107

排　　版：北京中文天地文化艺术有限公司

印　　刷：北京工商事务印刷有限公司

版　　次：2023 年 9 月第 1 版　2023 年 9 月第 1 次印刷

开　　本：720 毫米 × 970 毫米　1/16

印　　张：18

字　　数：236 千

定　　价：59.80 元

ISBN　978-7-5032-7199-1

活色生香，龙腾虎跃
一幅岭南生活长卷

江　冰

　　陆耀儒先生早年毕业于中央戏剧学院，虽大半生供职于京城，心中却始终装着故乡广西。深圳论坛相识，两广话题投机，发来书稿《古圩往事》嘱我作序，深感荣幸。陆先生文采斐然，书稿中更有浓浓乡愁，令同为移民的我感慨万千。

　　曾仔细看过陆先生 2018 年发表的《腾翔古圩全貌图》，此画展现了赶圩大场面，画中共有 380 多人，颇具清明上河图气势。配以文字解释，其图文上佳，均可入地方史册，有利于民族记忆建设。

　　现代化文明摧枯拉朽，任何祖先图景记忆，都有珍贵价值。

　　《古圩往事》全书内容分为五辑。仅从每辑标题上看，就是一种美的享受——

　　第一辑，故乡是古圩：山水文脉源远流长。第二辑，同赶一个圩：千年古村炊烟袅袅。第三辑，岁月留痕：往事并不如烟。第四辑，习俗在民间：融入血液里的文化。第五辑，美食美酒：散发着浓浓的乡愁。

　　拜读书稿后，感触有三：

一、文化基因追溯遥远

作者的文化基因近可追溯到汉族、壮族的交融，远可溯源到江西吉安的庐陵文化，深厚的文化传统隐隐约约地呈现在作者的作品中。

作者自言其家族已在广西续存 27 代，他的先人明朝时从江西吉安一路曲折迁进大山。为何迁到广西，是因为战争抑或饥荒还是家族劫难？陆氏一家如何跋山涉水，如何与当地壮族和谐相处并娶壮族女子为妻，成功融入壮族？

这些都是令我浮想联翩的问题。

南方的大山蕴藏着无数这样的传奇故事，这群平凡又不凡的客家人在迁徙中，悄然书写着生命轨迹：他们当年为何落户于此并融入当地？不由得在心里叩问再三。

我最看重作者对于自身家族、民族身份的追溯。其中，作者对于民族之间的交融认识颇深：

北方的民族大多在轰轰烈烈的战争中实现交融，而南方的民族则是在悄无声息中自然而然地交融在一起，犹如春雨润物细无声。

壮族的历史，一直伴随着汉壮民族之间的交融。汉文史书一般称其为"僮"；在秦以前称其为骆越或西瓯人；在唐朝和五代时称其为俚、僚、乌浒；南宋时自称"布僮"。

中华人民共和国成立后，仍称"僮"。1965 年，由周恩来总理提议将"僮"改为"壮"，从此统称为壮族。

什么样的文化基因隐藏在作者家族几百年而让作者焕发文采？他本人捧读家谱时，会有怎样的情绪波澜？

类似的情感和经历，在我心目中是一个永远的"文化之谜"，值得回溯并记载。同时，也是非虚构与虚构文学艺术创作的上佳资源。

二、一幅岭南生活长卷

腾翔古圩给予作者极其深刻的印象，或者说，古圩就是故乡：出生地、上学地、务农地、工作地，直至 1977 年赴北京上大学。

作者试图呈现 20 世纪六七十年代圩场骑楼的繁盛景象。作者将其童年玩耍、家庭生活、亲戚往来、少年学业等全部融入文中，圩场人事与青山绿水的背景交相辉映。

其中感叹风景不再、文化符号消失殆尽的情感非常突出。但作品的主线不是这些，而是对故乡的热爱，以及对亲人一往情深的眷顾。

一幅生活长卷，几乎涉及古圩生活的方方面面。

比如，《漫话赶圩》一文对古圩有完整介绍：圩场内外的人与事，以及卖蔬菜、卖水果、卖猪崽、卖五金家常用品等，五花八门，各有门道。

作者在《家乡的美食》一文中记述了古圩的点点滴滴、丝丝缕缕，将记忆中的家乡小吃逐一描述。

比如，手工制作米粉，作者记录了相当完备的工序，既充分传达乡愁，又具有历史文献价值；对鱼生、白切鸡、柠檬鸭等小吃的记述，也可当作上好的文字记载。

再如，广西人吃辣，也是风景不一。尤其是辣与酸的结合构成了当地夏天"酸嘢"的灵魂：酸辣融合，甜脆爽口。更有那别具风采的"辣"：微微的辣，酸中带辣，温柔婉转，余韵缭绕。

陆耀儒的作品不但是传统意义上的叙事抒情纪实散文，也可以视作一部颇具人类学意味的人文记录。其中对于物品的描述，相当精彩，极具生活质感。

比如，《风水，天人合一的奥秘》记述了古村对风水宝地的选择，前人堪舆学的判断，作者亲历现场的观察。读来饶有趣味：阴穴阳宅，山川河流，人神共享。

尤其是对圩场商业行为的记录，可以构成岭南生活长卷最有生机的内容，可谓是一部翔实完备地保留由古至今圩场的客观真实的史料。

《有了地名就不会忘了故乡》一文对"腾翔"地名加以追溯，记述了其与古圩形成的关系，可谓正式书写了地名史。

可见，以此评说《古圩往事》具有文献价值，实不为过。

三、文体兼容并蓄　保有自身风格

本书虽为散文集，文体也很有特色，有自传体、回忆录、古镇史、散文、非虚构文学等多种文体气质，可谓兼容并蓄。

作者在国家机关工作多年，是个笔杆子，文字中时有公文痕迹出现；他也是一名优秀的画家，善于用线条与色彩来描述，所以他的作品又常常在不虚饰不矫情的表达中呈现传神之处。

比如，一往情深地写《我的母亲》。这篇文章无一点煽情，全是真挚朴实的细节，甚至母亲离世之前，那些最揪心场景，作者的用笔也仅仅止于泪水长流。

再如，他写故乡的清泉：微风吹来，水面泛起层层涟漪，黑压压的云飘过来，天空马上下起一阵雨，像一条条丝线往下坠，雨点落在水面上，冒起泡儿又消失，接连不断……大一点的鱼跃出水面又落入水中，激起雪白的浪花，形成一圈一圈的涟漪……

恬淡而不激越，情深而不夸张，或许正是作者本人的性格底色与文字风格的一个定位。当然，也有例外。遇到家乡的"土茅台"米酒，《无酒不欢》就写得荡气回肠，热烈激情。

陆先生还是一位颇见功底的国画家，其文字描写融会画家的目光，在散文的文体中，常常又有十分自然的流露。可谓摇曳多姿，精彩纷呈。

或许这里还有古代文人的文脉传承：书画文俱佳，齐头并举，相映生辉，相得益彰。

我们从哪里来？我们到哪里去？没有昨天，哪有今天，更无未来。而漫漫长路中，早有先贤跋涉，披荆斩棘，前赴后继矣。

陆先生的文字也具有这一启示："50后""60后"这一拨中年人，正好是中国现代化进程中承上启下的一代，他们对当代的应有贡献之一是抢救逝去的文化，记录消失的记忆。

"一屋不扫，何以扫天下？"

每一个人扣紧自己故乡家园，用文字补充乃至建构历史，无论你怎么做、做多少，相信文字的生命力，点点滴滴、一笔一画皆有意义，值得去做。

无须仰望纪念碑。我们力所能及的是用文字传之后代，这就是最好的纪念。

总之，《古圩往事》是一部浸透了浓郁乡情并漫延着乡愁的优秀作品。既表达了中国文人的传统情感，也具有当代人观察乡村的视角以及现代意识。

风云流散，薪火相传。

感谢作者陆耀儒用文字和绘画为我们留下了广西山区的一幅生动历史长卷，从而构成一部图文并茂的人类史记录，也是岭南文化的一个华彩篇章。

期待新著早日面世。熠熠生辉，光彩照人。

（作者为广州岭南文化研究会会长、文艺评论家、广东财经大学教授）

2022 年 11 月　广州

目录

故乡是圩

山水文脉源远流长

同赶一个圩

千年古村炊烟袅袅

岁月留痕
往事并不如烟

习俗在民间
融入血液里的文化

美食美酒
散发着浓浓的乡愁

故乡，是根和魂，是出发地，也是诗，是歌，是画。
那里的山水养育了我，滋润了我的灵魂，是我永远的思念
和牵挂。

　　乡愁，是一排排宛若长龙的骑楼，人来人往熙熙攘攘
的圩街圩场，还有那一碗永远也吃不腻的米粉……

故乡是古圩

山水文脉源远流长

古圩人

古圩人是个区域性概念，指的是同赶腾翔圩的腾翔、伊岭、八桥、苏宫、造庆、伏林 6 个村，生活在几十个屯里的人。

从民族构成来说，只有福庆屯（璜塘）是汉族客家人聚居，其他村屯都是壮族人聚居，壮族人口达百分之九十多。有的村庄单一姓氏，有的村庄是几个姓氏，更多的村庄是十几个姓氏。那么，古圩人有多少个姓氏？我没有准确的数据，几十个姓氏吧。生活在这里的人，没有人想过自己是不是古圩人，若问你是哪里人，一般都回答是哪个村的。古圩人是我定义的一个比行政村大的概念，意思是一起生活在这个区域的人，共同呼吸这里的空气，共同赶一个圩，有着千丝万缕的联系，甚至是亲戚，有着共同的文化习俗和价值观。还有一个理由：腾翔圩是由这些村庄共商共建共享的。这个圩把这个区域的人联结在一起，因而双桥镇（乡）通常把 6 个村划为腾翔片。只是古圩人的概念不是行政区划，也比武鸣人、南宁人的概念小一点而已。北方人、南方人也不是行政区划，因此，古圩人的概念是成立的。

武鸣的先民是骆越人，他们是真正的土著人。早在上古时期，骆越人就建立了骆越方国，定都在武鸣，疆域北起广西红水河流域，西起云贵高原东南部，东南至越南的红河流域。武鸣是骆越方国的政治经济文化中心，在一千多年中，骆越人创造了稻作文化、大石铲文化、龙母文化、铜鼓习俗、方块壮字、花山文化、干栏式建筑等，灿烂辉煌，对壮族文化发展和中华文明乃至世界文明都产生了深远影响。

作为武鸣南部的腾翔古圩，当时也应该是骆越人活动的地方。骆越人是壮族的祖先，武鸣人应该是骆越人的后裔。但古圩人至今不知道自己与骆越人有什么联系，或许是岁月太长年代太远，现代人若无家谱传承，寻找始祖都困难，大概或可能的猜测，没有可靠证据，何况远至上古时期，个体家族更无法说清楚了。反而大姓人追根溯源，始祖大多是从外地迁移来的。

比如，腾翔村伏梁屯是单一梁姓，自言其先祖随宋军南征至广西，转战多地，最终在武缘县（今武鸣区）邓柳团那溪村军转民而落根定居，后裔梁兴于明朝辗转迁居古榄屯，后移至伏梁屯。腾翔村岜旺屯刘姓，自言从太平镇葛阳村迁到岜旺，其先祖为刘禄。腾翔圩上，八桥村那河屯、古榄屯、坡重屯等都有陆姓，其来源不一。那河屯陆姓自言是甘圩镇陆姓分支，明代迁到那河屯定居；古榄陆姓自言祖籍在江西，根据始祖陆李寿碑文和家谱记载，于明朝初年为避难从江西吉安府随朝廷"江西填湖广"移民潮迁到武缘县宁武镇定居，后裔又迁到古榄屯。伊岭村潘姓自言祖籍在河北魏县边马乡，始祖潘福瑞于北宋年间迁到伊岭；阮姓祖籍在福建漳州，始祖阮芬元于宋代迁到伊岭；苏姓祖籍在江苏，始祖苏高顺于明初迁入广西，其子苏万憘、苏万权兄弟又于明宪宗年间迁到伊岭；等等。不一而举。

按《武鸣县志》记载福庆屯的横塘人是于清康熙年间（1662—1722年）从宣化（今广西邕宁）组织移民来当糖蔗农的汉族，其他古圩人没有人否认自己是壮族。人是壮族，地是壮乡，讲的是壮语，习俗文化是壮族传统。究其原因，必然是外来户融入了本地。翻开中国历史，民族之间的融合贯穿古今，只是如何融入，南北有所不同，北方大多通过轰轰烈烈的战争后兼并融合，而南方则是在悄无声息之中自然而然融合，犹如春雨润物细无声。中国人口分布北重南轻，广西地广人稀，武鸣自然条件优越，是外地人喜欢迁入的地方。

秦统一岭南时，进入今广西境内的秦军开凿灵渠、筑城堡，并调壮族先民5000名妇女"以为士卒衣补"，开启了汉族与壮族先民的融合。汉代至东晋南北朝时期，北方战乱，南方安定，因而又有许多汉人陆续迁入广西，加速了汉壮民族融合。明清以前迁到武鸣腾翔古圩一带的外地人，大多是个体独自迁入，初来乍到，面对的是壮族土著人的强势文化，外地人要生存必然接受当地文化，讲壮语以便交流，遵循壮族习俗，并且与土著通婚，慢慢融入其中。

壮族称谓，秦以前为骆越西瓯人，唐五代时期为俚、僚、乌浒（乌武），南宋时自称"布僮"（"布"在壮语中是人的意思，"僮"读音为壮），汉文史书称"僮""撞"。中华人民共和国成立后仍称"僮"。从旧社会走过来的各族人民，翻身解放做主人，国家制定了民族政策，实行民族区域自治，但历史遗留的各民族自称他称很多很乱，各地民族杂居融合，族体成分复杂，就族名来说全国有200多个。为此，开展了大规模的民族成分和民族名称识别确认。经识别确认全国共56个民族，族体成分也逐一进行了识别。1965年由周恩来总理提议将"僮"改为壮，从此统一称为壮族。在族体成分识别中，腾翔古圩人的语言、地域、经济生活和心理素质等完全符合壮族特征，认定为壮族。

或许当时的古圩人，特别是作为外地迁入者的后裔，也没多想，既然国家识别认定是壮族就壮族呗。古圩人不较劲、不较真，顺其自然，以大局为重，服从国家是本分。壮族身份并不影响自己续写家谱，追根溯源，敬奉始祖。学习工作办事填个表，籍贯广西武鸣，具体点双桥镇哪个村的即可，不会有人要求你填祖籍哪里。反而享受到了利好的民族政策，比如孩子中考高考还能加分等。汉族是大民族，有老大哥的气度。少数民族，也有少数的好处。从另一个角度看，外地人迁到本地繁衍生息，无疑为壮族的发展壮大和文化的传承繁荣做出了贡献。

古圩人身居武鸣盆地，有山有水，有良田沃野，大多数人家住着小楼房，生活安逸。离县城和南宁市区都很近，交通方便，如今许多人家都有汽车，吃完饭再去县城或南宁市区逛逛街，来回也就几十分钟。因此，并不十分羡慕县城和南宁市区的人。特别是住在腾翔圩上的，开个铺面摆个摊，做点生意，生活滋润，休闲自在，你让他（她）去县城或南宁市区住可能还不习惯呢。我就听到在烧烤摊上吃串的小姑娘小媳妇聊天说：县城哪有我们这里好，叫我去住，我才不去呢。南宁我也不喜欢，买个菜买点肉都不方便，我才不愿意住在那里。当然，有的人在县城或南宁市工作，住在城里，但周末就往老家跑。还有人在县城工作，下班就回家。

但是，古圩人对北京、上海这样的大城市还是很向往的。北京是首都，政治经济文化中心，有最好的教育资源；上海城市繁华经济繁荣。不管去没去过北京、上海，至少从电视里看到的和听别人讲的足以让你向往。孩子高考，父母都希望能考到北京和上海的大学。聪明睿智的古圩人，历来重教笃学，"耕读传家久，诗书继世长"的思想深入人心，旧时就有乡贤办私塾，办书院，明清科举考试，许多人考取了功名。如今教育普及，古圩人读书更勤奋，不少人考上国内重点大学，有的远赴国外求学，学成后都在各领域发挥作用，做出贡献。当公务员的也不少，中央国家机关和地方机关都有。因而古圩民间社会普遍敬重读书人、有文化的人。

古圩人既勇敢顽强，又谨慎胆小。若论打仗，远的不说，近现代史上，从辛亥革命到抗日战争、解放战争，桂系军彪悍勇猛、能征善战是出了名的，其官兵中就有腾翔古圩人。抗日战争在广西境内打的昆仑关战役也少不了古圩人；高峰隘阻击日军的战斗中有古圩人做向导，战斗结束后，有的抗日英雄暴尸荒野，古圩人自发组织村民去收拾遗骸并安葬。解放战争、抗美援朝战争、对越自卫反击战，都有古圩人参战。但在经商做生意方面就比较慎重，胆子不大，不像邻省广东人敢闯敢干。虽然古圩人有圩场经济的传统，做小生意小买卖得心应手，改革开放后，也有不少人发家致富，但仍囿于圩场经济，做生意大多在本地转悠，走不出广西，更谈不上走出国门像温州人一样满世界做生意。

　　古圩人性格豪爽耿直，不卑不亢，淳朴善良，老实厚道，包容大方，热情好客，具有古骆越遗风。特点是暖，来了客人，特别是外乡人到这里，都感觉宾至如归。待客非常热情，无论谁来，都杀鸡宰鸭，猪肉鱼生……拿出家里最好的东西给尊贵的客人吃，生怕客人吃不好。路上遇见朋友，会热情地邀请到家里喝酒，大有"座上客恒满，樽中饮不空"的豪情。待客真诚，不势利眼，不像大城市人，如果对他没什么价值，都不爱搭理你。古圩人老实厚道，不管做什么，都很低调，不张扬，不伸手，不要求别人给予什么。在道德意义上，老实是美德，但太老实，也容易吃亏，容易被忽略。

　　古圩是个没有太大压力的地方，休闲自在。这里的人没有太强的竞争意识，天生不着急，从容淡定，"天崩当瓜棚（塌）——大事小看"，赶圩的赶圩，喝酒的喝酒，榕树下乘凉聊天。做事不急不躁，想做就做，不想做就闲着，显得很洒脱。一旦做起事来，又很认真，一丝不苟，非常出色。开店铺，摆摊做买卖，你做你的，我做我的，互不影响，无须竞争。大多数人认为，该来的总会来，不该是你的争也没用。这种文化心理的形成，与地域环境有很大关系。古圩背靠桂中南最高的大明山，面向南宁但前面却横亘着高峰岭，左有天井岭，右是喀斯特地貌的石山群，地处一个群山中的丘陵盆地，稳定性大于开放性，与外面的文化交流相对少一些，保存本来的面貌就多一些。

　　古圩人热心公益，当初筹建腾翔圩时，就是岜旺屯、福梁屯村民捐地，大家捐款捐物建成的。村里事事关大家，公益共筹，只要村老或有识之士振臂一呼，众人响应，有钱出钱，无钱出力。如重建戏台、圩场、圩街村道硬化、修建学校、搞个文化广场等，都有村民捐款捐物。古圩人做生意发家致富，虽然还不算大款，但都想回报社会，回报家乡。比如，每年重阳节捐款给村里60岁以上老人办敬老宴，给每个老人送一份实用的礼物。1998年长江抗洪救灾、"5·12"汶川地震等，古圩人都慷慨解囊捐出一份爱心。古圩人有一颗悲悯之心，做公益做善事，从不图回报，信奉"爱人者，人恒爱之；敬人者，人恒敬之"。豁达的胸襟，淳朴得令人感动。

一方水土养一方人。古圩人低调务实，有着赤忱的家国情怀，奉献精神、爱国精神、追求真理的精神代代传承。其文化性格特征，像连绵起伏的高峰岭和天井岭一样，表面沉静安然，但内在具有奔腾的张力和宏大的豪情；更像伊岭岩一带的喀斯特地貌石山一样，挺拔坚韧，精巧灵秀。

故乡的老屋

　　每个人都有自己的故乡，我的故乡是广西南宁市武鸣区腾翔村，那里有一个古圩。每个远离故乡的游子都会思念和眷恋自己的家乡，我也是。如今还能时常回家乡看看，那里的老屋古建、山山水水、花草树木、赶圩场景、文化活动等，甚至儿时的欢声笑语，更是会不时萦绕于记忆之中。

　　赶圩是壮族地区自古就有的集市交易方式。据光绪二十四年（1898年）的《广西舆地全图》武缘县（武鸣区）南部区位所标示，腾翔圩旧名叫"米花圩"。1915年，由狮山和伏梁村民捐地，腾翔片区村民捐款、捐物并设计、出工建设现在的圩场。同时，圩场两旁两头、邕武路边共七排骑楼及学校、戏台、驿站凉亭等陆续建设，形成了街圩，并更名为腾翔圩。腾翔、伊岭、八桥、苏宫、造庆、伏林六村几十个行政区划为屯的自然村落的村民赶此圩。这里自古便是交通要道，广西第一条公路邕武公路经此而过，桂西地区往返南宁必经腾翔。1963年郭沫若先生从南宁来武鸣到过腾翔，并写了武鸣纪游诗："群峰拔地起，仿佛桂林城。大块挥神笔，平畴展画屏。烟环天地绿，雾绕雨中青。借问此何处? 腾翔属武鸣。"这方水土人杰地灵，有着连绵起伏的高峰天井岭，拔地而起的石山奇峰、旅游名胜伊岭岩，以及古老的骑楼建筑。六村悠久的历史孕育出独特的传统文化，民风淳朴，形成鲜明的人文精神。因此，古圩自建圩以来便成为政治宣传、经贸交易、文化活动的中心，历经百多载一直繁荣昌盛，不断发展变化。

我家就在腾翔圩场东排骑楼，从北头数到第6间便是。但最早的老屋是第11间。我家及家族是迁移来的。家谱记载，我们家族于明初年间从江西吉安府迁到广西武鸣西至村（雄孟村），先祖娶了壮族妻子，后代慢慢融入了壮族，成为壮族的一员。不断繁衍壮大后陆续迁移至濑琶、局茅、板杜、五海、宁武、古榄、腾翔等地。我家祖上先从濑琶村迁到古榄，在那里建了家族的老屋并繁衍了好几代。到我爷爷这一代正好腾翔重建圩场，于是我爷爷和几个兄弟便从古榄迁到腾翔置地建屋。当时我爷爷建的是圩场东排第11间。我大伯、父亲和叔叔三兄弟都在部队服役。中华人民共和国成立后，我父亲随解放军第四野战军回来解放广西，但正好赶上奶奶病逝，解放广西后就没有随部队去解放海南岛，而留在家乡参加剿匪，然后一直在武鸣甘圩、腾翔食品站工作。叔叔从部队复员回乡，结婚生子，家里人多了住在一起就挤了。因此，父亲便在这一排骑楼购买了一间屋子，爷爷建的老屋留给叔叔住。

腾翔圩的骑楼多为砖木二层瓦顶结构，只有东排中段有2间是三层楼。所有骑楼底层沿街挑出，长廊跨越人行道，方形柱子，直廊拱檐，遮阳避雨，下铺上宅，或一层前半部分为铺面后半部分为住宅，商住兼容。其最大特色在于临街的骑楼部分既是道路向两侧扩展，又是铺面向外部延伸，人们行走在骑楼下，既可遮风挡雨，又可躲避烈日，适应当时人们以步行为主、气候多变的环境条件，体现了南方传统民居的特色。房子宽度为4.2米，纵深30米，中间有天井间隔，然后是一排一层的砖瓦厨房，余下空地或盖猪舍或种菜。临街圩的房子高度为二层或三层的，一般都是砖墙，木板楼层，临街圩二层是木窗，木质楼梯，也有四方砖柱木板墙结构的。为了节约建房资金和用地，两座骑楼共用一堵墙，如此一座接一座，形成一排几十座的骑楼建筑，外面就是圩场及街道。

　　骑楼是近代典型的商业建筑。它是西方古代建筑与中国南方传统文化相结合演变而成的建筑形式，主要分布在广西、广东、海南，不仅适应岭南亚热带气候，而且有突出的商业实用性。腾翔骑楼出现于中华民国初年，应该是岭南早期出现的骑楼。骑楼这一创新建筑，曾引起建筑界的极大兴趣。有人考证，骑楼引进了地中海国家的"券廊"建筑特色，因为那里也是高温多雨，蒸晒酷热，那里的建筑都有宽阔的廊道。但也有人认为这是早期的干栏式建筑的发展和改进。我虽然不是建筑专家，但我认为，腾翔骑楼应该是在传统干栏式建筑上吸收了外来的建筑理念而创新的成果。而且，腾翔骑楼有自己的特点，比如，广州骑楼和南宁的骑楼都是直廊直檐，而腾翔骑楼是直廊拱檐，像一个大拱门，拱门上面二楼窗户墙是一个内凹的长方形，外框与方柱有两个层次线条，显得更加精致优美。我们的先人好就好在讲究实际，善于在传统的基础上吸收外来的东西，创造出这种特色的骑楼，成为商业街圩的特有建筑，在20世纪的建筑史上留下了浓墨重彩的一页。

　　小时候我就喜欢住在老屋的楼上。因为楼上地面是木板，冬天睡床上，夏天就在地板上铺席而卧，更凉快些。从窗户往下看，便是街圩。记得每当清晨从睡梦中醒来，听到楼下传来"沙、沙、沙……"的声音，就知道是扫圩人在扫圩了。扫圩人姓刘，家就在三层骑楼的隔壁，是个中年男子，脸上有麻子，皮肤晒得黝黑，但两眼炯炯有神，个子不高，体魄强壮，手中扬起一把竹梢扎成的长扫帚是那么有力，"沙、沙、沙"的扫地声很有节奏，就像跳动的音符，在迷蒙的半醒中听起来犹如一首迷人的乐曲。扫圩人性格豪爽热情，是个话痨子，特别喜欢给孩子们讲古圩人的故事，我在场时他就讲我祖爷在隆山当县长、我伯父在军队当团长带兵抗日的故事。有时他也开开玩笑，逗得大家乐呵呵，因此我们小孩都非常喜欢他。现在回想起来，扫圩人做的是一件普通平凡的事，但的确是平凡中见伟大。他把扫圩视为神圣的职责，兢兢业业，一丝不苟，用手中一把帚扫给古圩人提供了一个洁净的环境，并形成传统，一代一代地传承。我不知道到现在已经有多少代扫圩人了，但我知道，薪火会继续传承下去。

不同的是，20世纪80年代后，随着经济社会的发展，古圩人把旧屋翻建成二三层的现代化楼房了。我弟弟也把临街圩的老屋翻建成五层新楼，后院靠邕武路的老屋为三层新楼。腾翔圩上大部分骑楼已翻建成新骑楼，走廊变了样，有檐无柱，可能考虑便于做生意吧。但西北头伏梁那边有一排新楼保留了直廊横檐圆柱的传统形式，现代建筑与传统建筑结合得很好。近来我回腾翔，只见余下几间旧骑楼老屋了，看着旧屋斑驳的墙面露出里面的红砖，显得鲜红鲜红的，不知为何，一种惆怅的遗憾突然冒了出来，也不知是悲还是喜，或是对岁月的无奈，还是对未来的憧憬？

从小到大，每当清明节扫墓，我都要回古榄的老屋。因为，我的先祖们都葬在天井岭上，岭下便是古榄村（屯）。记得先祖在古榄建的老屋都是青砖红瓦木梁结构的四合院，有天井，地上也铺了青砖。那个时候村里的房子也有红砖红瓦木梁结构的，还有土坯砌成的瓦房，大多为四合院式。虽然我爷爷和几个兄弟迁到腾翔圩了，但家族人仍然住在古榄的老屋。因此，上天井岭扫墓祭祖后，便回到岭下古榄老屋聚餐。

还有，我四五岁时，逢年过节就跟着母亲走路去伊岭村外公外婆家。每当走到伊岭村口的甲泉时，我就在甲泉边玩。甲泉是伊岭村民的饮用水源。清光绪年间，村民为保持饮水洁净，以石板砌池盖泉，放置磨槽引水，供人吸取。泉水清澈，夏凉冬暖，不溢不涸，流泻百年，滋润千家。1990年年初，在甲泉边建一凉亭，名为"雅亭"，磨盘上镌名"甲泉"。我在甲泉边玩够了才去外公外婆家。走到村口顺着一条斜坡的长胡同走上去，地面是青石板，走到胡同中段就到了外公外婆家。老屋是青砖瓦房，外公家中几个兄弟同住一个四合院，外公外婆住在靠上坡一面的几间房子。大大的天井两边留有走廊，然后才是房间，我从天井上两三个台阶才走到外公外婆房间前面的走廊，走廊边上是雕饰过的长石条，方形天井地面铺了砖块。外婆生了三女一男，我妈是第三个女儿。外公苏兰官会弹扬琴，经常弹奏广东音乐，还会行医看病，村里人有点小病也常找他看。家里人多,过节很热闹,老屋的大天井也很好玩,因此我很喜欢去外婆家。

腾翔片区各村庄都有各式各样砖瓦木梁结构的老屋。这些老屋承载着一代又一代人的生活,见证了他(她)们的成长及喜怒哀乐,岁月留下了斑驳的墙壁,犹如一本厚重的旧史书。但随着时代和经济社会的发展,如今已逐渐被现代化的小楼代替,因为是在老屋的宅基地上重建的,因而老屋也就越来越少,慢慢消失了,只给人们留下深刻的记忆和淡淡的乡愁。

如今,小楼越盖越漂亮,生活设施齐全,地面水泥硬化,公共设施齐全,农村人也过上了城市一样的生活。但我仍然怀念那些老屋,因为那是历史、是文化。

流变的墰常

　　水是生命之源。万物生长离不开水。有人的地方必须要有水，因为人类是逐水而居的。自古至今人类生存与发展一直遵循着这个自然规律。

　　我的家乡腾翔圩，虽然没有大江大河，但地下水资源丰富。圩场东边就有一清泉，并因泉水长年涌流而形成一个叫墰常的大水塘。"墰"是壮语音译，意为水塘，"常"是名，合起来就是这个水塘的名称。后来，人们在水塘的东北面筑起了一条大坝，并把清泉四周用石块砌高，形成一个泉井，以防墰常水位上涨后漫入泉水中，因为泉水是圩上人的饮用水。

　　这条大坝是用土筑成的，长二三百米。坝中部靠水的地方用坚硬的石块砌成长二十多米的台阶，一阶一阶往下，直至水塘底，既是护坡，又方便人们在台阶上洗菜、洗衣等。坝的两头和中部都留有涵洞排水，平时堵起来蓄水，灌溉坝下农田时就通过涵洞让水流出去。如果下大雨水位上涨太高，三个涵洞就成为泄洪道。虽然只是一个水塘坝，但古圩人设计还是很讲究、很科学的。

　　有了这条大坝，墰常水面宽阔了，水量多了，成为坝下一大片良田的重要灌溉水源。干旱时，为了保证有水灌溉坝下的良田，古圩人又从高峰水库挖了一条水渠通到墰常，需要时，从高峰水库调剂水给墰常。

　　墰常在古圩人的生活、生产中占有非常重要的位置。那个时候，人们要用木桶从泉井挑饮用水回家，倒入大水缸里储存起来。但人们不说去泉井挑水，而是习惯说"去墰常挑水"。如果问今天去哪里干活？人们可能会说"去墰常下面"，意思是去墰常坝下面的农田里干活。

　　传说腾翔以前并不叫腾翔，这里只有水塘叫墰常，人们赶的是"米花圩"。后来，有一位农妇因一起纠纷到县府告状。县官是北方人，听不懂壮语，但又必须审理案件。农妇则不会说汉语，用壮语诉说案情。县官听不懂只能靠身边人翻译，因此听得很不耐烦，就想早早了结案件。因此，当农妇诉说完案情后，就赶快问她是哪里人，家住在什么地方？农妇随口就说："在墰常。"县官把墰常听成谐音"腾翔"，因而在写定案文书时把农妇家住的地方写成"腾翔"。有县府文书为据，从此腾翔圩这个名称便在公文和人们生活中流行，也就成为正式的名称了。

　　事实上，在清同治五年（1866年）修纂的《广西全省地舆图说》中已标有潭翔村。建圩后更名为腾翔圩，潭翔村也变更为腾翔村。腾翔之名起得非常好，寓意着古圩腾飞翱翔、前程无限。实际上，因有邕武路经过腾翔，交通便利，腾翔重建圩场后，越来越繁荣，后来成为腾翔片六村几十个屯的经贸交易、政治宣传和文化活动的中心。"墰常"与地图中的"潭翔村"，都是一个地方，水塘"墰常"和"潭翔"是壮语音译，官方译为"潭翔"，民间则译为"墰常"，用字不同而已。

　　我们小时候最喜欢去墰常大坝玩，钓鱼、游泳等。长大了就帮家里去墰常挑水，或去墰常南边的自留地里浇菜、摘菜、洗菜等。

　　有时候，我喜欢坐在水坝的石阶上静静地看着墰常。台阶的一块块石头，因常年被水浸润和浪花冲刷而光滑细腻。特别是与水面平行的石头，湿漉漉的，显得油亮油亮。天气晴朗时，看着墰常宽阔、清澈的水面，像一块明净的镜面，映出蓝天白云。微风吹来，水面泛起层层涟漪。南方有时候天气变化很快，一块黑压压的云飘过来，天空马上下一阵雨，像一条条丝线往下坠。滴滴嗒嗒的雨点落在水面上，冒起泡儿，鼓起又消失，接连不断。看着看着，让人遐思万千。雨过天晴，风平浪静，小鱼在水中游来游去，有人靠近，就一闪消失在水底。大一点的鱼，有时也会跃出水面，然后落入水中，激起雪白的水珠，形成一圈一圈的涟漪。别看墰常的水静静地涵蕴在那里，一旦涵洞放水灌溉农田，深藏久蕴的威力马上迸发出来，奔涌向前，发出"哗哗哗"的流水声，欢快地冲向目的地。

夏天，墰常最热闹。美丽的蜻蜓在空中、水边飞来飞去，有红的、黄的、黑黄的、黑白的各种颜色，大头大眼，薄羽长翅，身躯细长、苗条、柔美、轻盈。有的飞到水面，尾巴点一下水又飞走了。后来才知道，蜻蜓点水是用尾巴点水产卵的。有的蜻蜓悄悄地停留在水草的上面，可能是休息一下，也可能是在静候虫子的出现而饱餐一顿吧。我们小时候好奇爱玩，也会悄悄地伸手去捉停在水草上的蜻蜓。一不小心它就飞了起来，即使把它捉在了手里，看到它不停地扇动着翅膀、挣扎着，心一软，就松手放开了它。如果看到一大群蜻蜓飞得很低，就像贴着地面飞一样，很可能就要下大雨了。

闷热的天气，小孩、大人都喜欢到墰常游泳。我们小时候，白天喜欢在水里游泳戏水，互相撩水玩，双手在水面拍打得"卟咚卟咚"响，或者合掌在水面平击，把水打出远远的，打到玩水的伙伴脸上。技术好一点的，从岸边来个跳起猛扎进水里，但要确认这个地方水够深，否则会扎到水底地上或石头上。游泳、玩水，真的乐趣无穷。逐渐长大后，每天晚上吃完晚饭就到墰常游泳、洗澡。小时候的经历，让我工作后一直喜欢游泳，甚至出国访问或学习，有时间和条件就到泳池或海边游泳。

墰常的石阶上总是人多多的，有洗菜的、洗衣服的、游泳的等。从田里劳作收工的人在回家前，也到这里洗洗工具、洗洗手脚。路过这里看到熟人的时候也会停下来聊上几句。还好，墰常的水因为灌溉农田，保持在流动之中，南面的水渠也经常有水流进墰常，特别是下雨或有补水，因此水总是清清的。

站在长长的坝上，北面连绵起伏的天井岭尽收眼里。长短不一的田埂，把平坦的大地分割成许许多多大小不一的方格，一格一田。这是腾翔圩八、九、十队的主要农田。每年清明节后，墰常水通过涵洞顺着水渠流进田里。晚上，阵阵蛙声此起彼伏，唤醒了大地，迎来了春天。人们开始忙碌起来，耕田、耙田、育苗、插秧等。大地披上了绿装，慢慢地把田埂掩藏进高高的禾苗中。一群群鸭子钻进禾苗下，一会儿不见踪影，只听到"哗啦哗啦"的游水找食声。三四个月后，这些禾苗变成了金黄色的稻穗。六七月份就收割早稻了，也就进入了抢收抢种的季节。忙完"双抢"，一眨眼就到十月、十一月，又能收割晚稻了。

丰收的喜悦一直延续到年底，墰常的鱼也肥大了。记得好像每年都打一次鱼，那可是最热闹、最好玩的日子。因为这时已不用灌溉农田了，打鱼前要先放一部分水。然后，由青壮年男子组成打鱼队，用各种工具捕鱼。有一种叫"坠网"，网像个长长的漏斗，底部绑了许多小长铅块作为坠物，撒网人一手抓住上面绳子，一手托住下网底部，抛出老远，形成一个大圆圈坠入水中沉下去，然后慢慢拉上来，就网住了不少大鱼小鱼。还有一种叫"竹竿四方网"，是用一根粗长竹竿伸出去，再将两根细长竹竿中间交叉处绑在前端，弯曲下来成弧形，一张四方网的四个角绑在四个竹竿头，做成一个长竿四方网，沉到水底后等待鱼游过来，再把绑在粗长竹竿前端的网绳拉起来，就能网到各种大鱼小鱼。再有就是平常家里扣住小鸡的一种藤筐，是一种上面有小圆圈口、下部大圆圈开口的藤筐，拿来抓鱼也能大显身手。一般在水较浅处，将藤筐扎进水里，如果里面有鱼，就会感觉到鱼在里面撞筐壁，这时从上面小圆圈伸手进去抓即可。捕鱼的人多了，惊慌失措的大鱼不断跃出水面，或从拉起的网挣脱逃走。还有的抓到鱼了，但鱼一挣扎掉进了水里。不管是谁抓到大鱼，或大鱼又挣脱了，岸上人群中都会发出欢呼，热闹非凡。捕到的鱼装在岸边的筐里，然后分发到各队各户。

改革开放后，腾翔人从以种粮为主，变为在保证基本粮食生产的前提下，开展多种经营和经商办企业。经济快速发展，人们也逐渐把三四层小楼建到了潭常岸边。近几年,清除了潭常的淤泥并将其挖深,大坝变成钢筋水泥,周围用水泥护坡,底部做了防渗处理。因为有了自来水,泉井周围石头也被挖走了,真正地与潭常融为一体。还好,石块砌成长方形的泉井底部完好无损,后来人们又在泉井四周用水泥砖头砌墙保护起来。南岸的自留地,引进了一家公司建了农家乐,并建了水中廊亭和娱乐设施,供人们游玩和品尝柠檬鸭等各种地道的美食。潭常岸边进行了绿化,绿树成荫,变成了公园和旅游景点,吸引了南宁和县城等地的游客来游玩。

腾翔村委新办公楼就建在潭常的南面,邕武路边。2019 年年初,我回腾翔过春节,就在这个新办公楼参加了腾翔、伊岭、八桥、苏宫、造庆、伏林六村村委领导人会议,研究编纂《腾翔古圩》史书。会后到潭常边农家乐吃的饭,并顺便参观了院里的设施和经过绿化的环境。后来,有空也几次到潭常边、堤坝上走一走,已经找不到昔日的模样和感觉了。虽然看着潭常宽阔的水面依然波光粼粼,但倒映的是树木、廊桥亭子、连片的小楼,偶尔看到两只蝴蝶、几只小飞虫,给人一种崭新的感受。新时代,古圩在飞速发展,潭常也变化了。

每年端午节,腾翔村委组织举办"五月五民俗文化节"。民俗表演在圩街和戏台,赛龙舟在潭常。各村屯由身强力壮的年轻人组成龙舟队参赛。当裁判员一声令下,参赛龙舟队立即出发,争先恐后,整齐的划桨一起一落,细长的小龙舟像离弦之箭冲向前方,舟前后高昂的龙头和龙尾随波上下摆动,溅起许多小浪花。岸边各村屯"啦啦队"和观众使劲高喊"加油、加油",为自己的龙舟队助威,欢乐的声音和着微风碧波在潭常荡漾。

潭常因水而生,也因水而变。流进流出的水,发挥了巨大的能量和作用。一滴水微不足道,但千万滴水汇聚成宽阔的潭常,滋养了万物,成就了古圩,造福了一方。

漫话赶圩

赶圩是一种古老的民间市场贸易活动，出售的商品大多是鸡鸭鱼肉、蔬菜水果、衣帽穿戴、生活用具、生产工具等农家产品和用品。

广西南宁市武鸣区（县）赶圩日约定俗成，习惯以农历地支日期为圩日，附近几个圩场日期相互交叉错开。我老家腾翔圩与双桥圩、甘圩三个圩场排序定圩日，3日一圩。腾翔圩每逢农历"寅、巳、申、亥"为圩期。1970年3月至1979年，根据县里的统一安排，曾改为5日一圩、7日一圩、10日一圩。从1979年底后恢复传统的3日一圩。错开圩日，是为了方便周围需要物资交流的村民赶圩。腾翔、伊岭、八桥、苏宫、造庆、伏林村几十个屯的村民主要赶腾翔圩。

过去，这里人赶"米花圩"，规模比较小。后来新建了现在的圩场和圩街骑楼并改为腾翔圩，从此才逐渐成为大圩。圩上的砖瓦木梁结构的两层骑楼，直廊拱檐，上宅下铺，或后宅前铺，都是为了赶圩做生意而设计的。特别是圩场的东西两排骑楼，实际上就是圩场的组成部分，不仅是商铺，也是赶圩人的落脚之处，可以来买东西，也可以在亲戚、朋友、熟人家里存放点东西，回家时再拿走，或歇脚喝点水。但在人民公社那个时期不允许私人开商铺，只有国营商店。商店就在圩场南头，后来又搬到圩场北边的西坡粮库旁。改革开放后，政策放开，古圩人又可以开商铺做生意了。随着经济的发展，砖瓦骑楼也改建为三至五层的钢筋水泥加砖砌的现代楼房，虽然走廊有了变化，但依然保持上宅下铺的传统结构。而且，现在几乎圩上几排楼的一层铺面都开了食品店、家具店、服装鞋帽店、饲料化肥店、电器店等各种各样的商店和超市，还有药店、粉店、农机汽车修理店、网吧、发廊等，应有尽有，跟城里差不多。不管是圩日还是平时，这些商铺都开门营业。

20世纪六七十年代，腾翔圩仍然是两排砖柱木梁瓦顶的旧圩场，地面铺砖，两排圩场连接处留有一块空地，圩街是泥土地面。污水从东排骑楼的地下涵洞经排水沟流到邕武路的涵洞再排走。圩场斑驳的砖柱，老旧的木梁桁架檐子，灰黑色的瓦片，留下了岁月的痕迹。麻雀在屋檐下筑巢，偶尔有几只从外面飞回来停留在屋顶上，有的直接飞进屋檐下，可能它们也适应了赶圩的热闹，因而一点也不怕人。

到了90年代，拆了旧圩场，改建为钢筋水泥平顶的现代圩场，两排圩场在过去南头北头空地上加长了。地面和圩街也进行了水泥硬化处理。圩场两旁还用钢梁塑料板搭建了棚子，扩大了圩场。圩场北头搭建大棚成为"马达"超市。实际上，过去和现在，赶圩日当天，圩场内主要摆卖肉类、蔬菜水果等，圩场外四周的街上、空地上都摆卖各种各样的东西。只要你找个空地又不影响人走路，北头靠近公路的圩街不影响车行，就可以摆个摊卖东西。没有严格规定，都是约定俗成。因此，赶圩日，圩场、圩街到处都是摆摊卖东西的，人来人往，熙熙攘攘，人头攒动，有叫卖的，有谈价的，有溜达选东西的，还有看热闹的等。

赶圩已烙进人们的日常生活中，哪天是圩日，无须发布公告，无须任何通知，甚至不需要别人提醒，到了那天只要有需要自然都会来赶圩。哪怕不卖也不买，有空也会来赶圩，看看今天的圩旺不旺，见见老友喝两杯酒、聊聊天，或吃碗米粉。赶圩已成为人们生活中的一种习惯、一种生活方式和重要的生活内容。

圩日的清晨，天还没亮，宰猪烫猪就已经开始了。20世纪六七十年代，生猪还是统购统销，主要是腾翔食品站提供猪肉销售。改革开放后，取消了统购统销，食品站也慢慢退出了市场。但食品站依然是生猪屠宰场，以便集中管理和检疫。因此，总是食品站屠宰生猪传出的猪叫声打破清晨的寂静，圩日开始了。当然，即使在统购统销时期，有的村民一年养几头猪，完成了统购任务后，也可以把余下的猪宰了拿到圩场上卖肉。天一亮，防疫人员就来检查烫好的猪，并在猪皮上盖个蓝色的印章，表示检疫安全。村民自己宰的猪也要经过检疫盖章，才能摆摊卖。猪肉摊在圩场的南头，摆了几个大长木板案桌，那时肉摊并不多。也有一段时间肉摊搬到圩场北排顶头。猪肉是古圩人的主要肉食，人们来赶圩大多会买上一块猪肉，哪怕半斤一斤的。腾翔古圩六村的人几乎家家养猪，一到圩日，卖猪肉、买猪肉是必不可少的。

圩上人做好早餐，打开骑楼大门。早起的老人，有的已经拿着板凳坐在了门口，悠闲自在地看着赶圩的人。附近各村屯赶圩的人陆陆续续来到圩场，大多是步行来的，挑着自己种的蔬菜、水果、粮食，自己养的鸡鸭鱼等。小商贩则主要用单车或板车拉着小商品和农具用品等东西来卖，他们一般赶完腾翔圩，后两天再赶双桥圩、甘圩。现在，好多人都是骑着摩托车或电动车来赶圩，很方便。小商饭也骑着三轮车或开着小面包车，装的商品多。

蔬菜摊在南排圩场紧接猪肉摊。村民挑一担新鲜、洁净的蔬菜来，就在这里摆摊卖。有的老阿婆（壮语叫哶姥）闲着没事，看看地里有什么吃不完的菜，扯上一把，也拿来摆个摊卖。不同的季节有不同的蔬菜。如白菜、小葱、大蒜、生姜、香菜、西红柿、辣椒、黄瓜、萝卜、甘蓝、冬瓜、豆角、芹菜、茄子、菠菜、菜花、蒜苗、蒜薹、红薯、芋头、南瓜、莴苣、生菜、小白菜、油麦菜、苦瓜、茼蒿、丝瓜、芥菜、芦笋、莲藕等。我和家人回腾翔，最爱吃油菜花、芥菜花等绿叶菜花。买一把绿油油的菜，上面有很多黄色的小花朵，清炒就很好吃。这些蔬菜都是当天早上摘了拿来卖，很新鲜，价格也比城里便宜多了。如买一把红薯叶，都是掐的嫩尖，一两块钱，一斤多，城里卖到四五块钱，在北京买最少六块钱，而且带着很长的老梗。

村民自家养的土鸡下蛋后，吃不完的也拿到圩上卖。经常有老阿婆用手提竹篮装些土鸡蛋在菜摊这边卖。

水果摊主要在北排圩场，不同的季节有不同的水果卖。如春季三四月份就有枇杷卖，四五月份早熟桃李也有了。还有草莓、大青枣、香蕉、阳桃等。夏天就更多了，如柑橘、龙眼、荔枝、杧果、番石榴、百香果、沙田柚、黄皮果、西瓜、葡萄、梨等。火龙果则从六月到十一月都有卖。冬天也有水果，如十二月的橘子、一月的猕猴桃、二月的甘蔗、三月的菠萝等。古圩人朴实厚道，一般卖应季的水果，摊主都让先尝后买。如卖荔枝、龙眼、黄皮果等，摊主会拿出一把来放在外面专供人们品尝，可以先品尝一两个，好吃再买。

如今，古圩人大面积种植果树，许多人家里有果园，产量很高，不再主要在圩场零售了，都是与购销公司签了合同，果熟了公司就来收购，剩下的才拿到圩上零售。北排圩场也变成卖小商品和衣服鞋帽等。水果摊搬到北圩街路两旁。过去，这条通往伏梁、伊岭的圩街路边有一排骑楼，后来改建时搬到了西北边，农村信用社和邮电所建在这里，但前面留出比较宽的空地，这空地也就成了卖水果、鸡、鸭等农产品的地方。

腾翔、伊岭、八桥、苏宫、造庆、伏林这一带农产丰富，一年四季不同品种的蔬菜、水果轮番上市，每个圩日品种都很多，供人们随意选买。过去卖的都是当地产的水果，现在交通物流快捷方便，也有北方产的水果和进口水果卖了。城里吃的水果，在腾翔圩上也能买到。

过去，圩场比现在短，北头有一块空地，主要是卖仔猪。小猪放在扁圆形的竹笼里，"哼哼哼"地叫。这种竹笼很大，用粗竹条编成，笼眼也很大，仔猪钻不出来即可，一个笼能装好几只仔猪。人们围在竹笼边挑选，有的人从竹笼里抓起一只仔猪仔细地查看。挑选仔猪可讲究了。一要眼亮。因为健康的猪精神好，眼亮有神，不黏眼屎。二要声尖。抓住猪耳，健康的猪发出洪亮的尖叫声。三要毛亮。健康无病的仔猪长得"水灵"，皮毛光亮，身上无出血点。四要嘴闭。这样的猪一般不拱食、不拱槽、不拱圈，吃食时不糟蹋饲料。五要腿长。这样的猪青年期骨架自然放得开，便于短期育肥，且个头大。六要肩宽。这样的猪往往吃得多、长得快。七要尾呈鞭状。即根粗梢细，且经常摆动。挑选这样的仔猪，长得快，节省料，发病少，效益高。古圩人长期养猪，总结出了一套有效的经验。但由于人们可以直接与养猪种（仔猪）的人家订购，因此仔猪交易量较小，老不成行，后来慢慢就被淘汰了。

鱼摊在南边圩街上摆卖，有鲢鱼、胖头鱼、鲤鱼、草鱼、鲇鱼、塘角鱼等。过去装在鱼篓里，活鱼则放在几寸高的大圆木桶或铁桶里。现在都是放在铁皮焊的长方槽子里，比较宽大，能装不少活鱼。买主想要哪一条，就捞起来抓在手里看看，鲜活的鱼尾巴往上一翘，剧烈翻腾，显得很生猛，一不小心就掉回水槽里，或在地上扑棱棱地动。这里的人自古爱吃鱼生，因此，现在的鱼摊也增加了加工鱼生的服务。想吃鱼生，买条大一点的草鱼，摊主就会帮您去鳞、除内脏和鱼刺，然后用卫生纸擦干净，在专用案板上切出薄薄的鱼片，用一次性饭盒装好，配一袋佐料，回家就可以吃了。

鸡鸭摊原来在北排圩场里，后来又搬到西北头往伏梁的圩街上卖。活鸡活鸭装在笼子里，生龙活虎。以前买只鸡都是拿回家自己宰，但现在买了鸡鸭不想自己弄，就拿到专门宰鸡鸭的摊位上，人家帮你弄好了再拿回来即可。摆卖的鸡，有自家养的土鸡，吃不完拿来卖。也有果园鸡，有果园的人大多会养一大群鸡，放养的鸡比饲料鸡好吃。

小商品、农具和衣服鞋帽大多在圩场的两边圩街摆摊卖。没有棚架的地方，临时拉个雨棚、架个大大的太阳伞。现在一排排衣服、鞋帽摊都摆到了圩场南头的篮球场。摆摊的位置都是约定俗成，分门别类，摆设看似杂乱但井然有序，应有尽有。过去，还有一些古老行业，如铲刀磨剪、阉鸡补锅、编织竹器、修制农具、开炉打铁、耍武卖药等在赶圩日出现。也有老式木床、木质童车、木凳木椅、木桶木盆、竹篮扫把、镰刀锄头、竹筐簸箕等传统商品，在圩日交易。现在，仍然有些传统的东西卖，但大部分是现代的东西了。两条长长的圩街，摆满了商品，琳琅满目。

圩场买卖都是靠口算，即使没上过学读过书的也都会口算。很多人都有超强的口算能力，哪怕是数量较多、价格有毛有分，只要略一思考便算出来。当然，现在商铺或卖小商品的交易数量多，也开始用计算器了。

赶圩，除了买卖东西外，还可以品尝地道的美食。如吃一碗鲜肉汤粉或榨粉。圩场两旁的商铺开有米粉店，现在的米粉店都有七八家了。还有烧鸭烧鹅，现烤现卖，以及油炸豆腐、蒸包、炸糕等。走到这些地方，都能闻到空气中散发的诱人香味。有一种炸油粑，现做现卖，用糯米面包着红糖米饭，炸出金黄色，香甜香甜的，非常好吃。以前还有爆米花的，爆炉像炸弹，横架在火炉上摇转，温度表上升到火候了，麻袋套在炉口，一开"轰"的一声，爆开的米花装在了麻袋里，然后把这些米花拿来做成一块块的米花糖。

逛圩也是一种乐趣。人们买了东西后，并没有马上回去，一般要逛一逛，到处看看。或找个地方看热闹，跟亲戚、朋友聊聊天。

圩日也不缺风雅的东西。记得 20 世纪 50 年代末，还有外地来的杂耍，如耍猴、耍功夫等，现在已经没有了。在过去通信主要靠写信的年代，赶圩天就有人摆个桌子代写书信。有圩上人，也有其他村的人，其中就有我爷爷陆文炳。春节前有人代写春联。我叔叔陆巨南从部队复员回乡后，每年春节都帮人写春联，现在圩上王天助帮人们写春联，一代接一代。伏林村阮丕瑜的书画刻章地摊就摆在北头圩街，他的书画和刻章水平很高，围观的人也多，特别是爱刺绣的妇女会参考他的绘画，从他的画里获得灵感。还有不知从哪来的画师给人现场画肖像的。现在，圩场北头榕树下经常有人弹电子琴、拉二胡、吹笛子伴奏，有人唱歌，自娱自乐。有时候市区镇的有关部门来举办法律、科技宣传，挂出许多科普宣传图片。节日期间，还能看上一两场各村屯组织的篮球比赛。

腾翔圩的特点是，圩旺、人和。有邕武路经过圩上，交通便利，人员往来频繁，使古圩越来越旺。腾翔圩是"寅、巳、申、亥"为圩日，"寅"属虎，民间称为"虎圩"。腾翔圩人流量大、交易量多、散圩晚。每当圩日，四面八方的村民、商贩来赶圩，人流如织，热闹繁华。游客也闻名而来，饶有兴趣地逛圩，选购些中意的农产品。天刚蒙蒙亮就有人来赶圩，直到下午五点左右才散圩，有时天快黑了还有人没收摊。如今，现代化的腾翔圩更加兴旺，即使不是圩日，圩场也有猪肉、蔬菜等东西卖，商铺从早开到晚，烧烤摊到晚上十二点仍有客人。圩街上也是人来人往，购物、办事，就像圩日一样。这里的人性格温和、朴素善良。先辈们捐出土地"诸村同议设圩"，因此大家很珍惜爱护古圩，崇尚"和合共济"，赶圩人无论是卖还是买，都心平气和，讲价还价，互相谦让，互利共赢，和气生财。

赶圩是腾翔古圩人生活中的重要内容，具有深刻的文化内涵和浓郁的地方特色，成为民俗文化的重要组成部分。如今，这种古老的赶圩文化，在腾翔古圩继续传承发展，而且新时代又赋予了更多的内容和意义，对新农村建设和促进经济繁荣发展发挥着非常重要的作用。

榕树下的歌声

在南方，榕树是与人最亲近又令人敬畏的树。这种常绿大乔木，树冠巨大，郁郁葱葱，遮天蔽日，外形粗壮独特，气根垂地、盘根错节，独木成林，千百年不枯不衰，生命力非常顽强旺盛，让人感觉十分神秘。因而榕树被人们视为吉祥、平安、长寿的象征，是镇村的宝树，与村庄共生共荣。

我的故乡腾翔古圩，在戏台前面曾经有一棵古榕树。20世纪60年代，它的树干已有2~3个人合抱这么粗壮，根凸起延伸，枝繁叶茂，为人们提供了巨大的绿荫，成为古圩人休闲聊天的重要场地，不仅见证了古圩的繁荣发展，也是戏台演出的参与者和忠实观众。甚至人们觉得它的形貌和独特的风姿也长得非常艺术，那深灰色的树皮分明就是阅尽世间风云、沉着稳重和熟谙世故的老者肤色，缠绕在树干上的气根就是皮肤下凸起的一根根血管，枝干上垂下来一蓬蓬细细的气根好似他的胡须飘飘，风吹绿叶发出的声音就像在低吟浅唱，摇摆的枝叶犹如柔韧的舞姿。

可后来这棵高大繁茂的榕树在一种莫名其妙的鼓噪声中轰然倒下，光清除那苍老延伸的树根就挖了一个很大很大的坑。至今古圩人怎么也想不明白，怎么就把这么一棵古老的榕树砍了呢？是那个年代传播的一种思潮，造成了错位的认知，还是迫不得已而为之，或者还有什么原因？只可惜，这棵古榕树成了牺牲品。从此人们再也见不到它的身影，戏台的演出缺少了一个参与者和忠实的观众，古圩少了一个胡须飘飘的长者。

没有了大榕树遮阴，人们只能在被砍古榕树旁边的一棵后来栽种的龙眼树下纳凉聊天，或打麻将。虽然树冠小，没法跟榕树比，但毕竟人们能够在其下纳凉聊天，将就着点吧。

其实，古圩人没有忘记榕树。改革开放后，随着古圩的改建，圩场北头的骑楼拆迁到邕武路边和往伏梁的路北边，人们对古榕树的记忆和埋藏在心里对榕树的爱被唤醒了，于是在拆迁腾出的地方栽种了一棵榕树。至今也已有30多年了，榕树已长成高大挺拔的大树，树干粗壮，枝叶繁茂，郁郁葱葱、青翠欲滴的大树冠足以给人们提供休闲的绿荫。因为圩街地面水泥硬化，人们用水泥和砖围绕树根砌成一尺多高的护圈，周围和上面都贴上了瓷砖，既美观，又干净。水泥瓷砖圈内是松软的土，榕树根虽然不能像蟠龙一样在地面随意凸起伸展，但它将根在水泥护圈内深扎地下，不断向外扩张、延展，用充足的养分将每一片绿叶送上蓝天。伸展出了巨大的枝干，也垂下了一蓬蓬细细的气根，正值青壮年的这棵榕树展现出英姿勃发、繁荣向上的力量和气度，给古圩带来了绿荫和奇景。

过去的古榕树在戏台边，守护着南头进入圩场的路口；现在的这棵榕树在圩场北头的路边，守护着北边的丁字路口。榕树下又成为人们喜爱的休闲、纳凉、聊天、唱歌的地方。

如今圩场北边的丁字路口，路两边都是摆摊卖东西的，一直延伸到往伏梁的路口外。东北路段主要是卖水果的，西北段是卖鸡鸭。平时都有卖，圩日就更多，摊位一个挨一个。榕树根水泥瓷砖护圈成了人们的坐凳，可以坐很多人，因此是人们休闲唱歌和聊天的地方。在熙熙攘攘的圩街和讨价还价的买卖声中，都能听到榕树下传来悠扬的伴奏音乐和清脆嘹亮的歌声。循声而去就能看到榕树下吹拉弹唱的人们。弹扬琴的是腾翔村岑林屯70多岁的老文艺人张华元。扬琴旁边还有一管笛子，需要时他拿起笛子就吹，有时在一首乐曲的演奏中扬琴、笛子被他交叉使用。他对音乐有很好的造诣，会作曲又能弹能吹，演奏的琴声、笛声极富感染力，可算是这个地方有代表性的乡村老艺人了。弹电子琴的张广元也是腾翔村岑林屯的，他也已年近七十，还带着妻子一起来唱歌，夫妻俩你弹我唱，非常投入默契。拉二胡的叫"老九"，会拉二胡的还有几个人，谁有空闲就来拉拉。唱歌的是伊岭村的苏爱琼，她声音甜美嘹亮，会唱的歌也多。经常来这里唱歌的人中，还有伊岭村的阮钟娜、阮秀香，伏林村苏道权、苏万权等八九个人。在榕树对面楼下给人们理发的腾翔圩上老文艺人王天助，理发的空闲（等人理发）就过来唱一两首。他也是拉二胡、吹笛子都行，缺伴奏了他就当伴奏。我的老伴金梅也凑热闹唱了几首歌。她曾在广西艺术学院和中国音乐学院学过声乐专业，每次回腾翔，在家里听到榕树下传来歌声就坐不住了，赶紧下楼去唱几首过瘾。人们还配了一台移动扩音器和无线麦克风，因而声音响亮，远远就能听见。乐队每人都有一个乐谱架，唱歌的也有歌谱，记不住歌词的可以看谱看歌词来唱，因此想唱什么歌就唱什么。既有广西山歌如《山歌好比春江水》《赶圩归来啊哩哩》等，老歌如《洪湖水浪打浪》《山丹丹花开红艳艳》《小城故事》等，也有现代歌曲《今天是个好日子》《父老乡亲》《大地飞歌》《青藏高原》《我和我的祖国》等。只要会唱或喜欢唱，甚至想试唱，都可随意尽情地唱。有意思的是头顶上榕树枝垂下来一蓬一蓬气根连成一排，远看犹如竖琴一样。榕树下就是一个小舞台，坐在树根水泥瓷砖护圈和周围的人们，以及摆摊卖果的人们，甚至路过的人，都是观众、听众。

腾翔古圩周围几个村都是艺术之乡，人们普遍喜爱文艺，会吹拉弹唱和跳舞的人很多。逢年过节各村都准备歌舞节目，在戏台演出，或参加区（县）的演出。赶圩日，许多老文艺人和爱好者，在赶圩时顺便到榕树下自弹自唱。不仅是赶圩人，路过的人如果有兴趣也可停下唱一两首。来这里吹拉弹唱的人们，虽然大都年过花甲，儿孙满堂，但个个精神抖擞，红光满面，坐在树荫下专注地拨弄着手里的乐器，或手拿麦克风亮开嗓子尽情地唱，一首接一首。榕树下的吹拉弹唱成为赶圩的一道亮丽风景，展现了一幅人与自然和谐共生的美好画面，为古圩增添了迷人的色彩和浓郁的艺术氛围，并且很好地诠释了人生，证明乡村老人也可以活出自己的精彩。

每次回故乡，我和老伴都觉得在腾翔古圩更有生活感和人情味。很重要的原因是这里的乡土气息浓厚、生活方便、绿树成荫，让人从心底觉得舒服。

舒服是什么？舒服是闲时就在圩街随便走走，与熟人打打招呼，或停下来聊聊天；舒服是煮上饭再到圩上买些鱼肉、买点蔬菜，即可做好一顿美味佳肴；甚至做菜时发现没有酱油醋了，可先关火出门在圩街附近一家食品店买回去再接着做，也就几分钟时间；即使住在圩场附近村庄，骑上电动车几分钟就可以到圩场买肉和生活用品，来回也就十几分钟，就这么方便；舒服是酷暑难耐时坐在榕树下感到的轻松惬意，消除了疲乏，让心情顺畅清爽；舒服是在榕树荫下弹弹琴、拉拉二胡、亮亮嗓子唱几首喜爱的歌……

生命璀璨如歌。因为有了郁郁葱葱的树木和绿叶婆娑的低吟浅唱；有了遮阴蔽日的大榕树守护，以及映在地面的斑驳陆离；有了人们熟悉和喜爱的琴声歌声，以及愉悦的心情，还有诸多便利；古圩人的生活更富于乐趣和安逸，呈现了传统、现代、人性的良好生存状态，淳朴和真情，宁静与优雅，从容而自在，生活如此美好。

腾翔粮库

　　我在腾翔古圩绘画系列作品中，曾画过2幅粮库的画。一幅是东边的粮库，另一幅是西边的粮库。之所以分为东西2处粮库，是因为1957年在圩场西北边的土坡上先建了一座粮库，后来不够储粮，需要再建2座粮库，但场地有限，才又在对面东边的土坡上修建了新的2座粮库，并留出足够宽的收谷晒谷场地。两处粮库相隔对望，邕武路从两个土坡中间穿过。

　　东边的土坡当时是荒地，靠近邕武路的坡底树木茂盛，三十多度左右土坡上灌木杂草丛生，靠近东北排骑楼还有村民种的芭蕉树，坡顶平缓宽广，有隆起的土堆，那里安息着高峰抗日阵亡勇士的英灵。1939年12月，这些国民革命军第31军135师和170师的勇士曾在高峰隘抗击入侵的日军，在硝烟弥漫的战场上，留下了可歌可泣的英雄事迹。打败了日军，可他们的尸骨留在了高峰隘战场。云雾萦绕的山峰，风吹树叶发出"沙沙沙"的声音，好像都在为他们悲鸣；潺潺溪流，岩缝涌泉，险壁淌水，好像也在为他们流泪。1940年，腾翔、苏宫、造庆、八桥、伊岭、伏林六个村的村民从高峰隘战场上将这些阵亡勇士的尸骨收殓回来，安葬在腾翔圩西北边的东土坡上。

　　1957年腾翔粮管站在东土坡建2座粮库需要用地，因此，腾翔村民将高峰抗日阵亡勇士骸骨迁到往北一公里的哨岗岭。后来，腾翔林场在哨岗岭种下了郁郁葱葱的桉树、楠竹，守护着抗日英雄陵墓。挺拔的桉树和节节向上的楠竹，犹如英雄的纪念碑。

面对国家安危、民族存亡和民众利益，英雄们总是义无反顾地选择了牺牲自己奉献一切。民族气节和民族精神，是中华民族战胜一切敌人和困难的根本所在。因为有他们感天动地的牺牲奉献，才换来山河无恙、国泰民安。在国家建设需要时，英魂仍然选择了服从和奉献。当然，国家、民族、英雄在腾翔人心中分量极重，自发行动，崇敬维护，情之真意之切，天可见，地可知。

腾翔粮库建成后，负责这个地方 6 个村的粮食储备、粮食流通。负责粮食的接收、保管和调运输送，为腾翔小学、邮电所、卫生所、税务所、食品站、商店、粉店、道班等吃商品粮职工供应粮油；为国家库存军需民需调配粮食和储备预防自然灾害的粮食。虽是地方粮库，但库小责任大，关系国家粮食储备、粮食安全战略，为粮食宏观调控、经济建设服务。

俗话说，手中有粮，心中不慌。粮食储备制度历史悠久，战国时期魏国设平仓，政府于丰年购进粮食储存，避免谷贱伤农，谷贵伤民，歉收之年卖出所储粮食以稳定粮价。鲁国又实施"初税亩""用田赋"等政策，到汉初形成制度。商鞅变法，围绕耕战制定了包括交公粮的政策法规，然后坚决施行。后来形成了历朝历代征收"田赋"的粮食储备制度，用来备荒，调节粮价，供应官需民食。唐代诗人杜甫在《忆昔》一诗中曾描写当时的繁荣景象："忆昔开元全盛日，小邑犹藏万家室；稻米流脂粟米白，公私仓廪俱丰实。"从古至今，"皇粮国税"一直牵动着国家的命脉。

中华人民共和国成立后高度重视粮食储备，国家、地方都设立粮食储备机构，每个公社都建有粮库，设立粮管站。20 世纪 70 年代还提出"备战备荒为人民"和"深挖洞广积粮"的口号，凸显了粮食储备的战略地位。旧时的"田赋"也改为现代的"农业税"，仍以征收实物为主，称为交公粮。1953 年粮食实行征购制度，农民按征收指标以粮交农业税的方式无偿交给国家，同时政府又下达有偿粮食统购任务。先征后购，同时交送。征购指标按耕种田地多少和收成核算，充分考虑农民交粮后还余有必不可少的生活粮食，确保基本口粮。粮食是国本，动摇不得；粮库是国脉，库满天下安。

腾翔圩是附近6个村的经济文化中心，又有邕武路经过，圩场北边东土坡和西土坡地势较高，干燥易保，无水涝之忧，交通方便，在此建粮库是上佳之选。东西3座粮库，每座长几十米，高十几米，砖瓦木梁结构，石灰石片砌墙，屋檐下留有许多通风小窗户，四周墙根有排水沟。前后水泥铺地，用于收粮和翻晒陈粮。粮站设在东土坡两个粮库的北边，有几间办公和加工销售粮油的房子。从土坡下往上看，粉墙黛瓦的粮库掩映在绿树之中，东西两条斜坡路像脐带一样连接着古圩，连接着民生，连接着国家。

粮站每年夏秋两季收粮，储新粮出陈粮。交公粮，是粮站收购最繁忙的时候。1957年建成腾翔粮库后，第二年就公社化了，因而交公粮以生产队为单位，集体上交。热火朝天交公粮的场景令人难忘。夏收秋收后，各生产队晒干谷子，然后挑选优质的谷子上交公粮。

因此，交公粮先从晒场拉开帷幕。

腾翔圩上有3个生产队，8队、9队、10队的晒谷场都在圩场南边，靠近汽车站，10队晒谷场旁边还有一个像碉楼一样的烤烟房。3个晒谷场旁边各有一排瓦房仓库，夏收秋收时用于暂存晒干的谷子，平时存放晒场用具。8队、9队的晒谷场相连，只有一条浅浅的排水沟作为分界线；10队的晒谷场排在前面，地势低一点。3个晒谷场在一起，显得平坦宽广，像个大广场。

夏收时节，称为"双抢"，抢收抢种。季节不等人呀！其实还要抢晒抢储。从稻田里收割脱粒后挑回来一担担沉甸甸的谷子，还是湿湿的，掺和着碎稻叶、秕谷和草屑杂物，必须晒干了，分离出饱满的谷粒，才能储存。抢收的稻谷源源不断地挑回来，但晒场有限，也不是一时半会儿就能干，必须抢出场地、抢出时间晒好所有的稻谷。否则，堆放在一起就会生芽、发霉。当然，生产队长会分出两拨人，大多数人负责收割稻谷，小部分人负责晒谷。

　　人们从稻田挑回谷子后，把箩筐里的谷子倒在晒谷场上，一堆一堆像小山包一样。晒谷人员手握木耙，一下一下慢慢摊开稻谷，摊成薄薄的一层，以便湿湿的稻谷及时通风，晒上阳光。整个晒场都摊满谷子后，新挑回来的谷子只能先堆成一大堆，等已晒谷子半干或全干后腾出场地轮换晒。摊开的谷子，一般隔半个小时左右要用齿木耙翻一次；也有的人赤脚翻动谷子，把脚插到摊晒的谷子中，慢慢地往前走，就像用犁铧行进在一块水田里，那感觉像抚摸金子般，流露出农民对土地和粮食的深情。如果阳光好、勤翻晒的话，一天下来谷子基本就干了。先用竹枝扎成的竹扫把，轻轻地将谷中的稻叶、杂草等扫出来。然后再将晒干的谷子用风车车一遍，也可用簸箕装谷子举高慢慢倒下来，风吹除去秕谷、禾毛杂物，留下精实饱满的干谷粒，用箩筐一担一担挑进旁边的仓库归堆存放。

　　晒谷过程跌宕起伏。烈日当空，晒场上的谷子泛着金光。惹得鸟雀家禽牲畜眼馋流口水，趁人不备，或瞅着无人，纷纷入场，连啄带耍，弄得稻谷四处都是；冷不丁跑来一头肥猪或路过的牛，往稻场一钻，连踩带拱并吃，可就不好了。因此，还要看管好，时不时出来赶一下。更讨厌的是遇到老天爷变脸的时候。刚才还晴空万里，突然风云变幻，雷声阵阵，雨马上就来。雷声就是命令，所有晒谷人员从仓库里冲出来，迅速抄起木耙、扫把，抢在雨点下来前把晒场上所有谷子收拢成堆，然后用防水帆布盖起来。否则，后果不堪设想。那抢时间收拢谷子的场面好紧张啊！当然，有时候老天爷也跟人开个玩笑，刚才还眼看雨就下来了，甚至还下了几滴，让人紧张兮兮，但等你把谷子收拢得差不多时，乌云随风飘走，阳光又洒满晒谷场，只能再把收拢的谷子重新摊开。

　　交公粮的高潮发生在粮站。武鸣是稻米之乡，腾翔这一带的传统是讲究精耕细作，谷粒饱满，高产质优。当然，上交公粮是国之大事，各生产队从晒干的谷子优中选优。放箩筐，装麻袋，然后一部分人挑着一担担沉甸甸的谷子，一部分人用木板车拉麻袋装的谷子，一车能拉几百上千斤，肩挑车拉往粮站走，队伍壮观。虽然腾翔夏收秋收都是在高温季节，但送粮队员干得热火朝天，挥汗前行。涌动着笑靥，绽放着豪迈。

公粮主要送到东边粮库，粮站工作人员早早就推出磅秤，摆好桌子。送粮人员一队接一队，一拨接着一拨，腾翔、八桥、苏宫、造庆、伊岭、伏林村几十个屯的近百个生产队，四面八方陆续涌向粮站。每天粮库前都挤满了交公粮的人，一担担黄澄澄的谷子，一辆辆摞满鼓鼓麻袋的小板车，排队等待质检过磅。入库的粮食质检非常严格，一般要过"翻晒、过躺筛、风扇吹、风扬"几道质检关，达到标准方可过磅。质检员从箩筐里撮一点稻谷，颠簸几下瞧瞧有没有硬壳叶和灰尘，再抓几粒放在嘴里用牙齿咬一咬，检验稻谷潮湿的程度，或用磅砣在水泥地上碾压稻谷，检验稻谷是否有黄米粒。对麻袋装的稻谷，用有槽的铁叉穿刺袋皮，铁叉槽里带出稻谷，再用同样的方法检验稻谷的质量。如果检验出稻谷潮湿的可在粮库后面晒谷场上翻晒，稻谷有尘土的过躺筛除渣滓，稻谷有硬壳叶的用风车吹掉，起风的天气还可以用风扬方法除杂质。收粮场上，检质的、划价的、司磅的、开票的、灌包的、上仓的、过风扇的，熙熙攘攘，一片繁忙景象。当然，交完公粮后，邂逅邻村亲戚、熟人，会寒暄一番，或坐到粮站的阴凉处叙叙家常，大家谈笑风生。

征收公粮结束后，粮库丰满，新谷子压着陈谷子。但库存要保持干燥无水分，谷子存储才可安稳长久。还要小心虫子，小心老鼠，小心霉变。经常要检查存储谷子的情况，陈年谷子若受潮了，要拿出来翻晒。

20世纪80年代初，改革开放，取消人民公社，建立乡镇，大队改为村，生产队叫村民组。农村实行土地到户，生产队不复存在，交公粮的方式也变为农户自己交。90年代末，粮食放开，市场化，农民交公粮既可以用稻谷，也可以交现金。

民以食为天。"菜篮子""米袋子""中国饭碗"，是民安之本。农村农业问题，主要是粮食问题。现代化建设，统筹城乡发展，实施强农惠农政策，农民负担问题引起了高层的重视。从减轻农民负担，到安徽改革农业税试点，再扩大到河北、内蒙古、黑龙江等省区，终于在2004年全国开始逐步降低农业税税率，在 2006 年取消农业税。当然，历经半个世纪的粮站，也退出了历史舞台。从此，农民不用再交公粮。再后来，每年还能领取政府的种粮补贴。农民做梦也没想到呀，2600 多年来，农民种田种地只有交粮交税，哪有不交粮不交税还可以领钱的？如今真有了！这就是奔向富强、民主、文明、和谐、美丽的社会主义现代化国家。

邕武路的养护人

邕武路修成之前，广西是没有通汽车的公路的。1915 年，广西桂系军首领陆荣廷才开始动用军民修筑南宁至武鸣的公路；1919 年，竣工通车。从此，一条现代公路翻越高峰穿过密林，将首府南宁与陆荣廷的家乡武鸣连通了。广西也才有了第一条通汽车的公路。

起初，这条原地泥石沙土筑成的公路是没有专业人员管理养护的。晴天烈日晒烤，路面沙土松软，汽车驶过，后面卷起一股灰黄色的尘土，飘散到路旁的树叶上，原本绿色的树叶变成了灰黄色。当然，下雨就不同了。雨后的公路，湿漉漉的，坑洼地积满水，像一条浅灰色闪光的飘带，从云雾缭绕的高峰密林中飘落下来，穿过腾翔圩，然后继续向双桥武鸣飘去。遇到暴雨可就麻烦了。哗哗的雨水倾盆而下，有的路基被强雨水冲垮，有的路边坡塌方，泥石堆积路面。只能组织当地村民修复冲垮路基，清除路面堆积泥石。曾经一年几度冲垮，雨天无法通车，只能望"路"兴叹。后来增修十几座桥梁、近二百个涵洞，加固路基，全线路面铺上碎石。但日常还是没人养护，怎么办？政府用免税优惠方式，吸引民生公司自筹资金负责补修雨后辙沟，实现了晴雨通车。

随着乡村公路的陆续修筑，以及通往邻近马山、田东、都安等县公路的修成，作为主干线的邕武路，是桂西南各县通往首府南宁的唯一汽车通道，慢慢地就成为这一方的交通运输大动脉。古老的驿站运输变成通行汽车的公路交通，汽车行驶渐渐多起来，外地商贾往来经商络绎不绝。特别是中华人民共和国成立后，公路一条一条地修筑完成，相互连接，不断延伸，四通八达。国家不仅重视修路，同时加强了公路的管理养护。1964年，开始实行公路分级管理，建立专业的管养系统，成立道班养路机构。从此，不仅有筑路人，也有了养路人。邕武路成立了几个道班，分段负责养护，腾翔道班就是其中的一个。

腾翔道班有七八个工人，负责从南宁进入武鸣的高峰隘口起，至腾翔与双桥交界处的公路养护，有10公里左右。这段路，从高峰最高处下来，长长的坡路，坡度大，拐弯多，翻过好几个小山岭，起伏变化，到腾翔圩才平缓一点。坡多路险，养护难度大。

腾翔圩场东北的邕武路边，离粮库不远处，有几间砖瓦房掩映在茂盛的树木中，房后有几棵芭蕉树，一片片又长又大的绿叶轻轻地随风摆动，树顶坠下一串芭蕉，月牙状弯曲的青色芭蕉一个一个紧挨在一起，往下一层一层，下端是像倒立锥子的红褐色花苞，一层层的花瓣包裹着花蕊，有的花瓣优雅地伸展开，露出一层花蕊，美艳动人，这就是腾翔道班的驻地。门口摆放着铁镐、锄头、铁锹、簸箕、运土的两轮小推车等工具。一条斜坡小道伸出来，每天养路工人就是从这条小道踏上邕武路进行养护工作的。

那时候通行的汽车，小轿车很少，大多是大货车、客车。还有马车、行人、牛群经过。虽然路面铺上了碎石，但载重货车开过去，卷起尘土，松软的地方还压出辙印；路面凹陷，路基松垮，排水沟堵塞、长草等情况时常发生；晴天不下雨，路面"跑沙石"；雨天连着下，到处是坑洼。因此，日常要维护，塌方要处理。

每天早上八点钟，养路工人从驻地出发。那时养路工人还没有"黄马褂"，头顶个草帽，扛着铁镐、锄头、铁锹，挑着簸箕，或者把工具放小推车里一人推走，其他人跟着，普通得像农民一样。走到邕武路后，一般分两组人，一组往武鸣方向，一组往南宁方向。一段一段往前做。路边要事先备好一小堆一小堆的砂子、碎石，相隔几米一堆，需要填坑的是一大堆。被车压挤到一边的小石子，用铁锹铲一铲，重新铺平；有的地方要补砂子碎石，用铁锹将路边堆放的砂子碎石均匀地撒在路上，然后摊平。车辙印痕和坑洼地，要用更多的砂子碎石填平。或用小推车装砂子碎石斜着轻轻抖，砂子碎石就慢慢倒出来，一边后退一边抖，均匀地撒到该填的坑洼地，还有点技巧呢。边坡不稳或者坍塌下来，就要挥起铁镐、锄头修整。检查桥梁和涵洞是否堵塞，该疏浚的疏浚，还要清除路边和排水沟中的杂草、树叶，保证排水畅通。如果雨后路面、路基、边坡、桥梁、涵洞受损大，就得集中所有工人抢修，保证道路畅通。

但这种砂石还是比较松软，养护工人前一天填的车辙，第二天可能就被载重卡车碾压得分崩离析。特别是从高峰下来的大长坡路，载重大卡车爬坡时车轮一打滑，就刨出一个大坑。因此，不停地补，不停地填。

这段路两旁都种植了古桉树，固坡护路。这种树与经过杂交的速生桉不同，不是像电线杆一样直直往上长。这是19世纪末从国外引进的原始树种，生长比较慢，树干高大分枝多，叶子茂密，油少无"克生"性，与其他植物和谐生长，对环境没有破坏。这些路树都由道班管理，日常也要修剪护养。到20世纪六七十年代，这些历经风雨的路树已高大挺拔，灰褐色的树干上伸出许多大大小小的枝条，托起巨大的树冠，茂盛的树叶遮住了阳光，地上的荫影只有斑斑点点的光和风吹下来的枯叶。地上的枯叶，养路工人是不管的，但风刮断的树枝，有的还挂在树上，工人就要砍断清理，以防掉到路上影响汽车通行。

作为工人应该8小时上班，但养路工人不能像坐办公室那样按时上下班，要看作业的路途是否遥远，工作量多大，能否通行。如果遇到雨后塌方，抢修起来就不以时间计算了，而是做到能通车为止。否则，留下隐患后果不堪设想。在驻地附近作业，中午可以回食堂吃饭。但路途远点就得食堂送饭了。就地蹲在路边扒拉着饭，吃饱了接着干。

养路工人总是踏着晨曦迎着朝阳出门，披着晚霞拖着疲惫的身躯归来。晚上风尘仆仆回到驻地，一张张脸黑黝黝的，粗糙干裂的双手布满一层层坚硬的茧，虽然一身疲惫，但明亮的双眼仍然露出坚毅的目光。大家从水缸里舀出一盆盆水，洗掉脸上身上的尘土，或者打上一铁桶水冲个凉，美美地吃顿晚饭。这就是养路人的生活。

养路工人整天在路面劳作，烈日暴晒，皮肤黝黑，汗流浃背；汽车驶过，尘土飞扬，让人难以喘息；刮风下雨，无处躲避；晴天一身灰，雨天一身水，走不完的路，干不完的活。春夏秋冬，多少个日日夜夜，默默地守护着邕武路。养路工人明明知道这份工作非常辛苦，但依然热爱它，他们平凡而伟大。

当然，养路工人苦中有乐。每个人都有自己的生活经历，有自己幸福的家庭。毕竟那个年代工人是非常吃香的。在人们眼里，吃公粮旱涝无忧，令人羡慕，谈恋爱也比农民占优势。

小平头，四方脸，乌邃的眼眸，浓密的眉毛，端正的鼻梁，宽厚的嘴唇，个子不高但敦实厚道，走起路来"噔噔噔"，这就是养路工人老唐。腾翔道班成立时他就来了，那时候还是个二十几岁的小伙子，皮肤光皙，后来晒成黝黑发亮了。他是外地人，讲一口白话，也讲柳州话。每到休息日，老唐就到圩上走走，赶圩看热闹。一来二去，跟圩上人熟了，有时朋友们也邀请他一起喝酒。他爱喝酒，酒量也大，人又豪爽，话不多，很实在，大家说喝，他端起酒杯就干；如用碗和小勺喝，一次一勺或一次三勺从不含糊。

老人们见吃公粮的青年老唐还是个单身汉，就牵线做媒给他介绍了我家邻居苏以先的姑姑。我和苏以先是同龄人，又是小学同学，因此跟着他叫"五姑姑"。那时的"五姑姑"，年轻漂亮，圆脸长发，皮肤白皙，淡淡的眉毛，一双水汪汪的大眼睛，微微一笑脸颊有两个浅浅的酒窝，打扮朴素，略带一丝羞涩，透着腾翔姑娘具有的温婉纯良。不知老唐和"五姑姑"谈了多长的恋爱，只知后来"五姑姑"成了他的媳妇，并给他生了2个儿子。从此，养路人老唐成了腾翔女婿，把根扎在了这里，与邕武路相伴到老。

1973 年，邕武路来了一队带着修路机器的人马，并从附近 6 个村招了许多民工，开始铺设沥青柏油路。这段路的工程指挥部就设在腾翔圩上，伊岭村年轻干练的苏贤庆就在指挥部工作。

首先是扩路降坡。在养路工人的协助下，工程指挥部组织民工对一些比较窄的路段和陡峭的路段，进行扩宽和降低坡度。对高峰隘下来的大长坡和腾翔圩凉亭前的路段等，都进行了扩宽，降低了坡度。然后，民工挥起铁镐、锄头、铁铲清除路面浮尘砂石，高大的压路机开过来，前后两个滚圆的铁轮子在路面上来回碾压，直到路基结实。

铺沥青需要大量的碎石搅拌。指挥部组织民工在邕武路边的岜车采石场和岜布采石场开采碎石，运回沥青搅拌场。把黑色的沥青烧热到 100~160℃，再将碎石放进去充分搅拌成混合沥青料，运到碾压结实的路段摊铺。刚运来的沥青都是滚烫的，倒在路面上还冒着热气，散发着刺鼻的沥青味。养路工人和民工要戴口罩趁热迅速均匀地摊开铺平。高温高黏度的混合沥青料，扒开摊平非常费劲，操作人员汗流浃背。压路机在摊平的沥青上面来回碾压 3 遍，压成了平坦的沥青路。经过一年的施工，在 1974 年沥青路顺利竣工，邕武路从黄色的砂石路变成了是黑色的沥青柏油路。

邕武路升级换代后，养路工人的作业量大大降低，主要是巡查，对小面积破损路面的沥青修补和路边坡的维护，并配了一些机械设备。随着国家现代化建设和新的南武大道修建，公路养护实现了机械化作业，腾翔道班合并到了武鸣公路养护中心。

虽然腾翔道班没有了，但我们仍然非常怀念和感激那些养路工人。在半个多世纪里，养路工人默默地用生命和汗水维护着这条路。如果大地是一把琴，邕武路就是一根琴弦，七八个养路人就是跳动的音符，演奏出动人的时代乐章。他们的奉献精神和风尘仆仆的身影永远留在人们心中。

邮电所的变迁

　　乌云慢慢飘过来，天空渐渐灰暗，雨点打在骑楼房顶的瓦片上，接着雨水顺着房檐流下来，像断了线的珠子，渐渐地连成了一条线，一排排水线像美丽的珠帘。人们悠哉地走在骑楼的长廊下，有的倚在门前或站在圆拱廊檐柱边，观望着圩街上飘飘洒洒的雨丝，或挥手与圩场里、对面骑楼长廊下的亲戚朋友打招呼。隐在腾翔圩场西排骑楼的邮电所，正门、边门和右边的窗户都敞开着，人们进进出出，有寄信的、打电话或发电报的，也有躲雨闲着到里面看看的。雨天的骑楼、圩场给人们一个避雨的屋檐，显得特别温柔。邮电所也显得更加热情温馨。

　　1952 年，腾翔邮电所在圩场西排骑楼里开业，职工也就三四个。不管烈日当空，还是刮风下雨，这一排骑楼几百米长廊为人们遮阴挡雨，也方便人们到邮电所办理业务。门口挂着一块醒目的牌匾：腾翔邮电所。一楼营业，二楼为职工宿舍。走进大门，右边摆放一米多高的 L 形营业柜台，隔出一个里间，靠墙位置上有一个大大的分拣柜和一个上了锁的铁皮柜。分拣柜子中间有许多的小格子，小格子上用小纸签分别写着腾翔片的腾翔、伊岭、八桥、苏宫、造庆、伏林 6 个村和甘圩片的甘圩、达洞、赖坡、唐历、定黎 5 个村，以及学校、商店、食品站、粮站、税务所、医务所、道班等单位的名字，里面放着投往这些村和单位的信件、汇款单、包裹、电报、订阅的报纸杂志等；铁皮柜里放各种各样未使用的邮票、信封、信纸、汇款单、电报纸，还有一些邮电所的办公用具。老百姓发信贴邮票、打电话、发电报等就在营业柜台上找营业员办理。营业柜台上备有糨糊、沾墨笔和一本可以查阅全国各地邮政编码的书。

给在外地的家人、亲戚、挚友发封信，就到柜台前向营业员购买邮票，贴好后投到屋内邮箱即可，门外还有一个立式的邮筒。邮箱和邮筒的下方写着中国邮政，靠上的位置开了一个投信口，投信口上方还有一个红色五星邮政标识。如果寄挂号信就将信交给营业员，单独登记处理。邮寄信件有重量限制，营业员觉得超重的信件会放在天平秤上称重，一封平信 8 分钱，超重信件加邮票。邮寄的包裹打好包后，营业员称重、填单，再将包裹放到专用邮袋里等待发送。

那时候，打电话、发电报是最快的联系方式。但只有大队办公室和税务所、粮站、商店、道班、食品站等一些单位有电话，老百姓打个电话要到邮电所打公用电话。那时候还是手摇电话，要总机接线员接通才行。人工接线要层层转接，线路繁忙的时候，接通一个电话，往往要等几十分钟，甚至几个小时。发电报要先到柜台领取一张空格电报纸，然后按表格要求去填写收报人的地址、姓名、电报正文、署名、发报时间等。营业员受理后，按电报正文字数的多少去收费，普通电报就便宜点，加急电报要多收费，因此电报字数越少越好，意思说清楚即可。营业员在电报上盖邮戳，然后译成电码才能到机房发出。

电报大多是急事、重要事。记得 1977 年，那天我从地里干活回来，刚到家门口邻居就告诉我，邮电所来找过我，叫我去领电报。当时的反应是，哪来的电报？因为长这么大从来没接到过电报，不仅惊讶，还有点儿忐忑。但很快意识到会不会是高考的学校发来的，便快步走到斜对面西排骑楼的邮电所，在电报收发本上签字后，营业员将电报交给我。果然是中央戏学院发来的，内容是：你已被中央戏剧学院导演系录取，请于几月几日之前到学院报到。没想到，我接到的第一份电报竟然是大学录取通知书，它将改变我的人生轨迹，当然喜出望外。

如今物流快递已经非常发达，但高考录取通知书仍然都由邮政寄送。当然不用发电报了，而是邮政快递。因为邮政是覆盖面最广的，很少有邮政达不到的地方，特别是山区乡村，普通快递不一定能送到，但邮政肯定会送到家，安全性、时效性、保障性都很高。

邮运投递是最艰苦的任务。古时这个地方就有邮运驿站，就是明清时代送信跑马歇脚的地方，也是传递交换文书包裹的地方。据《武鸣县志》记载，明初设驿站，万历十二年（1584年）有4条驿站路。其中，自县城往邕州驿站路长90余里，沿途有泗马、平洪、洛水、高峰4铺。清代后，这条驿路改设5个塘：头塘、高岭、平洪、洛水、高峰。每个塘、铺也就2人。后来驿路又改称邮路。这条驿路就是现在的邕武路，从县城经双桥、腾翔过高峰到南宁。当时虽然是一条小土路，但老百姓称这条路为"大路"，因为是官家邮运驿路，官员往来必经之路。各驿站铺塘邮差是军队派出的兵，运送投递靠步行或骑马，主要传递军情、官方文书、邸抄等，一站传一站，直至送到收件人那里。驿站也接待来往路过官员等，但不投递民间信件，民间信件只能靠熟人捎带。直到20世纪初，邮政代办所才接收和投递民间邮件。到了中华民国时期，邮政局、邮政代办所代替了驿站，专司电报书信包裹的收发投递工作。修筑邕武路后有了汽车邮路，县城到南宁采用汽车邮运，投递员穿上了前后印有"邮"字的工作服。双桥邮政代办所定期派邮差到腾翔投递，每2~3天才能送一次。那时候路很遥远，时间也很慢，步行车马都很慢，邮件也是很慢。中华人民共和国成立后，大力发展邮路。腾翔邮电所成立后，以腾翔圩为中心，向四周辐射，分四五条邮路通往腾翔片的6个行政村30多个自然村落，甘圩片的5个行政村20多个自然村落，邮递员进村入户将邮件送达收件人。

20世纪五六十年代，腾翔片投递员还是步行投递。每天早上，戴着绿色大檐帽，穿着绿色工作服的投递员将分拣好的信函、电报、汇款、报刊等邮件装到帆布挎包里出发投递。绿色挎包上印有金黄字"人民邮电"，这几个字是1948年12月毛泽东主席题写的，不仅成为中华人民共和国成立后邮电的发展方向，也成为统一标识。那个时候，挎着邮包的邮递员靠一步一个脚印丈量着通往各村各户的漫漫邮路，传递人间真情。

70年代，腾翔邮电所装备了永久牌大二八自行车，还有车牌号。车前有个筐，车横梁安个三角形绿色帆布挂包，车后驮着左右2个大大的绿色帆布挎包，用来装邮件。从此，人们每天都能看到早出晚归的邮政自行车停在邮电所门口。记得有个投递员叫覃兆凡，那时候还是个年轻小伙子，中等个子，瘦削的身材和脸庞，但非常结实精神，后来结婚安家在腾翔圩上，一直在邮电所干到退休。

在通往腾翔村的伏梁和伊岭村、伏林村的邮路上，通往八桥村的那河、大伍、乐山、坡重、所丰、古榄的邮路上，通往腾翔村的福庆、岑林和苏宫村的板苏、乐留的邮路上，通往腾翔村的岂旺和苏宫村、造庆村的邮路上，通往甘圩片各村的邮路上，路边绿树婆娑、繁花盛开，田野上薄雾轻烟、禾草青青，青翠欲滴的芭蕉叶舒展得婀娜身姿，随风起舞，拔地而起的山峦、重叠环绕、奇峰俊秀……虽然投递员没有时间停下来欣赏，但骑在飞驰的自行车上，依然感受到微风吹拂，荡漾在明媚的阳光下，穿梭在如画的美景中，愉悦的心情随着脚蹬转动的两个车轮欢快地旋转，驶向邮点。墨绿色自行车就像一只传书的鸿雁飞驰，进村串巷，入户送件，成为流动在百姓生活中的绿衣使者。随着"丁零"的车铃声，把人们的希望送到。这些路线、邮点和村巷、单位等，邮递员都烂熟于心，在漫长的岁月中，不知走过多少遍，行程加起来可绕地球数十圈了。

赶圩日，从四面八方来赶圩的人陆续进入宽敞的圩场和长长的圩街，有的忙着摆摊卖东西，有的走走看看，赶早买点肉买点菜，或打个酱油买点日用品。邮电所开门后陆续有人进出，营业员也开始忙碌起来。进去出来的人大多是来赶圩顺便寄封信，寄个包裹，或帮村里邻居寄封信的，也有来打个电话的。也有年纪大点的老汉什么都不寄就是来蹭看报纸，看看有什么新闻。圩场里、圩街上熙熙攘攘，邮电所营业厅也是人来人往，营业员比平常忙多了。

邮电所还负责电话的安装和修理、电线杆上的电线管理，经常要巡查线路。主线路是沿着邕武路边架设的，每隔50~60米就有一根电线杆，到腾翔圩后接入邮电所。又从腾翔邮电所架设通往各村的线路，乡村路边，田间地头，都能看到电线杆。这些高高矗立的电线杆，从前一个伙伴肩上接过电线，高高举过头顶，传给下一个伙伴，默默将各种信息从这一端送到另一端。早期是木头电线杆，后来换了钢筋混凝土电线杆。风吹雨淋的电线杆，哪有不被摧残的，时不时要维护维修。特别是遇到大雨时，电线杆歪倒线路中断，维修员要扶起或重新安装电线杆、接好杆顶上的电线。爬杆是维修员基本功，要先在两脚套上脚扣铁鞋，用安全带把上身与电线杆连在一起，然后一步一步爬到杆顶上接好电线。

八九十年代，改革开放，古圩经济快速发展，村民逐渐富裕起来后，开始改建骑楼，扩建圩场，将北排骑楼往北迁移到邕武路边和往伏梁的路边，填平北排骑楼后面的小水塘和坑洼地。腾出的空地留出一部分供人们摆摊卖东西，然后修建了邮电所的一排二层营业大厅和农村信用社五层营业楼，后面配套修建了职工宿舍。这两座崭新的营业楼成为圩场北排亮丽的地标性建筑。

1998年，邮电改革，邮政与电信分营，结束了近50年的"邮电合一"体制。腾翔邮电所也更名为邮政所，也称腾翔邮政支局。邮政所业务主要负责报刊、信件、文件（机要通信）的收发投递和包裹快递，在2007年增加了邮政储蓄银行。营业楼外面第二层横挂"中国邮政""中国邮政储蓄银行""中国移动"3块大大的牌子。邮政所工作人员有营业员1个，投递员3个，邮政储蓄银行工作人员6个。仍然负责腾翔片6个行政村和甘圩镇1个社区4个村的投递（甘圩1987年设乡，2000年改镇）。邮递专用自行车也换上了摩托车，实现了快递，业务快速增长。邮政所门前种的那棵榕树，也很快枝繁叶茂，形成巨大的树冠荫蔽一方。

所长林莲芳，在1995年上任时已是近40岁的中年人。她是武鸣县陆斡镇联合村人，身材苗条高个，脸庞清秀，皮肤细嫩，白中透红，乌黑的头发，一双明亮的眼睛，属于秀外慧中的职业女性，显得精明能干。曾在陆斡镇联合村担任村妇女主任、党支部副书记，于1980年参加邮电工作，在武鸣县仙湖邮电所、府城邮电支局任邮电话务员，有着丰富的邮电工作经验和基层领导经验。担任腾翔邮电所所长后，正赶上邮电改革，她带领职工剥离电信，加强邮政业务，特别是邮政快递，优化利用资源，适应新变化新要求建章立制，为后来增设邮政储蓄银行打下了良好的基础。10年所长，改革发展，成绩突出，受到了武鸣邮政局的充分肯定和村民的好评。

新所长覃建章走马上任后，没多长时间就调走了。此后所长频繁更换，但营业员、投递员比较稳定。

投递员陆耀升、蒙升、唐诗授3个年轻人，身强体壮，生龙活虎，有着良好的职业素质，热爱邮政事业，工作积极主动，责任心强，认真负责，踏实细致，兢兢业业。陆耀升负责甘圩镇一个社区4个行政村的邮政投递工作，十几年来投递及时准确无误，被武鸣邮政局评为优秀投递员。

邮电的发展与人们的生活有着紧密的联系。过去，寄信是人们沟通联络情感的重要方式，8分钱邮票寄出的一封薄薄家书，承载着温暖与感动，寄托着人们的思念和希望。人们收到一封家书，无论是大人还是孩子，都有一种迫不及待拆开看的兴奋感。70年代末80年代初，我在北京读大学时，经常与家人和家乡的同学通信。信发出后心里就开始惦记着什么时候能收到回信，心心念念，翘首以待。

如今写信的人越来越少。随着现代科技发展，人们沟通方式已发生巨大变化，手机打电话、刷微博微信、视频聊天，快捷方便。但有时还是很眷恋书信上隽秀的字迹，怀念那些真诚的思念和情感。

驿路漫漫，邮电长长。从历史走到当今盛世，科技发达，路已不再那么遥远，地球已成"村"。当然，时间不会停止，时代继续前进，人与人之间的沟通联络也永不停息，情感仍会随着邮路流淌。

腾翔林场

邕武路是一条美丽的风景线，沿途有连绵起伏的高峰岭，茫茫林海，峰隘雄踞，如今还建成了国家森林公园；从高峰岭下来，穿过腾翔、双桥两个古圩镇；特别是腾翔这一段，岩石山峰拔地而起，田畴平展，水塘泛波，雨雾中的天井岭若隐若现，路边排列着高大的古桉树，郁郁葱葱，满目青翠，美不胜收，宛若一幅青绿山水画。如此之美，既有大自然的造化巧布，也有人们的挥笔添彩。其中，腾翔林场也曾为此抹上一笔翠绿的色彩。

腾翔林场成立于1964年。那个年代，刚刚经历了大炼钢铁，许多林木被砍伐，留下了光秃秃的岭坡；紧接着又是三年困难时期，百废待兴。腾翔林场肩负植树造林重任，却地盘很小，只在邕武公路26~28公里的路段两侧荒坡展开植树造林工作，连个山峰都没有。与高峰林场面积89万亩，峰岭不计其数，横跨武鸣、宾阳、上林三区县的大林场相比，腾翔林场实在太小了。但正因其小而不自弃，奋力植树造林，也为邕武沿路风景抹上了艳丽的色彩，精神尤为可贵可嘉。

邕武路穿过腾翔圩，上了一个坡，从坡顶开始就是26公里处，过去沿路边都有里程碑，上面刻有醒目的26公里。顺坡而下至前面另一个坡顶，便是

28公里碑。这一段2公里长的路，左右两侧的荒坡谷底，就是林场植树造林的地方，约2万亩。林场前面是巍峨的岜车石山群，蜿蜒起伏，重峦叠嶂的石山群往西延伸到伊岭岩风景区。

十几个林场人，在西边盖了一排砖瓦房作为场部和宿舍。南面的坡顶是粮站的粮库和商店，离圩场也很近，生活方便。但植树是非常艰辛的。要选树种，育苗，移栽：挥锹挖坑，栽下树苗，培土浇水。三分栽种，七分护理。好在腾翔雨水多，成活率高。林场着眼于绿化与经济效益相结合，选择栽种经济林，如桉树、毛竹等。那时早期栽种的是窿缘桉，灰褐色的树皮宿存坚硬粗糙，有纵沟，枝叶茂盛。邕武路沿线绿化带就是窿缘桉，属于比较好的绿化树种。20世纪七八十年代后才有人工杂交的速生桉，其耗水、耗肥，导致土壤退化，肥力下降、生物多样性衰退、环境污染等问题比较明显。后来大规模栽植，并被誉为"世界桉树在中国，中国桉树在广西"后，这些生态问题才被人们重视。但当时林场就知道桉树速生，与杨树、松树并列，木材产量高，经济效益好，当年栽种当年见效，枝干可加工和制浆造纸，树叶可加工桉树油。毛竹也容易栽植，成活率高，粗竿挺拔，高达20多米，经济价值高，可供建筑做梁柱、棚架、脚手架等；竹篾性能优良，可编织各种粗细的用具及工艺品；枝梢作扫帚，嫩竹及秆箨作造纸原料；笋味美，鲜食或加工制成玉兰片、笋干、笋衣等，因而被林场选为主要栽植树种。

林场人咬定荒坡不放松，日复一日，年复一年，一个坑一个坑地挖，一棵一棵地栽，一批接着一批地种。坡陡处种桉树，坡底较平缓处种竹子。慢慢地荒坡变成了桉树林、毛竹林。后来栽种的速生桉，笔直的树干，那么率性，不歪不曲，直插天空，十分傲气；桉树林顺着土丘坡势不断蔓延，所到之处，灌木杂草难生，很是霸气。唯有那气节高昂、率性生长的竹林敢与之争锋。竹苗栽植后，生长速度先慢后快，头3~4年，不急着长高，而是在地底下快速生根，伸向每一个角落获取周边的营养，第5年后所有竹节生长锥同时发力快速生长，并不断长出新笋新枝。细想人生的经历何尝不是如此，小时先打好基础，长大后做事才可事半功倍。竹子"未出土时便有节，及凌云处尚虚心"。因而，我喜欢竹子，欣赏它坚韧不屈的气节，无私奉献的风骨，高风亮节、谦卑虚心、奋发向上的精神和品格。它那清新、飘逸、恬淡、高雅、挺拔、翠绿的身姿，经常出现在我的山水画中。

东侧荒坡，坡底中有一个小石山，远离岜车石山群，犹如一个跑丢的小山峰，孤零零地突兀在那里，可怜巴巴地遥望着群峰，周围都是土丘荒坡。由于地处低洼，遇到暴雨，山底周围积满水，小山又变成了孤岛。山中有一洞，虽然不深，但里面怪石嶙峋，可上下攀爬。小时候，我们经常来玩。林场人在周围栽种了桉树、毛竹后，小山耸立于树木掩映、翠竹摇曳中，宛如一个美丽的盆景。可惜八九十年代开采山石，把这个小山炸平采光了。如果留下来，都可发展成一个供人游玩的好景点。

圩场第8队东排骑楼与第10队骑楼中间有一片空地，圩街排水沟从这个地方经过，是个低洼地，林场栽种了毛竹，从邕武路边栽到墇常边，栽出了一片葱茏茂盛的小竹林。高耸挺拔的竹子，掩映着去墇常的小路。人们去干农活或挑饮用水，走在幽静的小路上，婀娜多姿、亭亭玉立的翠竹，宛如窈窕的少女，在微风中舒展枝条，摇曳致意，茂密的竹叶发出"飒飒"的声音，偶尔传出几声清脆的鸟鸣，令人心旷神怡。

植树成林后，大量的桉树叶如何利用？林场人曾在场部附近垒土架锅，土法蒸馏提炼桉树油。几口大锅蒸煮桉树枝叶，冒出滚滚浓烟，蒸汽冷凝后流出淡黄色液体，能闻到樟脑和冰片的气味。据说桉树油可用于配药、除虫，也可作为添加进油膏、牙膏、牙粉、糖果之中的香精。但由于这种土法蒸馏提炼太简陋，几口大锅无法消化那么多枝叶，提纯度也不高，因而也就不再自己提炼。

1967年，林场植树造林第3个年头，场部附近一片比较平缓的坡地还未植树。6月17日我国在西部地区成功爆炸了第一颗氢弹，举国欢庆，震惊世界。不久后的一天晚上，腾翔、伊岭、八桥、苏宫、造庆、伏林六个村群众数千人聚集腾翔林场场部附近的平缓坡地，观看我国第一颗氢弹爆炸成功和毛泽东主席在天安门接见群众的纪录片。如果没有林场整理出这片平缓坡地，也不可能有腾翔片六个村那么多群众集会到这里来举行庆祝活动，山坡上栽种的一棵棵幼小树苗见证了这个盛大的群众集会场面。

70 年代，全国掀起农业机械化热潮，各地相继成立了机耕队。1975 年腾翔大队成立拖拉机站，选址在腾翔林场场部附近，邕武公路旁，由林场提供了所需土地。从此，在葱茏茂盛的树林中，不仅有叽叽喳喳的鸟叫声，偶尔也传出拖拉机的轰鸣声。

林场人栉风沐雨，拓荒育林，在繁忙的邕武交通干线两侧，打造了一片绿洲，澎湃的绿潮席卷大地，青山、绿树、阡陌、村舍依依……那是一抹浓绿的色彩，构成了一幅美丽的风景图。

后来，林场追求经济效益，经过多轮砍伐，又乏于补栽，林木面积逐渐缩小。近几年回腾翔，已经看不到竹林了，走过通往古榄的路，两旁遗存下来的树木粗壮高大，浓荫遮蔽，心想，如果这片树林完整地保留下来多好啊！

森林是人类赖以生存的生态环境，具有无限生命力和丰富蕴藏。郁郁葱葱的树木，是地球的"绿色之肾"，茂密的叶子吸收地球中的有害气体，四通八达的根须涵养水源，防风固沙，坚实的树干成为许多生活用品的原材料。如今，碳排放、碳汇已成为人们不可回避的话题。许多国家制定了二氧化碳排放量达到的峰值，但如何实现碳达峰？植树造林，无疑是最好的措施。增加森林面积，保护好陆地生态系统中最大的碳库，才能更好地调节气候，缓解全球变暖。

如今，再看腾翔林场植树造出的这片林木，更觉弥足珍贵，它给我留下了深刻的记忆。当然，看到这片绿洲少了，或许会没了，也不免生出淡淡的乡愁。

篮球运动，体育强村

2021年的岁末，腾翔村委会梁汉卫主任用微信跟我联系，说起了腾翔村的篮球运动：从20世纪六七十年代起，腾翔就是体育强村，篮球运动在武鸣区（县）赫赫有名，腾翔村的青少年非常热爱此项运动。往年，外面的篮球队经常来腾翔切磋交流比赛，给村里群众带来了丰富的体育盛宴，深受群众喜爱。但近年来，由于水泥地的球场年久失修，球员打球、比赛时，经常有摔倒受伤的，因而渐渐地外面的球队不来腾翔交流比赛了，本村的球员也不在该场地打球而跑到其他村去了，群众再也看不到轰轰烈烈的球赛盛事，热热闹闹的腾翔灯光球场沦为只能停车、摆摊的鸡肋之地。村委会根据群众的要求，将筹款改建腾翔灯光球场，并规范球场管理，让篮球运动继续发扬光大。

我年初回腾翔时也看到了篮球场的现状，因而对村委主任的话深有同感，当即表示支持。

村委主任是伏梁屯人，大学毕业后回腾翔建设家乡，2016年经村民选举当了村委会主任。如今已是40多岁中年汉子，一米六几的个子，英俊儒雅，精神干练。谈到腾翔的发展，踌躇满志。适逢乡村振兴的契机，他与村委刘积军书记、苏立山副主任正擘画如何振兴腾翔：文武兴村，富裕腾翔。定位依据来自腾翔深厚的文化底蕴和先辈传承下来的优良传统，这是振兴的灵魂，发展的内生动力。"武"是指腾翔有爱国情怀，崇尚英雄，体育强盛，敢于争先，以及发展武术训练。抓住了根本，突出了特色。文化和体育是传统，历届村委重视和付出、村民支持和发力也是传统。只要有精神，有动力，何事不成？回望过去，一步一台阶，发展了兴旺繁荣的古圩；展望未来，而今迈步从头越，再创富裕腾翔。可喜，可赞！

灯光篮球场改造，11月底启动，12月初灯光球场改建竣工。塑胶场地，红绿两色：运动区为绿色，三秒限制区、中间开球点和端线、边线外区域为红色，白线划分，钢质悬挂式篮球架，妥妥的一个标准塑胶篮球场。一改往日的灰土色调，亮丽耀眼，很有气场。红绿相间的色彩搭配，既凸显运动的热情、活泼、张扬，又体现绿色清新、健康和希望，给人安全、平静、舒适之感。塑胶具有弹性，即使运动中摔倒了，也会"倒而不伤"。

12月15日晚，改建竣工的球场，几根高高灯杆上的大灯全亮了，全场灯光明亮辉煌，宛若白昼。第一场球赛开始了。看到从现场发来的球赛视频，瞬间穿越时光，回到了儿时在此球场玩球的情景……

那时篮球场还是石灰夯土地面，球架简陋：两根原木上面钉块四方篮板，安上投篮圈。后来又做成悬挂式篮球架，投篮圈下面还安了球网，但仍然是木质的。比赛时在地面用石灰划分球场区域，平时只留下淡淡的白线。虽简陋但曾是腾翔圩唯一的球场，在小学校门和戏台之间，旁边有大队办公骑楼，是文化区域的中心位置。后来，学校在后院也修建了自己的球场。球场旁边别具特色的中西合璧小学校门，凸显了现代意义上的学校：拾级而上，大拱形门洞，廊式通道，方柱砖墙，造型严谨，比例匀称，装饰精美，雄伟气派。巍然而立的古戏台则完全是传统古建筑，青砖黛瓦，立柱横梁，挑檐大屋顶，气势恢宏。校门和戏台成了球场的独特背景，球场则成为古圩的广场、运动场。

篮球场东南角有棵大榕树，西北角有棵老凤凰木。大榕树已在《榕树下的歌声》一文中记述。球场边的老凤凰木，是大型热带乔木，灰褐色树干粗壮，树冠高大如伞，叶如飞凤之羽，花若丹凤之冠。6—8月的炎炎夏日，色彩鲜艳的花朵争相开放，鲜红鲜红，然后渐变橙红，若熊熊火焰在燃烧，若蝴蝶停留在树枝上，在鲜绿色羽状叶子衬托下，非常美丽。花开过后，树枝上结出一串串扁平弯曲横长的荚果，成熟后里面有圆滑坚硬的种子。

球场是开放的，但篮球很少。那时候只有大队办公室有一个，学校有一个。后来，腾翔球队主将老木（刘肇云）自己买了一个。因此，只要球场有人拿出球来玩，我们小孩就往球场跑。大人打球时，我们只能在旁边看，球出界了，就主动跑去帮捡球，顺便摸摸球玩玩；顺手在地上拍两下，再把球扔回球场；或者一边拍一边往球场里跑。有时拍多了，球场上大人就急了，喊快点拿来！

大人休息时，我们才有机会上场玩一会儿。练拍球，然后投篮。刚开始甭说投进篮筐了，连篮板都投不上，不是低了就是从旁边飞过去了。但玩着玩着就慢慢摸到规律了，起码投到篮板没问题，偶尔还能投进一个，那别提多高兴了，兴奋地大叫起来——"进了"！满脸的得意。篮球有很强的"磁力"吸引着我们，只要球场有球，即使天黑了也会玩得忘了回家吃饭，大人一叫再叫，才磨磨蹭蹭地回去。

从小热爱篮球，长大后必然热衷于此项运动。我便是如此。到北京学习和工作后，还坚持篮球运动。工作之余打打球，放松放松，锻炼身体。在文化部办公厅、离退休中心，我都是主力队员，经常与其他司局比赛。人事司邀请我们比赛时，高树勋司长指定我一定要上场，他也上场，否则就不跟我们打球。

20世纪六七十年代，腾翔球队已经是一支实力很强的球队。主将老木、黄宪楷、刘品威、黄英伦等，在本地可算是响当当的"球星"了。老木的球技全面，非常敏捷，爆发力强，弹跳高投球准，灌篮厉害。他的手宛若吸盘，指尖稍稍碰到篮球，那颗球就好似吸到他的手中一样，边拍边左右运球，只要他想过去，很难拦得住。若有人拦，他就探步转身过人：先向防守者迈出一小步，球随脚步晃动一下，对方误以为他要往这边突破，可他直接将球砸地，接着转身迅速从拦者身边过去了，快速跑到篮球架附近，双手托起篮球，轻盈地跳起投篮，球在空中划出一道优美的抛物线，准确地投入篮筐。有时球先投在篮板上，"咚"的一声，再反弹回来进了篮筐；有时是无声的，连篮圈都没擦着；有时在篮圈上转两下再进筐里。他的三步投球和在篮架下假动作虚晃一下然后起跳空中转身投球，更是优美至极，令人啧啧赞叹。他是球队主心骨，灵魂级人物。黄宪楷善打前锋，他灵活快捷，抢球带球速度快，经常带球奔跑左右突破直接三步上篮投球，进球率高。当对手防守严不好突破，或不便传球时，他会果断在三分线双手举球投篮。如果投不中，他就迅速抢篮板球，拿到手后传球给同伴，或在对手拦截时，做个投篮假动作，对手跟着起跳想盖帽，可他转身起跳躲过对手投篮。有时还左手防卫右手投篮，动作迅速连贯，出人意料地将球投进篮筐。球队除了进攻比较强外，也很重视后卫防守。防守好不好，也可能决定一场比赛的走向。刘品威善打后卫防守，他长得结实，扎步稳当，脚步移动快，双手在对手面前上下晃动，干扰对手的视线，防止突破，卡住其进攻方向。只要被他拦住，一般很难过去。他会抢占有利位置，用身体挡人然后抢篮板球。抢到篮板球后将球传出，或落地后迅速传出，或运球突破后及时传给同伴。需要时，他也打中锋或前锋，抢篮板球，带球进攻，投篮进球率也很高。其他队员也各有特点，球技都很好，因而球队整体实力很强。

球赛是最热闹、最激动人心的。腾翔球队经常邀请附近村的球队来比赛，有时双桥乡（镇）球队也来比赛。曾经举办腾翔片球队联赛，盛况空前，当时在本地受欢迎的程度，就像现在 NBA 球赛一样。联赛在春节前后举办，腾翔片 6 个村各自组织一个球队参赛。各球队赛前都进行了训练，上场前还热身练球，生龙活虎，跃跃欲试，身手不凡。球场边架块黑板，用粉笔记分。学校门口的台阶上坐着各村观众，特别是赶圩日观众更多。场上球员争夺激烈，好球频出，也有失误惋惜的。裁判哨声频频吹响，手势很专业。场外观众激动呐喊为本村球队助威，进球了大家鼓掌欢呼。古圩人看球，不光看热闹，还评球论技。议论哪个村的球队打得好，谁的球技棒，发挥好，甚至给出建议应该怎样才行。球赛犹如运动场上演奏激越欢快的乐曲，余音绕梁。联赛结束后，许多人见面仍在品评球赛，余兴久久。

20世纪80年代，改革开放，经济繁荣，小学教室、校门改建，篮球场也铺上了水泥，球架也换成钢质悬挂式的。后来又安装了灯杆灯具，变成了灯光球场，人们打球就更方便了。年轻人白天忙于农活，开车搞运输，开店做生意……晚上，球场灯光一打开，明亮如昼，他们身穿编号球服，犹如专业球员，驰骋球场。在球场边围观、玩耍的小孩和大人，都是铁杆球迷。

腾翔球队，如长江后浪推前浪，球员一拨一拨，一代又一代，不断涌现。如今活跃在球场上的是一批新秀：领队苏立山、韦日开，教练王圣锦，主力队员沈永武、刘健功、甘维丁、刘品龙、刘振功、韦超标、韦福振等。苏立山一米七几的个子，瘦高结实，现为村委会副主任，既是球队的组织者、领队人，也是球场上的主将。隔三岔五，邀请邻村球队打一场友谊赛，切磋切磋球技。逢年过节，来一次真正的球赛，比个输赢。每年春节、端午节、"壮族三月三"等节日期间，除了举行传统民俗文化活动外，篮球赛也是重要的活动。双桥镇举办的全镇篮球赛，腾翔球队是支"劲旅"，夺冠取亚，总能排上名次。还代表双桥镇参加武鸣全区的篮球赛，奋战球场，挥汗拼搏，展示球技，闯关夺冠，不负众望。曾获得2016年双桥镇春节篮球比赛男子组第一名；2017年双桥镇篮球比赛第一名；第四届万村农民篮球赛南宁市武鸣赛区第一名。在南宁市的篮球赛区也能排上名次，如获得南宁市体育局2018年举办的第五届万村篮球赛南宁赛区男子2分钟定点投篮第6名，男子3人往返接力投篮第2名，并获得男子组"体育道德风尚奖"等，还可列出一串长长的获奖单。

打球是锻炼身体，磨炼意志，看球也可从中品出生活道理。做事就像运球传球一样，需要相互配合；一球在手，瞄准目标，勇往直前；但要历经千难万阻，磕磕碰碰在所难免，要看准机会，该出手时就出手，而且要跳得高，动作快，才能投篮成功。做事何尝不是这样？打球需要拼搏、合作，共赢。练的是体质，打的是精神。

　　文武之道，一张一弛。古圩有活跃繁荣的圩场经济，有独特的传统文化，体育运动也方兴未艾。振兴目标，民富村强。如今，号角已吹响，春潮涌动，阳光灿烂，蓝天白云，铆足劲，再次腾飞翱翔正当时。

骆越文化 潭常书院与

走在故乡的土地上，望着翠绿葱茏的田野和巍峨耸立的群山，有时会陷入遐思：儿时的往事浮上心头，腾翔古圩的历史文化，还有哪些需要深入挖掘？脚下的大地，壮族先民曾经建立了古骆越国，国都就在今武鸣区陆斡、马头、罗波、两江等镇一带，辖域遍及广西红水河流域，以及云贵高原东南部、广东省西南部、海南岛和越南的红河流域，创造了灿烂辉煌的历史和文化，是中华文化的重要源头之一，是广西文化的根。恍惚间仿佛听到那浑厚的铜鼓在时空中声声回荡；那弯垂的黄澄澄稻穗，在微风中摇曳，宛若正在述说着骆越先民创造的稻作文化……历史就是一座座大山，它未曾离开过，就耸立在那儿。大地知晓所有的秘密，却沉默不语。只有文化遗存书写着久远的历史。

当然，大明山下的"骆越水"依然缓缓流动，生活在这片土地上的壮族人，没有辜负先民的创造，一代又一代传承发展着古老的文化。传统的稻作文化在这里发扬光大，独特的传统礼仪，风俗习惯，嘹亮的山歌，师公舞，龙母文化等，依然存活在人们的生活中。特别是每年武鸣举办的"三月三歌圩"暨骆越文化旅游节，人们沉浸在"歌海"之中，追溯着壮族灿烂的文明。

文明之火需要传递，还要不断添柴加薪，才能更加旺盛红火。明清时期的科举制度，使这里的私塾繁荣，其中的仙山书院，培养出了许多考取功名之人。到了中华民国时期，现代学校取代了书院。中华人民共和国成立后，仙山书院变成了现在的伊岭小学。离苏宫村板苏屯不远的太平镇葛阳村，清代教育家、大文豪刘定逌在家乡创办了葛阳社学。后来，葛阳"乡士数人偶谈葛阳之盛，因恩默佑之灵"，为纪念刘定逌，修建了文昌阁，现已成文物，供游人参观。据说，如今葛阳人又创办了现代的葛阳书院，传承古时书风。实际上，改革开放后，中国的大地上兴起了一大批现代书院，继承和发展了古代书院的教学研究、图书收藏等传统，承担着学校专业教育以外的社会文化教育。

受此启发和鼓舞，在腾翔村委梁汉卫主任的组织安排下，腾翔乡贤沈瑞文、陆寿成、张逢元、张毅、苏以同、甘小英、王天助、黄宪华和腾翔村党总支刘积军书记、村委妇联刘秀勤主席等聚在一起，回望古圩文化的发展——虽历经沧桑岁月，但脚步始终未停歇，繁荣昌盛的古圩证明了一切；谈及当今盛世，波澜壮阔的经济文化建设和乡村振兴鼓舞人心，腾翔应该做什么？如何做得更好，更有特色，更有利于本土文化的传承发展？众人聚焦在了促进古圩文化繁荣发展的机构，提议创立墰常书院。

墰常，是个水塘。此地有两个大泉眼，自古泉水汩汩喷涌而出，常年不歇，并因泉流而成大水塘，因而名为墰常。这个名称，出现在明清时期的地界碑文和中华民国时期的地契中，意思是：泉水常流的水塘。后来，附近古老的"米花圩"因无水源而渐渐衰落，人们将旧圩迁到墰常边兴建了现在的腾翔圩，并将墰常中的一眼泉修建成饮用水井。新圩刚建成时，曾称"墰常圩"，后定名为腾翔圩。

因此，用墰常作为书院名，既体现了与古圩的渊源关系，又有厚重的历史感，更契合民心民望。还有深层含义：通过书院传授中华国学，传承本土文化，让古圩文化的发展，像墰常水塘一样，清泉喷涌，常流不歇，翰墨书香，孝贤礼韵，源远流长。

　　墰常书院设在戏台。建圩时就有这个戏台。那是一个古色古香的戏台，歇山式大屋顶，飞檐翘角，庄重中透着秀逸，梁柱之间有精致的木雕，戏台分前、后两部分，后部是化妆室，前部是戏台，正面对广场和腾翔小学。旧时，这里锣鼓喧天，丝竹盈耳，多少波澜壮阔、哀婉缠绵、忠孝节义的故事在这里登场，剧情曲折婉转，演员水袖轻舞，观众如痴似醉。因而戏台成了古圩人精神文化的殿堂。但因年久失修，损坏严重，20世纪90年代翻建为现在的戏台，无飞檐翘角，而是金黄色琉璃瓦屋顶加露天平台。戏台成了"腾翔文化中心"，这里又上演了无数歌舞节目，也是放电影的场地，每年"五月五"腾翔民俗文化艺术节主场就在戏台。戏台后部有四层楼，一层为商铺，二至四层为墰常书院用房。这里将成为藏书、讲学、活动的场所。有大书架及藏书，可静心看书学习；可办国学、文学讲座，开展书画培训、创作，举办书画、摄影作品展览；有大镜子可化妆，进行山歌演唱，歌舞演出；还可办公开会议；等等。可与戏台对面的腾翔小学、腾翔初中互相呼应，发挥社会教育的功能和作用。

　　基层办事，非常渴望得到上级的支持。筹办期间，武鸣城区党委组织部、宣传部，政协文史委，城区史志办、图书馆和双桥镇党委政府，武鸣骆越文化传承发展联合会等部门、单位的领导和同志来到腾翔考察指导，对《腾翔古圩》史书的编纂工作，挖掘整理村屯历史文化、民族文化和红色文化等工作给予了充分肯定，也为墰常书院与骆越文化传承发展联合会搭上了桥。此后，骆越文化传承发展联合会的潘稔、黄汉前、谢作慧等同志参加腾翔乡贤会，对乡贤申报腾翔古圩文化促进会，办好墰常书院，致力于传授国学、传承发展民族文化，培养提高青少年的各方面素质，给予肯定和支持，并实地考察书院场地。

　　改革后的武鸣城区，领导深入基层，体察民情，顺应民意，办事高效。民政局干部亲自指导，文化广电体育和旅游局办理了会签，民政局按程序快速办理"南宁市武鸣区腾翔古圩文化促进会"名称预审批。随后，腾翔古圩文化促进会筹委会制订了《腾翔古圩文化促进会章程》，按计划完成了各项筹备工作，并报民政局审批同意。古圩文化促进会由梁汉卫担任会长兼法人代表，张毅、王天助、张逢元任副会长，刘秀勤任秘书长，苏以山任监事长。促进会内设机构：墰常书院。梁汉卫兼任墰常书院院长；腾翔乡贤、退休高级教师、诗人沈瑞文为副院长，负责培训教学工作。

当然，墰常书院与骆越文化，现代与古代，跨越 3000 多年。现在与过去如何对话？古老的民族传统文化如何传承发展？或许墰常书院可以做很多探索和实践，走出一条不寻常之路。哲人说："路，是人走出来的，是勇敢者开拓出来的。"大文豪鲁迅说："世上本没有路，走的人多了，也就成了路。"因此，只要迈开步子，路就在脚下。

墰常书院与骆越文化，是现在、未来与过去，是叶与根的关系。这个书院，只是骆越文化这棵苍翠大树上的一片叶子。是深入泥土的根，托起了绿叶。叶子从根吸取养分，迎着灿烂的阳光，不断进行光合作用，释放出能量，才能更好地生长，并展示树的魅力。

因此，传承发展骆越文化、民族文化，特别是传承发展古圩文化，丰富村民文化生活，开展人文教育，培养青少年课外阅读和写作、书画、山歌的兴趣，提高其各方面素质，培育立身行道之人才，续写本土人文，振兴乡村，应是墰常书院的使命和担当。

旧时的书院催生了许许多多的文人墨客。如今，新时代的书院，继承和发展古代书院传统，应该肩负起更重要的文化责任，面向未来，发挥文化启迪和思想引领作用，成为当地民众的精神家园；同时，培育出更多的文化艺术人才，赋能乡村振兴。祝愿墰常书院兼容古今，弘文励教，充盈着书的芬芳，诗的韵味，艺术的魅力。

赶圩是壮族地区古老的集贸方式。圩场是附近村庄村民物资交易和人文交流的中心。一个古圩，必然是其周围的村落共商、共建、共享。这些村落都有各自辉煌的历史和动人的故事……

同赶一个圩

千年古村炊烟袅袅

留住乡愁的大伍

唐朝诗人张九龄的"悠悠天宇旷，切切故乡情"，道出了无数游子的心声。远离故乡的游子都有浓烈的思乡之情，距离越远思念越强。因为，太远了要回一趟家乡也就越不容易，自然也就产生了绵绵无尽的乡愁。故乡是出生地，是安身之处，那里有父母和亲人，因而是心灵的归宿，是生命的根。思乡、怀乡之情，对家乡故土的眷恋，是人类共通而永恒的情感。当然也是非常高尚美好的情感，是人的优秀品质。

好在如今交通越来越方便，只要有时间可随时回家乡看看。我每次回广西老家，我妹江玲都安排去采风写生。有一天早上，她和闺密韦艳娇开车带我和老伴去八桥村大伍屯看 72 道门。她们告诉我们，大伍屯变化大了，72 道门成了旅游景点，很多人去参观游览。

望得见山

汽车行驶在腾翔圩往伏梁的乡道上，这是 1975 年开发伊岭岩时在原土路上修筑的沥青柏油路，汽车可从这条路开到伊岭岩，再往前一点就到了毗邻的八桥村大伍屯。路长也就6公里左右，路宽刚够两辆汽车对开，修路时在路两旁栽下的树已经长成大树。20世纪90年代修筑了南武二级公路（后提升为南武城市大道）经过伊岭岩和大伍，这条路从腾翔圩到南武二级公路就缩短为5公里左右。由于拉石料和农产品的大卡车走得太多，道路虽几经维修，有的路段仍然变成了坑坑洼洼，汽车开过去还是有些颠簸。开过这段路就上了南武城市大道，路面一下子宽敞平坦了，车速也快了许多。

坐在车上看着沿途的风光，映入眼帘的是美丽的田园景色，还有一座座突兀陡峭的石山峰拔地而起。有的两三座山峰连成一体，有的独自矗立。远远看去，许许多多的山峰高低错落有致，大小形态姿势各不相同。这是亿万年前形成的喀斯特地貌所特有的石山群，这一大片石山群从腾翔、八桥、伊岭、伏林至高峰称为弧形石山地带，到底有多少座山峰，可能至今无人统计过。

过了伊岭岩，从南武城市大道右拐进去便到了大伍屯。这里是群山环抱中的一块大坪地。村庄背靠巍峨耸立的青山，三面都是大片的田地。各家在原宅基地上翻建的三四层小楼错落有致，水泥硬化的村道穿梭在小楼之中。这些小楼都是精心设计的，虽然形态楼高各异，但楼顶都统一为传统红瓦的颜色。大阳台、玻璃窗以及村道上的水泥地、路灯则张显很强的现代感。村里和村边道路两旁绿树成荫，小鸟轻轻地在树枝上跳来跳去，不时发出清脆的鸣叫声。行走在村中，心想这与城市有何差别？乡村人也是住着小楼开着车，嘴里哼着优美的山歌小曲；炎炎夏日也能住在空调屋里，享受着清凉的舒坦；生火做饭不再烧柴，而是煤气一点就燃，自来水哗哗流……也许比城里人好。城里有多少人有这样的小楼？青山相伴和田园风光那就更没有了。

从村里往外看，近处、远处山峦叠嶂，山峰造型独特。有的山体雄壮，气势磅礴，也很豪迈；有的孤峰矗立，陡峭高峻。人们对这些山保护得非常好，没有人炸石头，没有人砍山上的灌木，保持着自然生态，因而山上林木葱郁，景色优美。

由于群山环抱提供了优越的气候条件，这里空气湿润，物产丰富。看着这些山感到非常亲切。它们默默地相伴着这个村庄，见证了大伍屯的发展变化，成为人们最好的朋友。

青山、绿树、水塘、小楼、田园……构成了大伍屯的村庄元素，体现了天人合一、人与自然和谐相处的理念，提供了良好的生活环境，提高了村民的生活质量。让我们感到，大伍屯在提升建设中仍然保持着农村特色和农家情趣。

看得见水

大伍屯没有大江、大河，只有一条河从伊岭河分支流经那河屯到大伍。这条河叫彩阳河，没有流经大伍村边，主要用于河两岸的农田灌溉。紧靠村边的只有一个水塘。这个水塘是月牙形，但一头小一头大，又像往下流的水滴。实际上在水塘中有一条堤坝，因而分成了一个大的和一个小的，犹如一个大水滴旁边还有一个小水滴一样。靠村子的岸边和中间弧形堤坝保留了原始的状态，长满了青草和绿化的树木。水塘外面的岸边修建了步行栈道，有一条栈道桥从堤坝横跨水塘通到对面的栈道。水塘外面是开阔的一大片田地，一块接一块，有种水稻的，也有种蔬菜的，绿油油。

这个水塘应该是建村时就有了，因为中国的古村落几乎都有一个水塘，甚至多个。但从外形来看不像自然形成的，可能是村民集中挖土建房形成的。旧时农村的房子一般都是土坯房，建房需要挖土造坯，为了不破坏农田和道路，村民约定俗成到村中地势低洼、不适合建房的地方集中取土，因而被挖成了大坑，下雨积水后就形成了水塘。

这个水塘与村庄相依相伴，共生共荣。下雨了，它把雨水收集储存起来，为村庄防淹排涝。干旱了，村民通过排水、抽水的方式，用水塘的水灌溉田地里的庄稼。旁边的一块菜地里，有一畦畦绿油油的菜苗。村妇提着桶从水塘里打水，水桶拍在水面溅起小小的水花，水从横斜的桶口迅速流进桶里。村妇提着装满水的桶回到菜地，用水瓢舀水浇菜。

水塘清澈的水映出蓝天白云，绿树倒映在水中，微风吹来，泛起层层涟漪，缓缓地从一边向另一边推进。其实，水塘充满了生机。每当春回大地雨纷纷之时，水塘、田野里的蛙鸣此起彼伏，一群一群小蝌蚪在水草中游动，小鱼不时探出头来，在水面吹个泡泡，形成一朵朵水花；有时还能见到成群的鱼儿聚集在水面吐着水泡，或藏在水草底下，倏而游走了。村民赶着一群鸭走来，鸭子看见水塘欢快地扑进水里，在水上尽情地嬉戏游玩，有的猛扎入水中，留个高高翘起的尾巴，或扑腾着翅膀，伸展着腰肢；有的啄食着水面的藤蔓、菜叶，你争我抢，互不相让；有的轻轻晃动着褐黄的脚蹼，悠游自在。

过去，这里还是人们洗衣服、洗菜、游泳、钓鱼的地方。现在家里有了自来水和洗衣机，不用再到水塘洗衣服、洗菜了，但有时间还可以到水塘钓鱼。每年秋收结束后，鱼儿也肥了，村民们组织青壮年到水塘打鱼，然后分给各家各户，那个时候整个村庄就会洋溢着丰收的喜悦。

对大伍人来说，水塘的作用是重要而不可或缺的。传统的风俗中，"宅前有水宅后有山"的意识和"养人聚财"的良好愿望从建村起一直传承下来。因而村庄在漫长的历史发展过程中，一直保持着依山傍水的格局，水塘依然满塘清水、碧波荡漾。

记得住乡愁

大伍人除了看重山看重水以外，还有72道门。如今村庄大部分旧房已进行了翻建，变成了一栋栋现代化的小楼，但在村庄中间保留了一座古老的、独立完整的砖瓦房大宅院。

这座宅院是邓家人晚清时期修建的封闭式长方形建筑群，占地1610平方米，分外、中、内3层，有一个正门，两个后门，左右两侧各有一个侧门，加上67间房门，总共72道门。整座建筑就像一个大大的"回"。房屋红砖木梁红瓦结构，大四棱长条石台阶，地面铺着红色火砖，显得格外庄重、沉稳。雕刻精美的窗花则显得古朴典雅。从大门进入邓家大院，可以看到门楣高挂着"恩赐九品"的牌匾，这是邓文彩因孝敬长者，品德高尚，于1846年被清朝政府册封的。前厅内还挂有"寿如松乔"牌匾。屏风上刻着五只蝙蝠，寓意着五福临门。整座建筑传递着"忠孝福寿"的传统道德思想。

据说这座大宅院由邓文彩选址，后来孙子邓致辉、邓致宝、邓致彰3兄弟从1864年开始修建。因为邓氏3兄弟并非大富大贵之人，当时为建这座大宅，3兄弟拼命挣钱，过着节衣缩食的日子。为了减少开支，购买建材时也是选价格比较便宜的红砖红瓦。并采取分期陆续修建的方式，挣了钱就修几间，历经25年至1888年才完工。修建之时，正值太平天国农民起义失败，太平军战败一路逃跑，地方土匪冒充溃败的太平军抢夺钱财的事时有发生。因此邓家子孙仿造宫城建筑把宅院建成具有防盗、防守自卫功能的坚固城池。大院设有瞭望口，两侧小门和后面两个小拱门，均是易守难攻的出入口，利于御敌。宅子虽是中轴对称风格，但里面道路回环曲折，门洞错落复杂，仿佛八卦迷宫。因此大宅建成后震惊四方，从此邓家人一直居住于此。

宅院不仅是邓家人的住所，也是族人和村人在战乱匪患时的避难之地。在民国军阀混战、土匪横行期间，邓氏子孙组织村中壮丁把守宅门，村人家属女眷躲在屋内，几次避免了被扫荡欺凌之灾。

这座大宅院最多时有100多人同时居住。直到近几年，邓家后人才陆续全部搬离。这里变成了被保护的古民居建筑，并开放供人们参观游览。

保存完好的邓家大宅院，斑驳的红色砖墙和屋顶瓦片，都刻画着雨水的痕迹，留下了岁月的记忆。屋檐下摆放着犁、扁担、箩筐等一些农具，屋内居室有木床、木凳、木椅、木桌，厨房有柴火灶、水缸、木桶、木瓢、石磨等，还有谷风车、簸箕等老物件，让人感到非常亲切，勾起了我们儿时的记忆。这座大宅院凝固了几代人的生活，承载了一个家族的历史，从中可以读出大伍的村史。

除了这座百年邓家古宅外，在村里转转，还能看到保留下来的砖瓦结构民宅，据说有33栋之多。还有一些新建的楼房采用仿古红墙和白墙搭配，再融入半坡顶、屋顶翘角、双头鸟图腾等壮族民俗元素，打造出具有壮乡特色的农村住宅建筑风貌，体现了本土文化特点，延续了大伍的历史文脉。

我妹说，每年4月的"壮族三月三"和9月的"中国农民丰收节"，大伍屯都举办盛大的庆祝活动，村民和游客载歌载舞，非常热闹。"三月三"还有精彩的壮族脚斗士争霸赛、山歌对唱等。"农民丰收节"由武鸣区党委、政府主办，各乡镇农民都来大伍屯参加活动，有各种农产品、壮乡美食小吃、壮族非遗产品等在活动中销售，好吃好玩，人们沉浸在浓郁的乡土风情之中。来到这里的游客也能找到乡愁，品读壮乡的传统文化。

看了大伍屯的发展变化，深感惊喜。在乡村振兴中，大伍人不仅有追求美好生活的愿望和行动，还有强烈的本土意识，找到了现代化发展与继承传统文化的钥匙，"留住乡愁"贯穿在村庄的提升改造和日常生活之中。走上了"生态宜居、产村互动、农旅融合、富裕文明"之路，成为壮乡民俗示范村、生态特色文化旅游示范村和现代特色农业生态综合示范村，并被国家民委命名为第三批"中国少数民族特色村寨"。

如今大伍已经旧貌换新颜，成为安居乐业的美丽家园，同时也留出了乡愁安放的空间。巍峨青山是乡愁，一汪水塘是乡愁，72道门和留下来的砖瓦老宅是乡愁，新楼屋顶的本土元素是乡愁，田连阡陌、稻菽飘香是乡愁，米粉鱼生粽子是乡愁，乡土味道是乡愁……就是这些看得见、摸得着的东西，让人倍感亲切，珍藏心底；让人难以忘怀，萦绕心间；让人记得住乡愁，留下了美好。

踏访乐山读书岩

　　2021年4月15日，我应邀赴深圳参加中国文化管理协会国学发展委员会成立暨粤港澳大湾区国学发展论坛活动。论坛结束后，赴广东江门、佛山市考察，然后乘高铁回广西老家腾翔。

　　得知我回到腾翔后，《腾翔古圩志》编纂团队负责人陆寿成先生问我能否参加4月26日在八桥村乐山屯举办的红色教育基地的参观活动，我欣然答应。可26日早上天刚蒙蒙亮就听到"轰隆隆"的雷声，紧接着雨点"滴滴答答"地下起来，越下越大，心想今天可能去不了啦。直到九点半雨才慢慢变小，天空也有点儿要放晴的意思，于是大家决定集中到圩场北丁字路口的邕武路边等候，有四辆轿车会带我们前往乐山屯。好像老天爷要考验一下编纂团队意志似的，刚要放晴的天空突然又阴云密布，小雨仍然淅淅沥沥地下个不停。怎么办？大家商量，既然参加人员都已上了车，并备有雨伞，那就出发。

　　汽车行驶在通往武鸣城区的邕武路上，车窗外景色迷蒙，洗过雨水淋浴的树显得格外翠绿，路边高大耸立的石山在淡淡的雨雾中往车后消逝，右边远处连绵起伏的天井岭在迷雾中若隐若现。过了岜车，左边路口有一块巨大石头上面刻了"乐山屯"的红色大字。车拐进去几百米便看到一座犹如神马昂首横卧的石山，南高北低，这就是乐山屯后面的"神马山"，原名叫"岜落"，意思是有滑坡的山。可能是南头最高山峰下半部分土质较多形成斜坡，像滑坡一样，因而得名。村庄也叫岜落村、岜落屯。之所以也叫"神马山"，是传说明朝末年战将黄石滚被清军打败，逃到岜落村下马清点兵员，所剩无几，感到大势已去，把战马放在岜落村，自己躲到城厢夏黄起凤山的岩洞里读书至终。战马不见主人后长嘶不止，化成一座山，因而称为"神马山"。将军下马的地方叫"点兵营"。旁边的另一座山叫"鞍马山"，马头前面的水塘叫"马料塘"。1964年，根据县委社教工作队的建议将岜落屯改为乐山屯。山脚下一栋一栋三四层的小楼，错落有致，应该都是在原宅基地上翻建起来的。这些小楼房是依山在有坡度的地形上，根据乡村生活需要而精心设计的，外形优美别致。在坡地处或低洼处建的小楼将楼基低处抬高，因而门口有台阶上到一层，外面走廊安了不锈钢栏杆。楼上阳台的栏杆有不锈钢的，也有建筑雕饰性的。从村口望去，呈现给我们一幅依山傍水又富于现代感、优美宜居的新乡村画面。

编纂团队成员黄胜标先生是乐山屯人，他早在家里等候我们了。黄胜标先生退休前是腾翔小学校长，因此大家都叫他黄校长。他中等身材，体格健壮，古铜色方形脸，高高的额头显得光亮，头顶上好像剪光后刚冒出来的短发稀疏斑白，络腮胡子拉碴，显然早上没来得及刮胡子，也很符合他朴实厚道、豪爽健谈的性格。我们的车停在他家门口的龙眼树下，旁边是一个水塘，细雨洒在水面上溅起无数小小的水花。黄校长穿着一件雨衣从家里出来热情迎接我们。

黄校长有两个儿子，因此在原宅基地上翻建了2栋小楼。前几年先建了一栋，后来在外打工的大儿子挣了钱又在旁边新建了一栋，2021年年初刚竣工。我们在客厅落座，有陆寿成、张华元、沈瑞文、王天助、王天茂、刘洪骏、阮志龙、覃仲瑶、陆克贤、周文锐、黄锦刚、马建华等，坐满了他的客厅。黄校长介绍了乐山读书岩和红色教育基地及乡村振兴示范村规划建设的情况，然后再带领我们去参观。

等我们从黄校长家出来，雨也基本停了，只有一些毛毛雨，不打伞也能走。我们沿着村道穿过一栋栋小楼往村后山走。村道上有一棵古老的龙眼树，黄校长说是他家先祖种的，现在每年还结果，熟了村里人可以随便摘。走一会儿就到了红色广场。广场中央有一组红色雕塑，由竖起的红缨枪头（菱形）、大刀前部分和一面党旗组成，上面有金黄大字"不忘初心、牢记使命"。在周围花草树木和小楼之中，广场上的红色雕塑显得格外醒目突出，给人震撼和力量。

2021年3月，武鸣区委书记黄伟光到乐山屯考察时在红色广场种下了象征革命精神和回忆思念的7棵红枫树，寓意红色代代相传。到了秋天，这些枫树的叶子将由绿变红，犹如一团燃烧的火焰，给广场增添深沉透彻的鲜亮色彩。

真没想到，广场这个地方以前是危旧房和废弃猪牛栏聚集地，有400多间危旧房和废弃猪牛栏。2019年，村民积极响应政府关于乡村风貌提升的号召，拆除了这些废弃建筑物，修建了平整开阔、背靠山、前临水、周边绿树环绕、健身设施齐备的红色广场，成为村民日常休闲娱乐的地方。

红色广场旁有一条之字形山路通到"神马山"腹部的读书岩和谷仓岩。顺着这条路上去，两边有不少大树，满山都是灌木，还有一处翠绿欲滴的竹子舒展长臂，弯垂的枝头临风摆动，好像在向我们致意。上山的路是经过整修的，一半是水泥斜坡，一半是石块台阶。我们拾级而上，快到洞口的地方，看到石壁上刻有"读书岩"三个字。然后右拐穿过一个天然的石门洞。这个门洞原来很小只勉强够一个人钻过去，现在为了方便大家通行就把石门重新凿大了一点，上面能看到新凿过的痕迹。石门的旁边石壁上刻了"博学门"三个字，是后来取的名。穿过石门便进入岩洞。先是一个小平地，再爬三四个石阶上去是一个很大的平地，地面用水泥和一些瓷砖铺平。岩壁怪石嶙峋，洞顶有像钟乳石形态的东西。靠洞里的地面有一个很大的钟乳石，像一头石狮子守望着学子们。再往里，岩洞可能还很深但变小了，光线也变暗，里面有垂下来的钟乳石，有的已垂到地面。巨大的洞口朝东，因而岩洞里光线充足。洞口有一片藤蔓像一张巨大的网一样遮住，不知道这些藤蔓是如何从下面腾空爬到那么高的洞口上面去的，或许是先有上面的藤蔓吊下来，然后下面的藤蔓再顺势攀爬上去，互相交织成这面藤蔓巨网？有了这张绿色的藤蔓网遮住洞口，从山下是看不见岩洞的，隐蔽得非常好。

据黄校长介绍，自明清以来，人们为躲避战乱和清静读书，在村后这个山岩洞里办学，一直到 1952 年学校才从岩洞里搬出来，在村里盖了砖瓦房的学校。读书岩为本地培养了许多贤才志士。如明末清初本村举人黄万经进京参加殿试名列第 21 名；黄文煌考取九品官并获"尚国奇英"牌匾；中华民国时期设区辖团时黄文烐任伊岭团团长；黄达镇考上武鸣省立九中，毕业后任腾翔小学校长，后又从军跟随广西桂系军首领陆荣廷将军，并任驻上海军需处长；黄迺镇考上桂林省立师范学校，毕业后在武鸣宁武乡梁新片当教师；黄祖坊考上武鸣省立九中，毕业后任伊岭乡乡长兼伊岭小学校长，也是腾翔建圩的策划者之一，后又任腾翔小学校长；黄国永参加过革命活动，中华人民共和国成立后考入北京师范学院，毕业后曾在中央民族歌舞团任语文教师，后回广西邕宁高中任教；黄嘉堂在苏宫乐楼当过私塾老师，中华人民共和国成立后在南宁工作；黄芬烈在读书岩当老师；黄忠烈当教师后投笔从戎在国民革命军任团长；等等。黄校长说他的父亲也是在岩洞读的书。当时我就想到，屈原小时候也曾在故乡岩洞里读过书，王阳明被贬到贵州住山洞里继续读书研学悟出了举世闻名的心学。也许岩洞的清净、厚重、坚强，能让人在读书中得到更多的感悟和启迪，并造就了顽强拼搏、奋发进取的性格和精神。

乐山读书岩不仅是学堂，也是革命的摇篮。之所以有名，除了岩洞办学时间长外，更重要的是与革命烈士蓝歌及其革命活动联系在一起。

蓝歌原名叫陆启通，后来改为陆明才，由于当时革命形势严峻，为了便于开展地下工作还曾用了陆健英、蓝歌等假名。他是双桥乡八桥村人，一个地道的壮族汉子。1936 年在南宁读高中时加入中国共产党，从此开始了他的革命生涯。后来考入柳州农业技术训练班，并接受组织安排担任农训班中共党支部委员。当时为了抗击日本侵略和反击国民党的围剿，亟须发展革命力量，因此他积极组织读书会传播革命思想，影响了一批青年，并从中发展三名进步青年加入了中国共产党，增强了地方党的力量。但暑假时突然遭到广西军警逮捕，解送南宁关押一段时间才释放。出狱后回到武鸣县城厢小学任教，并考入广西地方建设干部学校第一期学习。毕业后打入三青团开展地下工作，传播革命思想，激发青年抗日救亡热忱。后来任广西军民合作站武鸣站（第四支站）总干事，组织开展军民抗日活动，发动民众支前，收容伤病员，做好军粮供应，当军队向导或侦察敌情等。在双桥小学、武鸣国民中学任教时，由于向师生宣传中国共产党的抗日主张，被国民党当局认为搞"赤化""异党活动"，因而被迫使离开学校。中共果德中心县委会成立后，他出任书记，领导果德、那马、武鸣、隆山等县的党组织开展反国民党征兵、征粮、征税斗争。还组织武装起义和游击战，直至 1948 年牺牲。

蓝歌的革命生涯中始终离不开一个地方，那就是他的家乡八桥村。这里是他的出发地，也是他的革命根据地，是他战斗生活的地方。后从事地下革命工作的过程中，他利用乐山岩洞建立革命根据地，开展革命活动，组织印刷传单，传播革命理论，培养革命和建设人才。武鸣抗日游击队中队长罗茂柑也曾到乐山读书岩召集游击队员，指导革命活动；左右江革命领导成员韦宗余多次到读书岩指导游击队员印刷传单。乐山屯的黄国治就是在岩洞读书并接受革命思想后参加了腾翔米花坪伏击国民党军队的行动。

伫立于读书岩中，深感它的神圣和厚重，这里沉淀着时间和历史，承载着乐山人的集体记忆，连接着过去与未来。我们仿佛看到了年轻人的读书场景和老师深入浅出的谆谆教导，以及蓝歌先生的激昂演讲，还有游击队员研究如何开展革命活动的画面。他们学习文化，接受革命思想，意气风发、斗志昂扬地从这里下山，奔赴抗击日军侵略和解放全中国的战场。再从洞口往山下看，新建小楼林立、环境干净整洁的村庄新貌，可以告慰英灵，他们的奋斗和牺牲换来了新中国的诞生，换来了国家的繁荣富强，换来了家乡的巨变，父老乡亲已过上小康生活，而且蒸蒸日上。

值得称道的是，随着国家经济社会的快速发展，乐山人抓住了新农村建设和乡村振兴契机，在武鸣区委下乡指导员邓适群、双桥镇副镇长阮进及工作队成员的指导下，在村委会领导和黄校长的推动下，制订了一份非常详细专业的"乐山屯美丽乡村建设规划"。通过武鸣区政府推荐参加南宁市"最美乡村示范点"评比，入选10个"最美乡村示范点"，其计划获得批准实施，乐山屯成为打造美丽乡村和乡村振兴示范点，并得到资金支持和有关部门的指导。近几年，建了篮球场、演出舞台、阅览室、红色广场、公共卫生间、娱乐室等公共基础设施。通过深挖红色文化，建立红色教育基地，把村庄改造提升同保护历史遗迹、保存历史文脉有机地统一起来，体现了本土气质，成为乐山文化符号和精神坐标。

雨后的乐山，清新温润，空气中弥漫着花草树木的淡淡芳香；被雨水洗刷得更加明净的一栋栋别致小楼和敞亮的红色广场、篮球场、穿梭小楼之间的硬化道路点缀着绿色的村庄。村民陆续走出家门去忙各自的生计，迎接新的收获。有几位老人坐在家门口闲聊，怡然自乐。近处的水塘波光粼粼，远处一片绿色田地，树木丛中若隐若现着相邻的大伍屯，群山环绕，构成了一幅生机盎然、充满希望又宁静安逸、和谐美丽的乡村画卷。

天井岭下
美丽的古榄

天井岭连绵起伏、气势雄壮，在中部的山岭脚下，有个村庄叫古榄。村庄不大，只是八桥村的一个屯。与坡重屯、所丰屯为邻，遥望村前的腾翔圩。壮语称古榄为"板敢"，"板"是村庄，"敢"是村庄名。

生态宜居

这个宁静的古村落，千百年来默默地在山岭脚下历经漫长的岁月，房屋建筑几经升级改造，从最初的土坯房为主，变为砖瓦房为主。到中华民国时期，村里大部分已是砖瓦房，陆氏家族就有八九套青砖瓦房的四合院，最大的四合院有好几间房，院井地面铺了青砖，显得古色古香，曾经是村里最好的砖瓦房。村巷铺了一些石板，雨天走路不会泥泞。在那些烧柴的年代，清晨和傍晚，村里各家厨房升起袅袅炊烟，如丝似云飘向空中，然后慢慢散开，梦幻般消失。挑水的村妇，有的肩上扁担挂钩下吊着两个空木桶正往泉井走，两个空桶随着脚步悠悠地摆动；而从泉井回来的，肩上扁担被两个装满水的桶压得微微弯了，村妇一只手扶着扁担，另一只手随着脚步自然地摆动着手臂。因挑的水很重，有的人走一会儿就把扁担围绕颈椎后面缓慢地在肩上来一个180°的转弯，顺利地换了肩。桶里的水随着行走的晃动偶尔溅出一些，顺着桶边往下滴，因而身后留下了两行斑驳的水印。村子东南边那口用石头砌成台阶的泉井，常年喷涌，水质上乘，清晰透底，甘甜甘甜的。水温冬暖夏凉。冬天能见到水面冒出暖暖的水气，夏天则清凉清凉的，喝了解渴消暑。

中华人民共和国成立后，土坯房逐渐拆除翻建为砖瓦房，从此土坯房不再见到了。改革开放后，经济发展使村民生活发生了翻天覆地的变化，20世纪90年代，有钱的村民开始将老房子翻建成两三层小楼。如今村里小楼越盖越好，样式别致、风格各异，阳台塑窗，玻璃明亮。有的在楼顶上用蓝色塑板搭了遮阳棚，楼顶成了一个大露台，夏天摆上矮桌、椅子，喝茶乘凉，观看远处青山绿水、田园风光，多么惬意。这些小楼在原宅基地上修建，因而错落有致，保持了村庄原来的基本格局，没有了过去乱搭乱建的棚屋，村风村貌焕然一新。有的小楼外墙保留了红色的火砖，有的楼外墙贴了白色瓷砖，红楼白楼相间，还有蓝色的遮阳棚，显得丰富多彩，非常漂亮。这些具有自己内涵和风韵的小楼，代表了村庄的品位与气质，反映了历史和现代的发展变化。

在泉井附近的山坡上建了自来水蓄灌池，将泉井水抽到里面，自来水管通到各家各户，实现了家里自来水哗哗流，过去挑水的场景也就消失了。同时在泉井旁边修建了一个小的游泳池，冬暖夏凉的泉水让人感觉就像在武鸣灵水里游泳一样。虽然村庄背靠森林茂密的天井岭，但现在做饭不烧柴了，改用煤气，因而就不用再上山砍柴了。

天井岭的山川灵气随着雨水溪流注入了村边的水塘，滋养着这个古朴的村庄。清澈的水面像一面宝镜，倒映出水塘边的小楼、树木和细长的苇草，以及扛着铁钯走过塘边的村民。微风吹过，水面泛起细细的波纹。鱼儿顺着岸边浅水游动，寻觅落入水中的小虫，发现猎物就突然张嘴一口吞下。蜻蜓飞来飞去，有的用尾巴轻轻点一下水面又飞走了，有的落在岸边的草上静静地待着，纹丝不动。

　　水塘旁边有几棵高大的古榕树，粗壮的褐色树干向四周伸展出长长的枝丫，托起茂密翠绿的树叶，形成巨大的天然树伞，展示了蓬勃向上的力量和气度。在树根旁边用石条和水泥砌成十几厘米高的一个大长方形围护，树与树之间还摆放了水泥石条、大石块。光滑的水泥围护和石条上面坐着休闲的老人在促膝聊天，述说那岁月的沧桑，细数当今盛世的好日子，吐露心中的梦想和对儿孙的希望。孩童们在树下嬉戏玩耍，小一点的依偎在爷爷奶奶怀里，静静地倾听老人们说话。从地里或外面回来的壮年男人们路过榕树下，有的停下来歇一歇，把电动车或工具放一边，与大家聊聊天再回家。还有打扑克、下象棋的，神情是那样的专注。榕树下为人们提供了乘凉休闲和信息交流的好场所。

　　一棵高大挺拔的木棉树守候在村口路边，迎来送往。春天，木棉树的枝丫上长满了火红火红的大花朵，就像披上了一件红色飘逸的外衣，把自己装扮得红艳艳的，展现了它那足够的热情、豪爽、奔放。夏天它又长满翠绿的叶子，换上了绿色的新装，显得冷静、沉着、成熟。不管刮风下雨、阴晴冷暖、时代变迁、岁月更替，它都会坚守在这里，履行自己的天职。

　　村前的不远处有一条小河，弯弯如月的石拱桥横跨在清清的小河上。桥上的青石板路被行人踩踏和车辆碾压出凹印，留下了岁月的痕迹。桥下的石头长满墨绿色的苔藓，石缝长出的小草在微风中轻轻摆动，河水缓缓地向西流去。天井岭下的这条河从源头高峰岭流下来，经过苏宫村后，沿着天井岭脚下流过腾翔村的那劳、八桥村的古榄和所丰，再向双桥和平陆村流去，然后汇入了武鸣河。因流经的地方都在双桥镇域内而名为双桥河。但各河段又各有自称，如流经那劳的河段名为那劳河。天井岭的溪水顺沟而下，泽润田地，并汇入这条河。虽然这条河是普通的小河，但很美。站在古榄村前的桥头，顺着河道往上游东南方向看，弯弯曲曲的小河穿过格子样的层层农田，望不到头，隐约能见到远处那劳河段右边的福庆屯。波光粼粼的小河，犹如一条玉带飘落在绿色的田野上。河两岸长满翠绿的草，小鱼在水里游来游去，偶尔能见到大一点的鱼游到水面，张嘴吐个泡，尾巴一摆，倏而游走不见了，只留下一圈波纹。下游则往西北方向，小河经过一片农田后，从所丰屯左拐向邕武路那边流去。河两岸画风突变，拔地而起的石山峰群散落在两旁，与右边连绵起伏的天井岭形成鲜明的对比。当夕阳落入西边的群山中，天边出现一抹红霞，余晖洒在波光潋滟的河面上，显得那么优柔缠绵。

走这条路从村里出发，过了小桥再上一个土坡往前就是邕武路，左拐便到腾翔圩，也就2公里左右。90年代路面铺了沥青，汽车走得多了，小石桥承重不够，因而重建成钢筋水泥桥。

钟灵毓秀

古榄是多个姓氏人组成的村庄，有梁、蓝、黄、李、陆、阮、宁、韦、石、廖10个姓氏。每个姓氏都有各自动人的家族发展史。如陆氏家族是经历了漫长的迁徙才到了古榄。始祖陆李寿在江西吉安府遭遇迫害后放弃祖业，于明初年间携家眷跟随朝廷组织的"江西填湖广"大移民，从吉安府长途跋涉迁到了武缘（鸣）县西至村（今属宁武镇），并在武鸣繁衍生息；后来子孙又陆续迁到陇烈（乐昌乡）、城厢、五海、灵源、濑琶、灵马等地。清朝时第十六代孙陆芳松又从武鸣濑琶村迁到了古榄，至今也有三百年时间了。为什么离开濑琶？因生存和发展需要，家里兄弟姐妹多，所处地域有局限性，不能实现自己的理想和抱负，因而大胆地走出濑琶开拓进取。迁到古榄后与各姓之间和睦相处，共同发展。

古榄文化底蕴深厚，文脉源远流长。历朝历代，古榄人都不断创造条件送子读书，哪怕最艰难的时期也不间断。他们也渴望通过读书能走出去，有所作为。如清末陆京玺考取了庠生，眼界放宽便有了忧国忧民的情怀。进入陆荣廷率领的桂系军队后，又到云南讲武堂学习，接受了孙中山的民主革命思想，感叹封建帝制的腐朽，清政府的腐败，外敌入侵，民不聊生，觉得这个旧制度应该砸烂，因而坚定地投入推翻清王朝的革命运动，并把自己名字改为汉兴以表决心。从云南讲武堂回桂系军队后升任团长，带领部队参加辛亥革命，推翻了清王朝，建立了中华民国。但在1915年袁世凯窃取革命成果，在北京宣布称帝，恢复帝制，因而爆发了护国战争。桂系军响应孙中山号召反对帝制，陆京玺带领其部队参加了护国战争；1917年又参加了护法运动，打倒北洋军阀专政，重新建立新生共和的民主法统。护法运动结束后，广西需要加强桂西南地区"改土归流"的县政府。1923年，广西省政府任命陆京玺为隆山县（今马山县）知事（县长）。在隆山县任知事期间，他忠心为民，司法公正，为民主持公道，并致力于修路利民生，兴办教育，在当地百姓中留下了好口碑。

其长孙陆巨修继承了陆京玺的遗志，投笔从戎，加入国民革命军。1938年，在国民革命军第五路军教导总队参训，提拔为营长后带领其部队在广西抗日，驻守邕钦北防线。1939年11月日军在钦州湾强行登陆，爆发了桂南会战。陆巨修所在十九师奉命破坏邕钦路两侧交通，阻击敌人，并在会战中负责攻敌右翼，与一七五师增援四合坳，歼灭大量敌军，取得了胜利。会战结束后，陆巨修因战功卓著提拔为团长，并于1940年被选入中央防空学校学习，以加强桂军的防空能力。1943年又被送到陆军机械化学校学习，毕业后带领桂系一个机械化团，守护着广西老百姓。陆氏祖孙两代的事迹成为当地人的一段佳话。

在解放战争中，韦保珍参加腾翔乡民兵大队，在1949年9月的腾翔村战斗中壮烈牺牲。黄才枝是解放军滇黔桂纵队桂西85团战士，1949年9月参加武鸣马头圩突围战并受伤，回到天井岭养伤，后因伤势过重而牺牲。蓝庭伍参加中国人民志愿军（某部304团战士），在抗美援朝战斗中，于1951年牺牲于朝鲜战场。这些革命烈士是古榄的英雄，他们是古榄精神的一面旗帜。

特色经济

古榄地理位置有独特的优势，在天井岭脚下建村，地势较高，没有洪涝。

每至雨季，山岭上大片落叶、腐殖质等随山雨溪流而下，给山下大片农田带来丰富的有机营养，因而土地肥沃。村庄后面的山岭上有一座水库，有一部分雨水、溪水顺流而下储存于水库中，山下又有一条河，保证了农田的灌溉，因而盛产米粮，旱涝无忧，高产丰收。

虽然古榄地处山岭脚下，但并不闭塞，改革开放的春风吹到古榄后，古榄人紧跟时代发展的步伐，在传统种植基础上，开始发展多种经营。除了根据市场的需求种植蔬菜、瓜果等经济作物外，酿米酒、建筑、运输、修理等行业，也陆续走出古榄去开拓市场。

进入21世纪后，武鸣开始推广种植沃柑。古榄人抓住机遇，在山岭脚下的坡地种植了沃柑。这种极具市场价值的水果，受到了广大消费者的青睐。头几年的收购价就达到9~12元一斤，特别是出口到国外，可以卖到二十几元一斤。后来大批种植，价格稍降，但仍比一般水果贵。

沃柑是柑橘中的贵族、王者。由橙子和橘子杂交而成，具有橘子的清爽、橙子的清甜、柚子的清香三种优点，果肉橙色，细嫩无渣，多汁香甜，皮薄易剥，口感极佳，营养丰富。其果树喜温暖湿润、土厚光足，非常适合在广西武鸣种植，具有长势旺盛、冬季果实落地少、挂果能力强、挂果采收期长的特点。而且是晚熟品种，每年12月才挂果，从成熟期的1—2月份可以采收上市，一直到5月份之间均可采收，最长可到7—8月份，因而也成了春节期间的上佳果品。

古榄坡地上一排排整齐的沃柑树，绿叶滴翠，花枝含笑。每到采果期，两米多高的果树上，金灿灿的果实，在翠绿的叶子中若隐若现，枝头上有的两三个并在一起，有的七八个挤在一起，颜色鲜艳漂亮。一般靠近树底下的沃柑，底部橘红、上方金黄、表面光滑的果成熟度较高，圆润饱满，也是最甜的。

如今，武鸣沃柑已成为一个亮丽的品牌，在消费者中有很好的口碑，悄然互传"买沃柑就买武鸣沃柑"。因为武鸣沃柑个大色鲜、香甜好吃。成熟的果径一般都在65毫米以上，好的可达到70~85毫米。作为武鸣沃柑种植户的组成部分，古榄人在坡地上大面积种植沃柑，有的种植能手通过土地流转承包几十亩的沃柑果园，年产六七万公斤。产销渠道和机制也随着市场需求逐渐完善，形成了种植户负责种果，收购公司负责销售的模式，并且双方签订合同，果熟时公司就来收购。

这时候，沉甸甸的果实，橙红鲜亮，喜气诱人，收果的、卖果的、吃果的，无不洋溢着欢乐、喜庆、满足之情。腾翔圩上一位名为"香香"的主播网上直播带货，2020 年就发送了 25 万箱果，可以"窥一斑知全豹"。靠着科技、智慧、汗水和对土地的深情，人们的小康富裕之梦正在生根吐蕊结果。

同心亭广场

村前的路边有个平缓的小丘，以前荒置在那里。岁月匆匆，人们日复一日从它跟前走过，却很少有人注意到它，更少有人停下来在那里歇歇。它只是静静地在那里待着，默默地注视着过往的人们。

直到 2017 年，这个原本只有树木、杂草和两块畬地的小丘发生了变化，成为一个亮丽的文化活动场所。因为，村里建了那么多小楼，自来水也有了，但缺少一个大一点的活动场所。自然，村口路边平缓的小丘就是最好的场地。

这是一个高出路面和周围农田两三米的椭圆形小丘，上面平缓，更像个土坡。村里决定修建文化活动场后，村民自发踊跃捐款，用实际行动给予支持。因而在小丘上修建了"同心亭"，寓意村民同心同德，和睦相处，共同建设富裕、和谐、文明的古榄。场地经过平整后，留出了宽阔的活动场，安置了健身器材、太阳能路灯等。小丘周围的大树底下都用水泥修建了护圈，人们可坐在上面休息，也起到边上护栏的作用。

"同心亭"是两层圆形的琉璃黛瓦，上下六根红色圆柱，顶层雕刻窗栏，正面挂有金字"同心亭"牌匾；底层柱子之间有长座椅，外面地面铺水泥地砖，成为古榄的标志性建筑，新的文化符号。山丘上树木浓荫，郁郁葱葱。

"同心亭"掩映在高大挺拔的树木之中，微风吹来，树枝摇曳，轻轻地发出"沙沙沙"的声音，和着树丛中清脆的鸟叫声、座椅上休闲人的聊天声，犹如一支悦耳动人的"同心交响曲"。

小山丘已成为人们休闲娱乐、运动健身的场地。有散步的，跳广场舞的，健身的，还有年轻人谈恋爱的，儿童玩耍的。这里风景优美，也成为人们照相的好地方。有的家庭到这里照全家福，背景是村庄和天井岭，大气、独特且有意义。

小山丘"同心亭"广场建成后，在入口处的墙壁上镶嵌了一块碑记。碑记上是一份长长的捐款名单，序言和后记中有这么几句话：

"项目投入的主要资金，来源于本屯八百多位古道热肠山民，还有一帮不忘初心、身居他乡、心系故乡的外籍子孙、外甥，不分男女老少，慷慨捐爱，众志成亭，全屯父老为有如此铁血忠诚的后人骄傲自豪。

"'同心亭'屹起，像颗明珠，更多姿多彩地衬托出古榄屯独特的风水面容，为当今开创美丽家园、铸就社会精神文明新风尚翻开了新画页。

"'同心亭'你会让后人刮目相看，流连忘返。岁月似流水，月亮陪彩云，但愿众生永安康。"

古榄这个名不见经传的山村，仍然宁静从容，纯朴独特，文脉传承，书香不绝，但它已悄然发生了巨大的变化。自然、人文和谐共生，传统、现代交相辉映，展现出新的风采、新的面貌。

伊岭的风景名胜

伊岭村是一个美丽神奇的地方。喀斯特地貌，岩石山峰拔地而起，形态各异，或巍峨峥嵘，或刀劈斧削，或婀娜俊秀，亭亭玉立，树木植被茂盛，山中地下有美丽的溶洞，涌出地面的地下河川流不息，滋润着大地和依山而居的村民，到处洋溢着原生态的风土人文，形成了独特的喀斯特景观，留下了许多名胜古迹。

我的外公外婆家就在伊岭，因而这里也留下了许多儿时的记忆。那个时候汽车很少，去外公外婆家能顺便搭个马车走一段路就已经是很奢侈了，要自己步行前往。四五公里路程，跟着母亲走，一路走一路玩。到了伊岭河，尽管母亲催着快点走，但总要歇歇脚，就是想玩一会儿。站在古桥上往下看，清清的河水从南向西北缓缓地流淌，水面波光粼粼，河岸的树木倒映于水中，西岸是顺坡而建的伊岭村大阮庄，村妇在安静的河边洗衣洗菜，夏天还有年轻人在河中游泳，河岸边大片稻田，不同的季节会看到不同的色彩，或禾苗翠绿，或稻穗弯垂金浪翻滚，远处的青山，宁静清幽，深藏着远古的秘境。

从伊岭河走上土坡，走小路从大阮庄前左侧的仙山脚下经过。此山是名山，古木参天，好像路边还有棵大榕树，但我很少在这里歇脚玩。一是刚从河边走来不远，还要赶路；二是那时天性更喜玩水。跨过伊岭古道，即今城市大道，便能看到外公外婆住的伊岭村雅亭（屯），村后是巍峨耸立的甲山。小路从田间穿过，行不远就到了村前的甲泉。每次到甲泉，我总要停下来玩玩。因为就在村前，一般母亲不再等我玩，叮嘱不要玩太久后，便先去外公外婆家。甲泉对我们小孩来说有很强的吸引力，感觉好玩。它是地下河的出水口，是一处古泉。苏家人从伊岭垒照处迁移到甲山后，为保持饮水洁净，于清光绪六年（1880年），用方形条形石块砌池，两块圆形如磨盘的巨石扣盖在一起，安放在单眼泉处，泉水顺着磨槽汩汩地涌出来，据说磨盘巨石重达1吨多；另外，在双眼泉处也安装了双壶出水槽口。形成了泉眼蓄水池和旁边的另一个蓄水池，后来双眼泉旁边的蓄水池被填平了。单眼泉池壁以青石条镶边，双眼泉池壁用青石板镶边。两个蓄水池有暗渠相通，水满则从外面排水沟流走。磨盘泉石上有雅亭进士苏超才题字"光绪八年，花月建造"。后来又镌名"甲泉"。泉水清澈，夏凉冬暖，不溢不涸，泉声淙淙。村妇挑着木桶来打水，把桶放到出水口下，一会儿就装满了。然后挑着两桶满满的清泉往家走，弯弯的扁担，水桶上下轻轻晃悠，一路洒下两行斑驳的水印。水池边，有洗衣的、洗菜的，显现出乡村美丽动人的生活场景。因此，我们小孩都觉得这里热闹好玩。用泉水洗洗手，然后在流泉下用手接水喝两口，清凉甘甜，再坐在石阶上，把脚放进水里泡一泡，用脚掌踢水玩。现在看来，苏家人匠心独运，做的泉井也别具一格，既清洁实用，又美观大气，具有独特的文化价值，留下了历史的印记。因而甲泉列入武鸣文物保护单位，也是伊岭岩风景区的名胜之一。20世纪90年代初，伊岭岩管理处在甲泉边建一凉亭，名为雅亭。亭上挂一牌匾，上面"雅亭"两字是村中德高望重的小学教师苏书堂所题。

记得甲泉旁边有几个水塘，几乎是相连在一起，只有堤坝分隔。有两个大一点的叫潭洁塘、潭布塘，据说水塘中有很多泉眼，泉涌不断。小时候看到，几个水塘岸边，都有一丛丛高耸修长的青竹，柔美枝条温婉纤细，靠竹根的枝条几乎垂到水面，翠绿的叶子与清清的泉塘水相映成趣，远看，倒影在水中，轻轻地摆动着柔美的身姿，极富诗情画意。现在几个水塘还在，但婀娜多姿的翠绿没有了。村前有一棵高大的古榕，冠大如伞，荫蔽一方。树下几块平滑的大石头，总有休闲的老人坐在上面纳凉聊天，进出的村民从他们旁边路过，互相之间打个招呼，聊上几句，神态平和，悠然安逸，仿佛世间并无烦恼，云淡风轻。

儿时，经常从腾翔去伊岭。过年过节去外公外婆家，寒暑放假去外公外婆家。外公苏兰官，虽然文化不高，但熟知音律，弹得一手好扬琴，演奏广东音乐悠扬动听，还自学中医为村人看病，足见伊岭的聪明才俊之多。后来，外公外婆相继走了，自己也长大在外读书工作，就很少有机会去了。退休后回老家，也去过几次伊岭写生，画了几张水墨画，至今仍念兹在兹。

千年伊岭村，人杰地灵。这里有两大突出特点：一是人才辈出；二是有仙山名岩。这些山洞又因名人而得以开发利用，扬名天下。

前面提到，儿时经常路过的仙山，明清时期，已是武鸣八景之一，志载称"伊岭丹炉"，与"鸣山叠翠"（大明山）、"灵水澄清"（灵水）、"凤山太极"（起凤山）、"罗波龙窟"（罗波潭）、"黄道仙岩"（黄道山）、"狮子古迹"（狮子岩）、"玉印临泉"（玉印山）并列。新八景有所变化：凤山、黄道山、仙山、灵水、罗波潭、明秀园、文江塔、伊岭岩。其中伊岭就占了两景，足证伊岭风景的分量。

仙山并不高，也就两百多米。"山不在高，有仙则名。"宋嘉定年间，广东道士周师庆、周国辅父子，蜿蜒游历进入广西，从邕武古道行至伊岭，见此山孤峰凸起，四周良田沃野、群峰环抱，怪石嶙峋，岩洞高大，古木参天，旁有村落，风景独特，便留下筑炉炼丹。从此，仙气也就萦绕于此山。周道士在半山腰岩洞中结庵修炼，并坐化于此，因而称为望仙岩。洞口高大，洞内自然形成两层，石壁上刻有"风隐绝俗"，清代尚存炼丹炉遗迹，今已无痕。周道士修炼得道，学问高深，常为村民诊病，给药治疗，与村民有不解之缘，至今仍有许多关于周道士的传说。

和尚游历至此，见仙山清气满山、环境幽静，便在山脚下建了一寺，名为仙山寺。该寺是数百年的古刹，曾经香火旺盛，多少善男信女到此焚香祭拜，祈福许愿，茹素虔诚，清净自心。历经无数风雨战乱，直到中华人民共和国成立初期，寺庙依然保存完好。明清时期，伊岭大阮庄人阮如莹、阮如璧在此创立了仙山院，成为授徒讲学的场所，许多学子考取了功名。中华人民共和国成立后，发展教育，寺庙（仙山院）变成了伊岭小学。原来香火缭绕的仙山寺，传出了学子的琅琅读书声，古刹晨钟暮鼓变成了学堂书声铃声。

仙山虽小，但历史上却是道教佛教共存。此种情况一般在名山大山才有，如北岳恒山、木兰山等。仙山却也被道佛两教看上，风水宝地矣。宋元明清年间，许多官员和文人墨客慕名而来，游览仙山，敬佩当年结庵修炼的周道士，纷纷在山崖上勒刻了许多赞美诗句，留下了珍贵的崖刻。虽因年代久远，那些崖刻受到风雨侵蚀，有的已被损坏，但《武鸣县志》等史料中记载了仙山的大部分崖刻，仍可供人欣赏。如今，武鸣已将仙山列为重点文物保护单位。

从仙山往北几百米，便是伊岭岩，原名凉满山，可能是荒凉之意。此山在嵯峨黛绿形态多姿的群峰边缘，形如卧狮。从山下拾级往东爬上山腰就到了岩洞。村民早知这是个较大的岩洞，叫敢宫，意为这个洞大的像宫殿。但无人进洞深探其秘境奇观，因而一直深藏闺阁，从未面世。后来得以开发为著名旅游景点，与伊岭名人苏永勤有很大的关系。

苏永勤是伊岭村雅亭人，早年勤奋读书，20世纪50年代初考上中山大学，后转北京外国语学院修俄语，并考入莫斯科大学新闻系，成为中华人民共和国成立后第一代留学生。毕业回国后，先在北京新华社工作，后调回广西新华社分社工作。因其著作影响很大，编著的《古壮文字典》《壮族大辞典》等至今仍在广泛使用，其名列入了《世界文化名人辞海》。有时候，记者有独特的优势和能量。机缘巧合，1973年10月，苏永勤以新华社记者身份陪同自治区党委领导接待时任加拿大总理特鲁多参观桂林芦笛岩，无意间领导向其提到伊岭的喀斯特群山，若有芦笛岩这样岩洞，也能建成优美的风景区。苏永勤便回伊岭组织村民探寻，历经探洞艰险，终于发现了比芦笛岩更壮观美丽的伊岭岩。向自治区领导和有关部门汇报后，经自治区旅游局进一步探洞，评估其开发价值，于1974年开始投入巨资建设景区，使之成为中外闻名的伊岭岩风景区。

凉满山原生树木繁茂，花草葱郁。景区绿化，门口几棵大榕树，枝繁叶茂，冠大荫浓；石阶山路两旁增种了许多高大挺拔的树木，郁郁葱葱，鸟语花香；上百只猴子在树上蹦跳攀爬，与游客近距离接触，增加许多野趣。还有古朴的山寨建筑，展示壮乡的民族风情：唢呐迎客、竹杠舞、扁担舞、山歌对唱、壮家作坊酒坊、风味小吃……在铜鼓敲响，唢呐声声，竹杠开合"啪啪"声中，舞步令人眼花缭乱，歌声甜醉迷人。图腾柱上的怪兽，夸张至面目狰狞，以扬扶正镇邪的威力。展示的谷风机、石臼石磨、织布机、壮锦绣花等生产生活用品，皆为从村民收集来的真品，虽为旅游景点设置，也能领略壮族人真实的日常生活。

洞口在一片青篁绿树之后，一片绝壁之下，壁上雕刻了苍劲遒健的"伊岭岩"红字。洞中大大小小的景点和奇特瑰丽的钟乳石，非常壮观。此岩洞如何形成？其实它原本是一段地下河道，因地壳上升而成岩洞。富含碳酸氢钙的水从顶部渗漏下来，历经千万年对岩石的溶蚀和沉积，形成了千姿百态的钟乳石。洞形宛若海螺，面积 2.4 万平方米，游程 1100 多米，九曲十八弯，回廊曲折，形成八大景区，大小景点 160 多个，石笋、石柱、石幔、石花和各种形如动物植物的石头，惟妙惟肖。如"双狮迎客""满树娇花红似火的木棉树""挂满稻穗、蔬菜、瓜果的五谷丰登图""遨游的海狮、海龟、海豹、海虾的海底公园""展翅欲飞的金凤凰""波光粼粼、渔帆点点的海岛渔家"等，还有"空中走廊""瑶池盛会""红水河畔""海滨公园"等，柱幔重叠，扑朔迷离，形象逼真，任人想象神驰。彩色灯光打在钟乳石上，宛若时空变换，置身仙境，亦幻亦真，美不胜收。

继肇庆七星岩、桂林芦笛岩之后，伊岭岩成为中国喀斯特地貌岩洞开发的三大旅游景观之一，吸引了大量的国内外游客前来观赏。

伊岭，这个有着 1000 多年历史的古村落，这里的村民以其善良纯朴的品德，坚守着一方文脉，诉说着千年风骚。如今，正以坚韧不拔的精神，走在发展巨变的道路上，书写着更加辉煌的新篇章。

夜宿石头寨 看补光灯

我二妹江玲带我去伊岭石头寨玩。虽离腾翔圩只有两三公里，与伏梁屯相邻，但一定要我住一晚。说白天好玩，晚上好看。

石头寨，乍听起来很容易让人以为是一座古寨，其实不然。这是一座20世纪90年代新建的私人寨子。改革开放带来"春天的故事"：本村阮氏兄弟，兄长人称石头哥（小名石头），搞运输、开采碎石做工程建材生意，发财后投资兴建了这座仿古寨子。

寨中一座小石山拔地而起，周围有大片田地，显得有点突兀，远看就像一块巨大的石头。石山上，怪石嶙峋，植被茂密，郁郁葱葱。寨主考察了许多山寨古建，经过精心设计，壮族木楼、亭台阁榭，倚山而建，有的嵌入石山，掩隐在高大的山石绿树之中。这些建筑，从木梁、房柱、门窗到屋顶，均采用木质结构，用榫卯、斗拱等木构件来连接固定，承托结构。青砖黛瓦，飞檐挑角。窗户雕刻装饰精美，古朴典雅。吊脚楼别致美观，纯木楼板，踩在上面还能感觉到横梁木板的弹性。寨内布局巧妙，错落有致，飞檐流阁，恢宏饱满，环绕小山四周。走在青石、古瓦、鹅卵石铺成的小径上，两旁山石叠嶂，树木掩映，鸟语花香，曲径通幽，宛若江南园林。拾级而上，一楼一院，一亭一景，石凳石桌，品茶聊天，甚是惬意。廊沿可坐，亭内台榭有藤椅木凳，或坐或倚柱观望：远处薄云淡雾中，拔地而起的山峰，层峦叠嶂，有的巍峨峥嵘，有的刀劈斧削，有的婀娜俊秀；山脚下村舍小楼掩映在绿树浓荫中，红白蓝相间，一派美妙的田园风光；静听或许还能闻到隐隐约约传来犬吠鸡啼声……

走进三层品萃楼，门口一副对联：花草清香庭院翠，琴书雅趣画堂幽。楼内名副其实：一楼收藏了很多摆件，都是国内国外各地的精美木雕、特色酒壶、风情绣品等，大小不一，大的如人高，小的很精巧，造型各异，风格独特。这些工艺品、雕塑品、织绣品，是寨主游览世界各地搜罗而来的。二楼设有书画案子，供文人墨客挥毫泼墨，作诗绘画，直抒胸臆。小茶室内有船木茶桌、猪槽吊灯、满架普洱茶，穿着民族服装的姑娘弹着古琴，声韵古朴，余音绕梁。三楼酒吧，可喝酒唱歌，自娱自乐；露台上摆有藤椅小桌，喝酒聊天，或凭栏观景，可自得其乐。

寨内山石，有泉水涌出，顺石而下，形成小瀑布，落入小池后，顺着小溪流入更大的水池，鳞光闪闪、颜色各异的大锦鲤在水中游弋。潺潺而流的小溪，穿流于亭台楼阁间，环绕山寨四周。山石角落有温泉泡池，露天泳池旁边垂柳丝丝。架上秋千，荡出休闲自在。榕树下鹦鹉咿呀学舌，纯白小狗呆萌，花斑小猫活泼可爱。还有一些农具用具，如放个犁架，挂两个竹帽于照壁（墙），在房梁、走廊、墙壁上，吊个箩筐、鱼篓，挂双草鞋，放个木凳、木桶等，也不失山寨烟火。每个角落各有特色，都那么精致。不管从哪个方向，站在什么地方，都感到处处皆是景，处处能观景，可品可赏，清新淡雅，幽静秀美，温馨和谐，诗情画意。

兴之所至，掏出画笔宣纸，画了几张写生画，有一张被寨主装裱挂在总服务台的墙壁上。

石头寨历史并不长，它的价值不在于历史，而在于继承了壮族吊脚楼传统，并吸收中原亭台楼阁精华，打造了一个园林式的古朴山寨，宛若世外桃源，成为休闲度假和旅游的胜地。也许百年之后，它的历史价值也就显现出来了。

寨子周围大片田地，过去以种植水稻为主，后来发展经济作物，种植香蕉，还曾开发了一片大大的荷塘，赏花，采藕卖藕。如今已全部种植火龙果，有3000多亩，成为著名的火龙果基地。在遍地低矮的火龙果植株中，石头寨犹如镶嵌在一片火红之上的一颗绿宝石。

太阳渐渐落入西边的群山，天上的白云被霞光染成红色，绚烂多彩，显得既矜持又热烈，既浓艳又凝重。一抹霞光洒落在石头寨中平静的水池和泳池上，水面波光粼粼。一阵微风吹来，泛起层层涟漪。

我们就在泳池边的餐厅就餐，一边品尝家乡的白切鸡、红烧鱼等佳肴，一边欣赏着天边的晚霞美景，品味夕阳无限好的感觉，感受夕阳下田园风光的美好。

夜幕降临，木楼窗户透出昏黄的灯光，映衬着漆红的窗框木板，显得温暖怡人。亭阁飞檐、走廊下的灯笼，像个鸟笼，别致明亮。

突然，寨子外3000多亩火龙果植株上的LED灯全都亮了。远远看去，一望无际，几十万盏暖黄色的补光灯，星星点点，一片璀璨，疑似漫天星辰落大地……壮观得让人惊讶！

种植者介绍，设置补光灯，是为了延长火龙果的挂果期。火龙果喜光，光照时间、强弱所产生的光合作用，对火龙果的生长、开花结果、坐果率都有影响。传统种植的火龙果植株在冬季不会进行花芽分化，但用仿太阳光的灯光补充，火龙果植株在秋冬季节可以继续开花挂果。一亩要安装180盏灯，才可满足补光需求。每年的3月至5月、9月至12月是夜间补光调节期。通过夜间补光，提升产量和品质，调节鲜果上市时间，实现增产增收。一般补光后的火龙果产期可提前15天以上，从每年的12批果次增加到15批果次。

火龙果是仙人掌科攀缘性的多肉植物，根茎粗壮，可长到六七米，叶片棱形，一节一节边缘像波浪，凹陷的地方还有小刺。漏斗状的"霸王花"又大又好看，散发出淡淡的香味，但夜晚才开放，时间也不长。一般很难看到，现在有补光灯，才可以欣赏到它的芳香美姿。火龙果并非我国南方土生土长的水果，而是从中美洲地区引进。武鸣也是近年才大面积种植，伊岭的这片火龙果是试验基地。椭圆形的火龙果，营养丰富，尤其是它含有其他水果少有的植物性白蛋白和花青素，以及丰富的维生素和水溶性膳食纤维。果皮红艳艳，果肉呈红色或白色，水分充足，微甜爽口。炎炎夏日，吃这么一个火龙果，口感凉凉的，既消暑又解渴，舒坦惬意。长期食用火龙果可以健康长寿，所以火龙果又叫长寿果。

石头寨与火龙果，原本不相干。意外的是，火龙果基地的补光灯一点亮，好像这一片璀璨的灯光是为石头寨而点亮的，美丽的寨子与"星光灿烂"的火龙果基地融为一体，共同构成了一幅美丽的画面。

璜塘的客家人

腾翔的春天，阳光、春雨、春风，都是柔和温暖的。春光明媚，温柔舒坦，不像夏日那么炽烈。即使下雨，也多是细雨蒙蒙，轻飘慢下。风也是温柔的，微风轻拂，犹如母亲的手轻轻抚摸自己的脸庞。空气中散发着花草的芳香，充满了甜醉的气息。大地一片翠绿，生机盎然。青山依旧高大巍峨，沉静绵延，绿意勃发……

回到腾翔，依然保持着散步的习惯。走到墰常边，从食品站附近的围墙小门进去，看到墰常水被排放到几近干涸，很是惊讶。不知何故，农家休闲娱乐场经营者将水位排放到如此之低，且已一年有余。即使是原始状态的墰常，也从无出现过此种状况，史无前例，不可思议！这片水域，虽然不再肩扛灌溉坝下千亩良田的重任，但对生态风水依然极其重要。长长堤坝已变了模样，水浸石阶也已荡然无存，三个排水涵洞仅存一处，少了昔日风采。因农家休闲娱乐场暂停营业，场馆内和场馆外空无一人，只闻鸟叫虫鸣声。漫步在堤坝上，呼吸着洁净芳香的空气，堤上种植的灌木，滴翠葱茏，鲜花盛开，千娇百媚，灼灼其英，异香飘散，令人愉悦。这些花草树木，在春天的日子里，好像不知道有凋谢这回事，任由生命茁壮成长，肆意盛开，令人感慨万千。偶遇一农妇走来，面生不认识，问后方知是老板雇佣的员工，拿着饲料要到前面隔开的小水塘喂鱼，那里水满养鱼仍可垂钓。农妇说现在停业没人来钓鱼，只有老板休闲时带朋友来垂钓。走到小水塘边，果然宽阔的水面波光粼粼，一把饲料撒入水中，即刻有几条鱼浮上水面抢食，张嘴一吸，身子尾巴一摆又潜了下去，水面留下层层涟漪。水塘边都是高高的树木，有几棵芭蕉树，宽大长叶弯垂伸展，有几片几乎垂到水面。风景这边独好。

过去，这条堤坝长长地直到对面土坡下，走上土坡便到了璜塘——腾翔村的一个屯，现名福庆。可如今堤坝被农家休闲娱乐场切割，只剩原来的一半了。前面至坡顶种上了树木，成了一片小树林。我突然想去璜塘看看，已有40多年没去这个村庄了。从堤坝右拐绕到农家休闲娱乐场南门口，上了从邕武路拐过来的车行道，走到坡顶，穿过一片小树林，进入璜塘，眼前一条村巷从坡顶往下直通村口。村庄顺坡而建，遥望远处绵延起伏的天井岭，以及天井岭下的那浪屯、岑林屯；村前山谷大片农田，那劳河从田野中缓缓流过。村庄已今非昔比。记得20世纪70年代这里的房子仍然是土坯房和砖瓦房，印象最深的是村口有棵大树，树下有老人休闲聊天，村子周围都是高高的竹子和树木，郁郁葱葱。现在旧模样已经不见，代之的是许多钢筋水泥和红砖砌墙的两三层现代小楼，中间仍留有一些较好的砖瓦房。村口有棵龙眼树，好像不是过去的老树，也无老人闲憩树下。唯一不变的是，旧时的小路还是顺着坡下村子周围弯曲延伸到南边的大路，村子周围的竹林和坡顶小树林依然十分茂盛，郁郁葱葱。

璜塘是壮语音译，意为这个村庄住的是横塘人。壮语读"横"的发音与汉语不同，更像读横字旁边的"黄"音变出来的，老百姓把它译为璜。用汉字准确译出壮语，很难，只是近似而已。壮汉发音不同，实为一个意。

璜塘人是清康熙年间（1662—1722年）从宣化（今邕宁）组织移民来的汉族糖蔗农，大多居住于武缘县域（今武鸣区）北部的府城，以及马头、甘圩、上江、玉泉乡（镇），还有双桥镇南的自然村落，其中，有一小部分居住在腾翔的璜塘。据武鸣区人口统计，今横塘人约有 3 万多。从武鸣来说，横塘人非土著壮族，按"移民入籍者皆编入客籍"，可称为客家人了。但不知与秦征岭南融百越时期至宋朝，逐渐南迁的汉人在赣江、汀江、梅江冲击而成的三江平原上形成的客家民系是否有关联？

璜塘人自称，其祖先原籍山东白马，北宋皇祐年间（1053 年）跟随名将狄青南征，打败广西侬智高军队后，朝廷留守屯戍邕州（今南宁）士兵 4000 多人，在广西各地还驻军 1 万多人。其祖先就是留戍将士，从此定居邕州，并与当地人通婚，繁衍后代。后遇交趾之乱又避居宣化（今邕宁），再从宣化迁移到思恩府武缘县府城，后来有一部分到腾翔定居。有专家学者认为横塘人说的山东白马，应该是太行山以东的白马县，即今河南滑县。但横塘人并不认同，世代相传祖先来自山东白马。据说中华人民共和国成立前，广西参议院秘书长黄昆山（横塘人）曾派人赴山东青州益都县白马驿考证，发现此地方言中一些词汇与平话是相同的。可能横塘人在迁移过程中保留了山东白马驿方言的一些词汇。

璜塘的客家人有两大特点：其一，自璜塘人迁来腾翔，便在今地独自建村，不与土著混居，只通婚。其二，语言、风俗依然自成一统，在自己村内仍讲璜塘平话，传承自己独特的文化。这两方面，与客家民系是相同的。但房屋与闽粤皖客家围屋古堡显然不同。璜塘人建房与本地土著砖瓦房一致，是地道的广西砖瓦房。为何？原因可能是从邕宁到武鸣，迁移距离并不遥远，来自相邻地区，同为广西。虽客居他乡，但无须防外敌及野兽侵扰，与当地土著相安无事。

璜塘人着汉装，过去妇女包头巾为黑蓝色，将头全包，甚至盖住额头，与壮族有明显区别。家庭观念强，树大分枝，兄弟之间，结婚后分立各自家庭，但宗族排辈严格。尚农善耕，以耕田种地为业，生产技术高于土著。崇拜祖先，家设神龛，正堂墙壁贴红纸或红布书写的天地神祇，左侧为祖先牌位，右侧为土王。每逢节日必在神龛前点香供果品三牲拜祭，但家中祭祀仅祭上两代，顺便祭诸神。清明宗族共同扫墓祭祖。

史学界普遍认同，横塘人是狄青南征留戍将士的后裔。北宋时期的侬智高是安德州（今靖西安德镇）人，父亲侬全福原为傥犹州（今靖西市）知州，后任广源州知州。于天圣七年（1029年）归附宋朝，授邕州卫职，但广西转运使罢遣之，不受其地。宝光二年（1039年），交趾国见侬全福孤立无援，出兵攻打广源州俘为人质，后杀死侬全福。侬智高投奔傥犹州，被交趾出兵攻打俘获，并封为广源州知州，引诱侬智高称臣交趾。宋仁宗皇祐初年，侬智高因与交趾有杀父之仇，且不甘傥犹州被交趾夺去，便派人向宋朝廷进献金银和驯象，请求归附宋朝并正式授以官职，但被宋朝廷拒绝。侬智高归附宋朝无望，怒而起兵进攻宋朝的广西南路，割据称王。并于皇祐四年（1052年）正式起兵反宋。时任宋朝枢密副使的狄青，向宋仁宗请缨南征，于1053年奉命率兵3万南下征讨侬军。侬智高败走云南大理。征战结束，狄青带来的宋军近半将士留戍广西。

客家人的迁徙，大多与当时战乱有关，从秦征岭南融百越至宋朝，无不如此。民不堪扰、民不聊生而举家南迁，或征军戍守留下成为移民。

北宋南宋几百年间，随着朝廷南征屯戍，并加强对广西的统治，完善羁縻制度，加大开发力度，迁徙到广西的客家人日渐增多。客家人带来了先进技术，促进了文化交流融合，产生了平话方言。至今，广西讲平话的有几百万人，分布于桂北桂南，南宁市郊较集中，是一个很大的客家群体。但与闽粤皖客家研究比，广西客家研究尚显不足，影响不大。

走过璜塘村边的竹林，微风吹来，高耸挺拔的竹子轻盈地舒展修长的枝叶，绿衣飘飘，明媚的阳光洒进竹林深处，地上光影斑驳，摇曳生姿。突然想到于淑珍演唱的《月光下的凤尾竹》："月光下面的凤尾竹，轻柔美丽像绿色的雾；竹楼里的好姑娘，光彩夺目像夜明珠；听，啊，多少深情的葫芦笙，对你倾诉着心中的爱慕……"那是发生在云南傣族的爱情故事。在璜塘这片竹林里也曾演绎了一段壮汉之间真实的爱情故事。

瑝塘姑娘美玲，圆圆的脸，皮肤红嫩，一双水汪汪大眼睛，梳一条长辫子，读初中时就已身材丰满，楚楚动人。伏梁壮族小伙特交与美玲是同学，早已暗恋佳人。初中毕业各自回家务农，特交心中的爱慕萌动，发起了追求攻势，每天傍晚来到瑝塘，在竹林和树林下与美玲约会。起初，佳人并未应约。但特交并不气馁，在美玲家旁边的竹林下唱起了壮族情歌，打动了佳人。女方父母知道后，并未同意。但两人已坠入爱河，非你不娶，非你不嫁。有情人最终成了眷属。瑝塘村边的竹林，见证了这段浪漫的爱情故事。

在腾翔片6个行政村几十个自然村落中，瑝塘是唯一的客家村落。在周围都是壮族的环境中，他们成了"少数民族"。迁移到腾翔的二百多年中，虽然与土著壮族生活交往、相互通婚，但与村中人接触，大多不愿意谈及他们的历史。当我问村中黄先生其祖先的迁徙历史时，他支支吾吾，不是不知道，但不想说，似乎提防着什么。不仅没有历史上征服者后裔的自豪感，甚至怕提及这些，让我感到意外。也许，这就是此处客家人与土著人和睦相处的生存之道吧。

瑝塘人的祖先，以南征的方式，随军过黄河跨长江，翻越五岭，从"湘桂走廊"进入广西，最后留下戍邑成为移民，所带来的中原文化与广西本土文化交叉碰撞冲突融合，发展形成了平话方言的新文化形态，中原文化基因发挥了重要作用。客家人为广西经济社会和多元文化发展做出了自己的贡献。

伏梁古村

　　清晨，一声尖锐悠长的汽车发动机轰鸣唤醒了黎明，拉开窗帘，打开窗户，清风扑面而来，只见楼下邻居启动汽车后缓缓驶出圩街，圩场旁边的龙眼树传来清脆的鸟叫声，对面西排楼有几家打开大门，有人手执扫把清扫门口迎接新的一天……今天不是赶圩日。在老街坊苏记粉店吃了一碗米粉后，决定去伏梁三妹家，逛逛伏梁，顺便钓钓鱼。

　　去伏梁，抬腿就到，但要再走半个多小时路程才到三妹家。是不是觉得伏梁很近又很大？或许还会觉得这个地理概念有点难理解？其实，伏梁与别的村庄一样，是腾翔村的一个屯。唯一不同的是：腾翔圩西街路两旁的房子，一半是伏梁的。是不是抬腿就到伏梁？可是，还得再走半个多小时才到伏梁的村庄，伏梁人称之为旧村。自然，旧村外就是新村了。伏梁的地界大到腾翔圩，一百多年前建新圩时，伏梁人慷慨捐出了部分土地，再加上邑旺人捐出的土地，成就了繁荣兴旺的腾翔圩。20 世纪 70 年代，伏梁人在圩场西街路延伸路段两旁建了骑楼，土地是伏梁的。这两排骑楼既是腾翔圩的一部分，又是伏梁屯的。

我从西街路出了圩场，道路左边是一片一片翠绿的果树林，一条条田埂隐在了果树林中。一片三华李树上结满了白里透红的果，走近闻之清雅芬芳，已近5月份，差不多可以上市了。右边依然是田连阡陌，延伸到远处耸峙逶迤的群山脚下。汽车、摩托车、电动车从我身边飞驰而过，偶尔有骑电动车的人回头看了我一眼，投来疑惑的眼光：这人是谁呀，怎么还自己走路呢？也是呵，现在出门不是开车就是骑摩托车电动车，步行者已是寥寥无几，反而显得另类了。我不管这些，只顾自己在路边漫步，任由思绪在伏梁新旧问题上自由飞翔。

走着走着，突然眼前一亮，路边一排三层新骑楼，圆柱横檐长走廊，继承了腾翔圩老骑楼的特点和风貌。对面的骑楼有廊檐无柱子，与腾翔圩新骑楼一样。我特意过去看看。在长长的走廊下，有的人家门口摆放着椅子小凳子，可能刚才还有老人坐着聊天，看着马路上驶过的车辆和匆匆行人，恍惚间如同儿时在圩上骑楼下的情景，亦真亦幻，不由自主地走进了一家，格局与腾翔老骑楼一样。主人很热情，说骑楼建好两三年了，是伏梁在路北扩建的新村部分，路南是旧村。骑楼前临通往伊岭的公路，默默地望着旧村老宅，后面是良田沃野，遥望远处雄奇耸立的群山，在楼顶可见伊岭岩的亭台楼宇和散落在附近的古村落，风光无限。

走过骑楼，就到了路南边村口的那棵古榕树旁。高大粗壮的褐色树干舒展枝叶，树枝上向下生长着"气生根"，有的直插入土，宛若一根根柱子，柱根相连，柱枝相托，繁衍出翌代的树体，新的枝干又垂下许多"气生根"，形成了两大树体，许多柱根，独树成林，拥有极强的再生能力，令人惊叹。这棵姿态优美、气势磅礴的榕树，应该有二三百年树龄了。站在古榕下，翠绿的树叶缀满枝头，随风摇曳，犹如一把张开的绿色巨伞，榕荫遮半天。儿时去伊岭外公外婆家经常从这里路过，记得那时候大榕树下气根盘踞地上，有几块大石头，被人们坐得光滑锃亮，村里老人在树下休闲聊天，也有从田间劳作回来在树下休息一会儿的，还有行人路过在这里休息一会儿的。现在两大树体根部用砖块水泥砌成圆圈，周围的地面做了水泥硬化，附近还安装了许多健身运动器材，村民坐在树下水泥圈上休闲聊天，有的在器材上锻炼身体。

沿着水泥硬化的村道进去，眼前有个水塘，村道旁一栋栋三层小楼，错落有致，都是在原来宅基地上翻建的。水塘边也有棵榕树，枝干歪向水塘，有几枝几乎垂到水面，好像这棵树非常喜欢水，树姿分明在表示对水的向往，亲密友好。可惜水面漂浮着许多绿藻，几乎看不到榕树的倒影。三妹的房子就在水塘的西角边，一栋三层新楼。三妹叫陆荣，是我叔叔的第三个女儿，因此我们都叫她三妹。一米六几的个儿，脸庞清秀，双眼皮大眼睛，皮肤晒得黑红油亮。三妹很能干，年轻时做点小生意，还下地干农活，家里家外忙个不停，贤妻良母型的。家里购买了大卡车，妹夫梁建胜负责开车搞运输，因而家里经济收入越来越高，将老屋翻建成三层楼房。前几年新楼房建成入住时，我来过；两年后，她嫁女儿时，我又来参加婚礼。二妹江玲跟我说：家里人都说您跟三妹最有缘了，她入新房嫁女儿，都没提前跟您说，但您回来都赶上出席了。回想也真是。可能是她小时候我带过她，那时我爸和叔叔还同住在腾翔老骑楼里，三妹出生后，都是我们这些哥哥姐姐带着她长大的。冥冥之中，自然有巧合，亲情是如此神奇。

站在三妹家楼上阳台，凭栏观望，南面大半个村庄尽收眼底，多数老宅已翻建为三四层新楼，只有少数砖瓦旧房，前面的一间门口有一只大黄狗，看见主人提着东西回来，兴奋地跑过去，使劲摇着长尾巴，撒娇似的围着主人转，还不停地用嘴蹭主人的小腿。东南小山坡下保留了一座完整庭院，砖瓦房旁边还有一混凝土结构的平房，墙壁雨水斑驳，岁月印痕，围墙紧挨水塘边，挂满果实的木瓜树，伸出相互交错的长叶柄和盾形大叶子，后面山坡林木葱茏，宁静幽深。各家宅后都有一小块菜地，绿油油的青菜，长势喜人，有的冒出了一朵朵黄色的菜花，一妇人在摘菜，手里抓着一把小油菜。几个水塘宛若镶嵌在村中的"宝石"，最近的一个水塘有一老汉在甩竿垂钓。村外辽阔的田野中，一条小河蜿蜒流过。远处青山耸立，奇峰若雕，林木青翠茂盛，淡淡薄雾中，山脚下红墙小楼蓝色顶棚若隐若现，构成一幅美丽的画卷。

村道上走来几个人，还有扛着锄头从田间回来的，思绪跨越时空，仿佛看到了当年自治区党委第一书记韦国清一行进驻伏梁调研的情景。那是20世纪50年代末，"大跃进运动"，大炼钢铁，牺牲农业来发展工业，导致全国性粮食短缺，到处饥荒，农民守着良田沃土过苦日子。1959年年底，自治区党委第一书记韦国清率领一行干部进驻腾翔乡（当时行政区划为乡）蹲点调研，住在伏梁八叔家，还在腾翔圩梁增英家住过。简装素服，一双布鞋，手执折扇的书记在村里半个多月，与村民同吃同住同劳动，开会座谈，进家走访，大榕树下与休闲村民聊天……粮食歉收，虚高报道粮食产量，据此征收公粮的数量增加，大食堂"放开肚皮吃饱饭"而无粮可吃，农民砍树砸锅炼钢炼出一堆废铁等。农村的真实情况令人震惊，深深地触动了领导的心灵：必须调整政策！终于在1960年4月农村集体食堂停办，炼钢窑也熄火了。但韦国清书记仍然惦记着伏梁，1961年春季，又率领一行干部进驻腾翔乡调研，在伏梁一蹲又是20多天。经历了惨痛的三年困难时期，书记要看看这里的村民过得怎么样，听听他们的心声，需要什么帮助，解决什么问题才能走出困境，为全区提供些什么经验？领导身在伏梁，心中装着全区民众，体察民情，解决问题，指导工作，离开伏梁时给村民们吃了定心丸。果然不久，自治区党委政府制定10项政策，全区贯彻落实，保障了农民最低生活需求，调动了社员生产积极性，有效地克服经济困难，促进农业发展。

开国上将，沙场征战无数的军事家，主政广西20年的韦国清书记，走遍八桂大地，但领导公务繁忙，日理万机，进驻村里长时间蹲点调研的可能没几个。你想，广西乡村那么大，自然村落多了去了，蹲点调研怎么就去了伏梁？而且还去了2次。

伏梁，梁姓村庄。有着近千年历史，文化底蕴深厚。巍峨耸立的青山，郁郁葱葱的古树林木，良田沃野缓缓河流，炊烟如梦的村巷，善良纯朴的村民，构成了美丽的家园，孕育出团结互助、踏实敢干的务实精神。1954年年初，中央号召发展农业生产合作社。伏梁村民梁栋清带头组织几户村民搞了一个农业生产互助组，当时武鸣县只有 4 个试点，伏梁是其中之一。后来梁栋清农业生产互助组和武鸣县的另外 3 个都升级为初级农业生产合作社，伏梁入社农户有 16 户。他们的先行先试，为 1955 年发展高级农业生产合作社，农村进入社会主义高潮，提供了探索经验，走出了一条路。这就不难理解为什么韦国清书记来伏梁蹲点调研了。总有一些年份和事件，会在历史上留下闪光的印记。

楼下，三妹和妹夫问我去不去钓鱼？我从思绪中回过神来，一说钓鱼赶紧下楼，好久没钓鱼了。拿上鱼竿鱼饵、网兜小椅，走过几栋小楼和瓦房、老汉垂钓的水塘、菜地，拐个弯就到了村外的水塘，这里有 2 个相邻的水塘。三妹家水塘北岸边有一古建筑，过去是伏梁小学，现在孩子们都去腾翔小学了，这所校舍就废弃了。南岸往前一点有一石阶砌成的四方泉井，曾经是村里的饮用水源，滋养了一代又一代伏梁人。妹夫调好饵料，我把鱼竿浮漂调到适合的深度，查看哪儿有鱼，选了个地方将裹好饵料的鱼钩甩入水中，水面溅起一圈小小的涟漪。细细的钓丝牵动着放飞的心情，静坐水边，远离喧嚣，注视水面浮标，内心安静，等待鱼儿上钩。突然，浮漂动了动，猛地往下沉，赶快提竿，鱼竿下有东西往下拽，一条活蹦乱跳的鲤鱼被拉到水面，拿手抄网一兜就上来了。如此连续钓了几条，大多是鲫鱼。当然，有时连续甩竿，回回提竿总是落空。钓鱼不在钓到多少，钓的是心情，磨炼的是意志和耐力，犹如人生，选好位置，付出辛劳，蓄势待发，静候机会，耐得住寂寞，忍得住苦难，一旦机会来临，抓住不放，就会收获惊喜和成功。

千年板苏是三县治所故地

腾翔古圩东南，苏官村的一个屯，名为板苏，古时称葛圩苏村。从318年（东晋大兴元年）至1368年（明洪武元年），晋兴县、乐昌县、武缘县的治所就设在这里。这个不显眼的古村落，曾经有过显赫的辉煌，但随着时代的变化，朝代的更迭，岁月峥嵘，风云变幻，时过境迁，如今还留下多少历史记忆？

走进神秘的古村落

柔软的秋，蓝天白云，风和日丽，凉爽宜人。从腾翔圩出发，往南邕武路村委大楼旁左拐向东，汽车驶入通往太平镇方向的四级公路，经福庆屯、岜布遗址，不远处便是板苏屯。沿途遥看右边高峰岭下的岜旺屯、那宫屯；左边天井岭下的那浪屯、岑林屯、乐留屯。左右两边都是连绵起伏的山峰，郁郁葱葱；道路两旁，田连阡陌，到处是沃柑果树，呈现出一派美丽的田园风光。板苏屯坐落在两岭之间，背靠高峰岭，面向天井岭，与朱董村为邻。村前狭长地带，良田沃野，一条起源于高峰的小河自东南向西北缓缓流过，东面是武鸣重要锰矿山——板苏矿场。

公路从板苏穿过，村道蜿蜒入村。村口路边有个大水塘，如今被村道分成三个小水塘，碧绿的水面波光粼粼，两棵几百年的古榕树，粗壮挺拔，还有两棵高大的榉树相依相伴，枝叶繁茂，翠绿葱茏，在村口撑起一片巨大的绿荫，宛若守护神屹立在路边，显示出不凡的气度和风采。一幢幢三四层小楼散落在绿树掩映中，就像镶嵌在这片古老苍翠的大地上。塑钢窗玻璃明亮，现代感十足。只有余下的一些旧屋老房，仍在诉说着历史的沧桑。

板苏这个千年古村，宁静祥和，又隐含神秘。这种感觉来自内心，来自历史，来自岁月下面隐藏着的那段神奇而辉煌的往事。

在历史上，板苏村隶属于晋兴县，后改为乐昌县，景祐二年（1035年）撤乐昌县并入武缘县，板苏村才隶属于武缘县（今武鸣区）。史料记载，318年（东晋大兴元年）设置晋兴郡，辖晋兴、熙注、增翊、安广、广郁、晋城、晋阳七县，辖境及今南宁市、崇左市、百色市、河池市、横县等县市。其中，晋兴县与郡同置，为郡治。但隋开皇十八年（598年）废郡为县，晋兴县改为宣化县。唐武德五年（622年）拆宣化县置宣化、晋兴、武缘、朗宁、横山县。晋兴县治所就在今板苏村。宋朝晋兴县改为乐昌县。景祐二年（1035年）废乐昌县为乐昌乡，并入武缘县，而且将武缘县治所从伶俐圩（古称乌朗圩）移到板苏。据此可证明晋兴县、乐昌县治所是在板苏，否则，撤乐昌县并入武缘县时不可能将县治所移到板苏。治平四年（1067年）又拨上林县止戈乡和宣化县永宁乡入武缘县，至明朝洪武元年（1368年）县治所才从板苏移至今城厢镇。

感受历史的温存

漫步村庄，幽静的村道无石板石阶，而是平坦的水泥地。但脚下的这片热土，在650多年前是一座古县城啊！历经千年的繁荣，创造了多少文化，多少辉煌？我努力想象着当时的繁荣景象，寻找着昔日留下的古迹。县衙门、城隍庙、栖云庙、城前寺在哪里呢？阮氏宗祠、廖氏宗祠还有吗？覃先生告诉我，早在后来的战乱和风雨摧残中损毁，只有栖云庙、阮氏宗祠遗存，后来城隍庙、栖云庙在旧址上重建。

在 2008 年修葺一新的城隍庙，一侧紧挨着村民的小楼，前后和另一侧是开阔空地，但门前地面没有铺水泥，灌木杂草丛生，小白花在微风中摇曳，显得有点荒芜。红砖墙、琉璃瓦，屋檐四周漆红，门檐下有"城隍庙"石匾，是遗存的珍贵原匾，门两侧一副对联：大行远近知善恶，众理昭彰鉴分明。显得庄严神圣，在现代小楼林立中独具特色。大门两旁是围墙，琉璃瓦盖顶，院子后面的两层重檐琉璃瓦大殿，供奉的是龙，神龛墙上画着一条腾云驾雾的巨龙，并以红绸带挂边。供桌上的几个香炉里插满燃后的残香，堆满了香灰，可见香火旺盛。我们燃了三炷香，插在中间大香炉上，香烟袅袅，顿时多了几分对古县城和先贤们的敬意。

为什么供奉龙？壮族崇拜龙，古圩每年端午节划龙舟，舞龙祭龙。武鸣有神话故事特掘和乜掘，说的是一个没有子嗣的老妪救了一条受伤的小蛇。小蛇感恩，为了陪伴老妪自断尾巴，使自己和人一样，称为特掘，与老妪母子相依。老妪死后，特掘为尽孝刮起狂风暴雨，卷起老妪安葬在大明山龙头峰，并每年回来扫墓。特掘是龙的化身，乜掘就是龙母，因而有了龙母庙。当然，城隍庙最早供奉的是城隍神，后来没有了城池才供奉龙，以示壮汉文化融合。

城隍庙除了遗存门匾外，还有一块残碑，上面清晰可见"城隍庙碑记"等字迹，记录了建庙情况和募捐花名册。重建城隍庙后，又在庙中刻碑"城隍庙简介"，介绍板苏历史和重建情况。

在村北山坡，有栖云庙遗存，红砖墙，大门上方有 5 个砖砌尖顶，二级石阶，墙面斑驳。穿过岁月遗存下来的旧栖云庙，是民族的记忆。但岁月沧桑，已经荒芜。在 2018 年拆旧庙并于原址重建，红墙重檐大翘角，门前四级大长台阶，前面加了翘角飞檐屋顶，两根柱子，门阶下是大大的半圆形三级台阶，中间平台，形成一个高高的红色门厅，地面水泥硬化，一条村道通到庙前，庙后是满坡挺拔翠绿的树木。门口上方有"栖云庙"三个大字，两旁对联为：宝地滋养丁财旺，庙宇庇佑福寿长。庙内供奉的是观世音菩萨，以求赐福人间、普渡众生。显得庄严肃穆，非常气派。供桌的几个香炉和门前长方形大铁香炉里，插满燃后的残香，堆满了香灰，香火旺盛。

在水塘附近一片苍翠的树木中，找到了城前寺遗址，只剩下残砖碎瓦，凸起蔓延的树根下露出了石块地基，还有一块有弧度的石条，好像是拱门的遗存石块。空旷的遗址上，还有许多善男信女们每年来凭吊拜祭留下的残香红绸。

县衙故址在村口水塘南上方，如今村民已建起三四层小楼。旁边旧时的炮楼也已拆除，只存一片废墟。多少悲欢离合，多少荣辱兴衰，俱在沉寂的角落沉淀。目光触及故址和这些残砖碎瓦、树根下的基石，心中不免生出一些别样的情愫，这里隐藏着许许多多的故事。

治所北移是大势所趋

为什么武缘县治所移到板苏后，历时 33 年就迁移了？或许跟当时的朝代更替和中央王朝统治需要有关。纵观中国古代史，新王朝建立后都会对前朝旧的行政体制各方面进行改革，打破前朝局面，建立有利于自己统治的新体制。一朝天子一朝臣，一个朝代一个体制。当然，到了宋朝也不例外。

宋开宝四年（971 年），宋军挥师南下灭南汉统一了岭南。自秦汉至唐咸通前的数百年间，广西还不是一个独立的行政区划。宋统一岭南之初，广西与广东仍同属于广南道。宋朝统一岭南后，为加强对地方的统治，对唐代的岭南行政区划重新划分，将一些州县进行了撤并或降级。后来又将广南道分为广南东道、广南西道，分出了广东、广西。从此，广西成为一个稳定独立的行政区划。在封建势力割据时代，地广人稀、物力微薄的广西，却州县林立，小州小县没多少权力能力，不利于发展和御边。同时，州县林立，机构官吏众多，老百姓税赋繁重，社会又如何安定？因而撤并州县成了中央王朝加强统治的选择。从北宋至南宋，广西陆续撤并了许多州县，武缘县与周边的县就是其中之一。

随着州县的撤并，行政区划的变迁造成治所位置偏移，使行政管理不便，因而治所也要随之迁移。武缘县自隋开皇元年（581 年）始置，属于缘州的范围，治所在伶俐圩，当时位置及交通等便于行政管理。但撤封陵县、乐昌县并入武缘县后，行政区域扩大，县治所发生了偏移。伶俐地处南宁市东部，东接横县，南毗南阳镇，西连长塘镇，北与宾阳县、兴宁区接壤，而新划入的封陵、乐昌县和其他县域大多在南宁的西北部，治所位置就不利于管理了。因此，在乐昌县划入武缘县后，基于板苏是乐昌县治所，之前还是晋兴县治所，自然就把治所迁移到了比较适中的板苏，也照顾到了新划入的乐昌县。

但当时行政区划还在不断调整变化，统治当局有多方面考量。从地理位置来看，板苏在高峰岭和天井岭之间，向东向西都是一个狭长漏斗地带，不利于县城长远发展。而城厢镇（今武鸣区政府所在地）是更为开阔的坪地，又有武鸣河汇入右江，通郁江、西江，属珠江水系。在那个年代，有水上交通就更为便利。因而地理位置显然比板苏优越多了，统治当局应该是经过考察权衡后才做出把县治所从板苏迁移到今县城的决定。

明嘉靖年间，朝廷在桂西实行"改土归流"政策，引发了"岑猛之乱"。王阳明晚年受命总督两广，于嘉靖七年（1528 年），用心学理念的战争艺术，采取安抚招降稳定了思恩、田州的局势后，在督剿八寨、断藤峡之乱时，"复亲往相度"，发现离原思恩府治乔利六十多里外的武缘县止戈二里"地名荒田者"条件非常好："其地田野宽衍，皆膏腴之田，而后山起伏蜿蜒敷为平地，环绕涵蓄，雨水夹绕后山而出，合流于前屈曲数十里，入武缘江水达南区，四面山势重叠，盘迥者轩豁秀丽，真可建立府治。"因此，决定将思恩府治从乔利迁到武缘县止戈二里（今武鸣区府城镇）。可见，当时王阳明在迁移思恩府治时也是考虑到武缘城厢具有地缘优势，有利于发展和长治久安。如此，就不难理解武缘县治所为什么从板苏迁到今武鸣区府城镇了。

让人沉思的是，在板苏这块热土上，历经几朝设立的三个县治所，创造了辉煌的历史和独特的文化，闪耀着璀璨的星光，本应是一座千年古县城，但随着朝代变更，岁月湮没，如今已无古县城风貌，几乎没有遗存完整的文物古迹，令人遗憾。望着依稀可辨的遗迹，恍惚间穿越千百年时光，仿佛看到古县城红砖黛瓦，房屋连片，庭院深深，古树苍翠，街巷四通八达，商贾云集，市井繁荣，城隍庙、栖云庙升腾袅袅香烟；隐隐听到衙门的击鼓声和升堂声，城前寺暮时渺渺钟声和清脆的梵铃声……

千年文脉在延续

曾经的辉煌可能会在历史的某个时段终止，风雨可以摧毁城墙屋宇楼阁，即使变成了瓦砾，却无法摧毁源远流长的文脉。

板苏有阮、廖、覃、刘、苏、陆、梁、韦8姓。板苏人没有忘记历史，深知历史变迁无法改变，但不可妄自菲薄，当奋发图强。村民捐资重建了城隍庙、栖云庙，再续香火，延续文脉。阮氏宗祠仍然是供奉与祭祀祖先的场所，崇功德，敬老尊贤，追远睦族，成为孝子贤孙灵魂的栖息地。板苏人有崇拜，有信仰，有追求。历来重教办学，古时开办私塾，现代办学校，琅琅书声如春风，少年立志报家国。

深厚的文化底蕴滋养着人才的成长，古今才俊众多，各展其华。清朝著名诗人覃海安，"少有清才，落浇自负，不与庸人为伍"，才思敏捷，记忆非凡，浅水观洗衣碑，拨水三次即可背下碑文。25岁中举，于东兰设馆任教，并在衡阳花药寺收徒授生。京城会试时就写下《都门杂兴》组诗，关注国家社会，表达自己的感怀，谴责外敌入侵和卖国求荣，忧国忧民，慷慨激昂。一生创作了许多诗文，善用典故，形象鲜明，辞藻华丽，造语整饬，格调清雅，流传至今有30余首。

后辈莘莘学子，长江后浪推前浪。乡贤覃学流，悬壶济世，成为广西名中医。覃智流创办广西蓝鸿建筑工程有限公司，八桂大地上的一些楼房道路，有他付出的辛劳和贡献。覃升流、陆江玲夫妻创办建材公司，为广西高速公路和南宁市政道路、立交桥、机场等800多个工程提供碎石。达而回报社会，惠老济亲，从2010年起每年重阳节办敬老宴，请村中60岁以上老人欢聚过节，并赠送节日礼物、长寿面每人一份。新冠肺炎疫情暴发后，改为发放慰问金。覃智流夫妇也加入敬老活动，并在得知苏宫小学校舍教室成危房后，用自己的工程队将学校翻建一新。"80后""90后"也崭露头角，覃玉琴大学毕业后创办红石文化公司，与新浪合作，在网络视频、新媒体传播中做得风生水起。阮仕葵三子女笃学成才：长子阮国才考上北京化工大学，毕业后成为高级工程师，从事高分子研究应用工作；次子阮国天考上北京航空航天大学，毕业后也是高级工程师，从事测控数据管理；女儿阮艳妹考上四川大学，毕业后也成为高级工程师，从事地铁设计工作。

这个古老的村庄，怀揣历史，面向未来，虚怀若谷，低调务实，发力于美丽乡村建设，村风村貌焕然一新。在一栋栋小楼中，覃家的楼房别具一格，覃智流自己设计自己施工，将老旧四合院装修成现代的新房，保留了老房格局，留下了父辈的念想，文化的记忆；旁边还有两栋三层小楼，大阳台大窗户，花纹雕饰，走廊以粗壮的实木柱子做支撑。村中有板苏小学、文化广场、灯光球场、健身器材，孩子们背着书包洋溢着童稚，老人坐在树下乘凉聊天，或在自家门口棚下休闲，脸上写满了幸福。偶见荷锄下地干活的，打理果树的，摩托车飞驰在村道上，有的家门口停放着漂亮的小汽车，呈现一幅充满活力的乡村画面。历史文化浸润人心，淳朴的民风让人感动，烟火气依然富有诗意。巍巍高峰岭和绵延的天井岭，见证了板苏的发展变化，谱写出新的篇章。

因山而得名的邕旺古村

　　从高峰岭的邕武路往北蜿蜒而下，峰峦渐低，路坡渐短、渐缓，满山满谷连绵叠翠，像波浪一样起伏变化，至三坳处往右看，可见近处丘陵和坪地之中一座石山拔地而起，傲然耸立，显得有点突兀。此种地形，应该是山地勾漏山系与喀斯特地貌的接合部。这座山叫邕旺，壮语邕是山的意思，旺是山名。满山翠绿，山脚下村舍掩映在绿树丛中，宛若一幅美丽的山水画。这个村依山而建，也因山而得名，叫邕旺村。

　　村前是大片坪地，田连阡陌，一条村路从田野中穿过，往腾翔圩方向通到邕武路，再往前走就到了腾翔汽车站。小时候跟小伙伴去邕旺玩，年轻时在村前这片田地干农活，或者在腾翔汽车站、墰常边……我曾无数次地凝望着邕旺山，越看越像一头卧狮，它静静地趴在巍峨的高峰岭脚下，宛若刚从密林中出来，看到这片田野非常美丽，干脆就趴在这里欣赏；狮头微仰，凝视着远方，柔顺的山脊线勾勒出卧狮的脊背，行至尾处微微凸起，心里不禁赞叹大自然的鬼斧神工。

　　是的，这座山还有一个名字叫狮山。《武鸣县志》记载，1933 年设腾翔乡，辖圩榄、伏梁、狮山、板苏、庆乐、宫甘、坛造、重乐大河 8 个村。可见，这一时期岜旺村是称为狮山的。中华人民共和国成立后，腾翔乡设片区，岜旺的上屯、中屯、下屯、东庄合为狮山片，那浪、岑林、福庆合为那劳片，圩上为腾翔片，还有伏梁片。在1958年设立人民公社，腾翔撤乡成立大队，曾分为腾翔大队、狮山大队、伏梁大队、那劳大队。后来合并为一个大队：腾翔大队。狮山分12、13、14、15生产队。村名仍然称狮山。直到1984年撤销人民公社，狮山才改为岜旺屯。岜旺是以意取名，希望此山庇佑刘氏家族人丁兴旺、繁荣昌盛；狮山是以形取名，表示山之威武。行政区划和建制的村名，只有腾翔乡和人民公社时期是称为狮山的。

这个山名和村名，与村中刘氏家族有很大的关系。岜旺是单姓村庄，刘氏家族从葛阳村迁移到此地。葛阳是武鸣县（今武鸣区）太平镇下辖的行政村，那里有个古圩叫葛阳圩。清朝时期，葛阳村出了名人刘定逌，被称为才华卓然的壮乡鸿儒，乾隆十三年（1748年）中进士，授官翰林院编修，清官廉吏，后不畏强权，弃官从教，造福桑梓。受其影响，葛阳村曾有"武缘六十贡，葛阳半三十"的说法，葛阳文昌阁见证了当时的儒学盛况。先祖刘渌（刘千禄），在宋朝时就是邕州的一个官员，于1276年弃官隐居葛阳，繁衍生息，从而奠定了葛阳深厚的文化底蕴。其后裔明初时从葛阳往西，沿着高峰岭与天井岭之间形式的狭长地带，迁移到20多里外的岜旺定居繁衍，至今已有600余年，繁衍20多代。由于人口渐多，村庄也沿着山脚不断扩大，根据地形分为上屯、中屯、下屯。20世纪初，又有中屯的村民往东北田峒迁移扩建，因位田峒中间，村庄像圆形竹匾，竹匾壮语读音为"东"，因而称为东庄。从此，岜旺村发展为三屯一庄。还有一部分村民，直接参与修建腾翔圩，并在圩上建了自己的骑楼定居。

刘氏家族迁到岜旺定居后，山名村名应该是村民起的，从词义认知，有兴旺发达的含义。或许刘氏先祖们来到此地，看到此山形若卧狮，可向东回望故乡葛阳，地理位置就在邕武古道边，有大片坪地田畴，利于发展，遂在山脚下建村定居，并给此山起名岜旺，希望子孙兴旺发达。

从此，刘氏家族扎根岜旺，不断开疆拓土，村前及左右大片田地山丘都是刘氏家族的。西南边，邕武古道（今邕武路）两旁，所及之地达今腾翔圩，与伏梁村（屯）的田地交界。明朝时期，东北边的田地可能是与那浪村的田地接壤，但清朝政府安排横塘人从邕宁迁移到福庆村定居后，东北边的田地就与福庆村的田地接壤了。勤劳智慧的岜旺人，在这片土地上建设自己的家园，年复一年地辛苦耕耘，让荒芜的原野稻浪翻滚，果树成林，瓜菜成畦，鸡鸭成群，山村袅袅炊烟，那是富庶的标志。在上屯旁边的山丘建了一座庙，叫狮山庙，红墙红瓦，重檐翘角，圆柱走廊，大门左右各有一个窗户，内设神龛祭台，供奉本境庙堂德灵狮大王之位，香火旺盛。因而这座山丘也叫狮山。后来又兴办教育，旧时开办私塾，中华人民共和国成立后开办狮山小学，培养人才。

岜旺离腾翔圩2里地，站在村前就能看到对方。虽然是腾翔村的一个行政屯，但却是先有岜旺后有腾翔。1915年以前，这个地方的人赶的是"米花圩"，地点就在邕武古道三坳往南至洛水塘附近的路边，岜旺村离"米花圩"很近。后来因无水源，"米花圩"渐趋衰落，岜旺人积极参与策划筹建新圩，地点选在岜旺村田地与伏梁村田地交界处，因此岜旺人刘逢庆先生捐出了一部分土地，伏梁人捐出了一部分土地，还有30多个村庄的人捐款捐物，于1915年兴建了腾翔圩。一百多年来，腾翔圩成为一方经贸文化中心，不断繁荣发展，造福民众。

岜旺人的贡献不仅是建圩，还有让地植树造林。1964年，为加强邕武路旁的绿化，成立了腾翔林场，主要在邕武公路26~28公里路段两侧荒坡开展植树造林，这个地方涉及岜旺和伏梁生产队的土地，为此岜旺人和伏梁人都让出了土地。1975年，建苗圃需要土地，岜旺人又让出了部分土地。从而造就了腾翔路段两旁的荒坡野地上的树木高大茂盛，竹林摇曳生姿，植被郁郁葱葱，微风吹过，树叶竹枝沙沙作响，仿佛在歌颂奉献者。

改革开放后，腾翔的经济社会发生了翻天覆地的变化，老旧骑楼改造成新骑楼，戏台在文化部门的支持下也拆旧建新，老旧的砖瓦圩场和泥土圩街也亟须改造。20 世纪 90 年代末，腾翔村委根据村民意见，决定将圩场拆旧建新，水泥硬化圩街。原村支部书记陆耀进赴广西壮族自治区工商行政管理局争取资金支持，找到担任处长的岜旺村人刘才升，他当即协调有关处室派人到腾翔圩考察，并给予大力支持，顺利地完成了改造工程。岜旺人与腾翔圩有着不解之缘，仿佛冥冥之中后辈与前辈接力，为圩场的修建做出了贡献。

从遥远历史中缓缓走来的岜旺古村，如今已旧貌换新颜。各家各户拆旧房建新楼，一栋栋三四层的楼房，阳台宽敞，窗明几净，新颖别致。狮山小学也建了两层新校舍。村道水泥硬化，过去的出村小道，变成了通汽车道路，各家出行都是靠小汽车或摩托电动车。耕田种地机械化，村前有许多大棚种植，果园里硕果累累……

村后那座狮山，也因村貌换颜而显得更加神采奕奕。如果说狮子是森林之王、百兽之王，我觉得岜旺人的奉献精神才是真正的"王者风范"。

古榄村名由来

　　古榄是个老村名。坐落在天井岭脚下的古榄村，早在明初就有人在此建村，清朝时又有人陆续迁入，在此繁衍生息。

　　古人建村选址很讲究，依山傍水，靠山即"龙脉"所在，面有流水或池塘，藏风纳气，山环水抱，是理想的生息之地。连绵起伏的天井岭，在广西是著名的风水宝地，曾吸引明朝国师萧公来天井岭考察，并题留达9则之多。因而早在古时人们就沿着天井岭脚下建了许多村庄，繁衍生息。古榄村就是其中之一。

　　古榄村的先祖们来到这个地方，看到天井岭山谷溪流潺潺，山岭脚下有坪地，清泉汩汩冒出，田野广阔，土地肥沃，小河穿过田野缓缓向西流去，有山可依，有水滋养，有地可耕，自然环境如此良好，发展空间也很富足，是理想的生活之地，因而在此建村定居。如今从邕武路这边遥望古榄村，映入眼帘的是连绵起伏、气势雄壮的天井岭，山峦重叠，青翠葱茏，山下一栋栋小楼错落有致，间杂着余下的个别旧房老屋，掩映在绿树丛中，村前田连阡陌，宛若一张绿色的地毯在天井岭脚下铺开，左右延伸，蜿蜒的小河像一条绸带，一条村路从田野中穿过通向腾翔圩。给人的感觉，既古老又现代，显示出勃勃生机。

古榄村名应该是建村后先人们起的，但具体何时起的就无从查证了。这个村名，壮语直译是"村榄"，从字面认知和壮语之意，"榄"应该指的是橄榄。这是一种果树，果实卵圆形至纺锤形，成熟时黄绿色，外果皮厚，里面核很硬且两端尖尖的。橄榄树与一般果树不同，它有着丰富的文化内涵，象征着和平，代表着人们的博爱情怀，寓意着美好、幸福、希望、平安。橄榄树暗绿色的叶片香气宜人，充满着生机与活力，给人和平的希望。古希腊人将橄榄树作为圣物，在圣经的诺亚方舟故事和毕加索大师的绘画中，和平鸽与橄榄枝就是希望的福音、友好和平的象征。当然，古榄村的先人们起村名时，不一定知道这么多，而是这个地方当时有古老的橄榄树，因而叫古榄村。恰好村名也体现了先人们美好的愿望和理想，其丰富的文化内涵，潜移默化地影响着子孙后代。

古榄是个多姓多族群聚居的村庄，有梁、蓝、黄、李、陆、阮、宁、韦、石、廖10个姓氏。哪个姓氏先入驻，迄今为止，无准确考证。从陆氏、蓝氏等家谱中得知，陆氏家族先祖陆芳松于清康熙年间从武鸣濑琶村迁移到所丰暂居，后迁移到古榄定居。蓝氏家族先祖蓝表凤于清乾隆年间迁移到古榄定居，但从何处迁来家谱中没有记载。韦氏家族有2支。其中，一支从双桥平陆村（今平洪村）迁移到古榄；一支从伏林村迁移到古榄。大多姓氏家族是明清时期迁移到古榄定居的。

眼光深远的先人选准了这块宝地，建屋砌灶，开疆拓土，后来者接踵而至，形成了一个多姓混居的村庄。几百年来，大家在村前这片肥沃的田地里耕种，一口井里吃水，炊烟相交，淳朴友善，团结互助，安居乐业，和谐共生。多姓混居和睦相处，充分证明古榄就像天井岭一样有着博大的胸怀，拥抱迁到此地的所有姓氏族群，开放包容，不拒绝，不排斥，不歧视，就像一家人。大家笃信，同心同德才能建好美丽的家园。

村旁那个波光粼粼的水塘，是各姓村民一锄一铲挖出来的。在水塘边村道旁大家共同栽种的几棵榕树，如今已是参天大树，青翠苍劲，树干高大粗壮，盘根错节，枝繁叶茂，树冠如伞，气根飘飘，树下成为人们休闲聚会、纳凉避暑的好地方。古老的榕树就像村中的长者，不仅见证了古榄的风风雨雨和生命故事，而且它身上所具有的"落地生根，生机勃勃，根柱成林，合力支撑，庇荫众生，福泽万物，坚韧不拔，百折不挠"的精神，不正是古榄人的精神品格吗？

古榄人有着深厚的家国情怀，在不同的历史时期，不仅合力建设好自己的家园，同时面对列强和外国侵略者，挺身而出，为革命斗争，为保家卫国做出贡献。如辛亥革命时期，陆京玺投笔从戎，参加孙中山领导的推翻清王朝的革命运动，以及讨袁护法运动，转到隆山县任职后，为一方管理和建设做出自己的贡献。陆巨修在桂系军队任职期间，参加昆仑关抗击日军战役，战功卓著。韦保珍、黄才枝、蓝庭伍先后在战争中牺牲。这些革命烈士是古榄的英雄，他们是古榄精神的一面旗帜。中华人民共和国成立后，许多人考上了大学，涌现出在政府机关工作的韦庆珍和在军队服役的李华等厅级、师级干部，韦天宽等处级干部，韦文珍、李兴邦等一批获高级职称，蓝朝君、陆文亮等获评中学高级教师的优秀人才，在各行各业发挥着重要作用。

蜿蜒的溪流，挟裹着天井岭的气流和山坡上的泥土芳香，以及腐草朽木的肥力，流向古榄，滋养着这方土地。中华人民共和国成立后，村民筑坝建起了水库，溪水汇成了荡漾碧波。改革开放后，古榄更是焕然一新，昔日的土坯房、砖瓦房，被一栋栋新式的三四层小楼所代替，余下个别旧房老屋，斑驳的墙壁写满了岁月的艰辛与快乐，与崭新的小楼形成鲜明的对比，分明在告诉人们，时代在前进，古榄的脚步从未停止过，在不断发展繁荣。

过去古榄人要到泉井去挑水喝，现在不用了，各姓村民合力在山坡上建起了自来水储灌池，在家里一拧水龙头，泉水就"哗哗哗"地流出来了。炎炎夏日想游泳，不用发愁，泉井旁边已建了露天游泳池，冬暖夏凉，比城里的游泳池爽多了。原来杂草丛生的荒坡变成了果园，沃柑、皇帝柑、茂谷柑、柚子、荔枝等，果园里硕果累累，香飘四溢，那是古榄的特色经济，市场的时令鲜果。

在美丽乡村建设中，古榄人把村名文化和理念融入了方方面面。2017年，村老屯长（组长）们根据村民意见，决定在村前小山丘上修建文化活动场所，村民自发踊跃捐款，身居异乡心系故乡的游子和外甥也纷纷解囊，同心共建，众志成亭，全村共享。掩映在高大树木中的圆形同心亭，琉璃黛瓦，六根红色圆柱，金字"同心亭"牌匾，彰显了同心同德、和睦相处的理念，更是各姓共同建设富裕、和谐、文明古榄的象征，成为古榄的文化符号。人们在休闲娱乐、健身运动，以及路人休息游览时，都能感受到浓郁的古榄文化。同心亭像颗明珠，闪耀着古榄精神的光辉。

历经几百年，古榄村名没有太大的变化，只有中华民国时期行政区划曾经将其与其他村庄合并为圩榄。《武鸣县志》记载，1933年（民国22年）设腾翔乡，辖圩榄、伏梁、狮山、板苏、庆乐、宫甘、坛造、重乐大河8个村。圩榄村名，应该是包括腾翔圩上、古榄、那浪、岑林、福庆等自然村庄的统称。重乐大河包括坡重、乐山、那河、庐仙（今大伍）等自然村。今八桥村的所丰，当时划归平洪村管辖。从字面可认知，圩榄，是从圩上和古榄各取一字合为村名，那是行政区划的名称，实际生活中，老百姓还是叫各自然村原来的名称，如古榄仍然叫古榄。中华人民共和国成立后，腾翔乡分片区，所辖村改为片，或合并为片，各自然村庄仍叫原村名。1958年成立人民公社后，古榄划归八桥大队。

古榄这个小山村，宁静祥和，低调务实，坚守自己的民间信仰，保持地方传统，扎根天井岭脚下繁衍生息，传承着本土乡情和传统美德。面向未来又生机勃勃，焕发出一种古朴、自然与现代的美，充满了活力。如今，古榄人正在奋力谱写时代的新篇章。

福庆村名与横塘人

　　墰常水塘东边有个土山，坡小平缓，清朝以前叫什么名字，无从得知。那浪屯遗存的地界碑记载，明朝时这个土山和墰常塘是那浪村张氏家族的，碑文中有邕旺村人刘美裕佃租了土地和墰常塘一口，但没有提到旁边这个土山名。也许那个时候，这个土山只是一个荒山荒坡，野草丛生，满目荆榛，往来路过此山坡的主要是张氏家族和他们的佃户雇农。

　　清朝康熙年间（1662—1722年），官方从宣化（今邕宁）组织糖蔗农移民到武缘县（今武鸣），横塘人怀揣种植甘蔗和制糖技术，从宣化举家迁移，蜿蜒翻过高峰岭，进入武缘县，主要聚居在府城一带，然后陆续迁移到各乡镇。其中，城厢镇九里村黄氏家族的一个分支和太平镇珠董村李氏家族的一个分支，迁移到墰常边的这个土山坡建村定居。从此，一群横塘人披荆斩棘，在山坡北面砌墙造屋，栽树种竹，开垦荒地，兴建自己的家园。

　　土山坡不再荒芜，一个新村诞生了。虽然兴建之初，有土坯房，也有砖瓦房，但却是匠心独运，院落格局完整；传统讲究堂屋不对大门，堂屋两边用作卧室，天井两边的耳房一间作厨房、一间作杂房，门就开在杂房与卧室之间，形成独立的院子。村中房屋错落有致，朝向讲究，房前屋后，树木竹林郁郁葱葱，菜畦翠绿，炊烟袅袅，呈现出生机勃勃的景象。

有了村庄，必然要有名。浸润在博大精深的汉文化中长大的横塘人，给自己的村庄起名为福庆。这是个吉祥喜庆的村名，有着丰富的内涵，意思是幸福，有福气和福运。西汉时期焦赣的《易林·蛊之乾》说："首泽与目，载受福庆。"《后汉书·李固传》说："安则共其福庆，危则通其祸败。"前蜀杜光庭《马尚书南斗醮词》说："伏冀众尊昭祐，大圣鉴临，赦已往之过尤，锡将来之福庆。"明代沉采《千金记·荣归》说："从此一家蒙福庆。"因此，横塘人认为，这里风水很好，有山有水有田地，绵延巍峨的天井岭护佑滋养着这片土地，能在此地建村安家非常幸运，希望一切顺利，带来福气和福运，造福子孙后代，生活幸福美满。

福庆，西邻腾翔圩，两地只有一长坡距离。东北与那浪、岑林为邻，只有一片田畴和一河之隔，互为相望。东南有一座石山叫岜布，高大耸立，后来因采石开发，现只有残根遗址了。村前沃野平畴中，双桥河缓缓流过，横塘人从岜布山采石筑坝，提高水位灌溉这片稻田，惠及那浪、岑林，因而这个河段又称那劳河。石坝不仅拦河蓄水，也能排洪，水平时从旁边的排洪沟流出，每当下大雨，暴涨的河水就漫过石坝"哗哗哗"地流下来，宛若瀑布。平时，石坝就是人们过河的堤坝路。跨过堤坝，就是连绵起伏的天井岭，潺潺溪水从山谷中蜿蜒流入那劳河，滋养着这方土地。

福庆是腾翔唯一的汉族村庄，周围都是壮族村庄。横塘人作为客家，既保留传承自己的汉文化传统，又与壮族相互学习借鉴，相互交融。至今在村中横塘人依然讲的是自己的方言平话，但在与壮族交往中也会讲壮话。建村后，汉壮之间慢慢地相互通婚，有了姻缘关系。因而横塘人与本地土著人之间，有着高度的信任感，几百年来友好相处、和谐共生。

福庆村还有一个名字叫璜塘，是本地壮族人对这个村庄的称呼。璜塘应该是横塘，壮语将横念成璜，意思是这个村庄住的是横塘人。此村名在民间流行，特别是说壮语时使用比较多。这个称呼，既凸显了村庄的独特性，也有着壮家与客家的浓浓乡情。从福庆村庄不像其他地方客家人建防御性围屋，而是开放性地散落建屋的情况，可以看出，横塘人迁到此地是受到了本地人尊重的，因而关系非常和谐融洽。

福庆横塘人的先祖是从中原来的。据史料记载，北宋时期，交趾国出兵攻打广源州，将广源州知州侬全福俘为人质，并将归顺宋朝的侬全福杀死。其子侬智高投奔傥犹州（今靖西），被交趾出兵攻打俘获，并封为广源州知州，引诱侬智高向交趾称臣。宋皇祐初年，侬智高因与交趾有杀父之仇，且不甘其家乡傥犹州被交趾夺去，便派人向宋朝廷进献金银和驯象，请求归附宋朝并正式授以官职，但被宋朝廷拒绝。侬智高归附宋朝无望，怒而起兵进攻宋朝的广西南路，割据称王，并起兵反宋。时任宋朝枢密副使的狄青，于1053年奉命率兵3万南下征讨侬军。侬智高败走云南大理后，狄青带来的宋军近半将士留戍广西。其中，邕州（今南宁）留戍士兵4000多人，在广西各地还驻军1万多人。福庆横塘人的先祖就是跟随名将狄青南征并留戍的将士，定居邕州后与当地人通婚，繁衍后代。后遇交趾之乱又避居宣化（今邕宁），再从宣化迁移到思恩府武缘县定居。中原文化与本土文化交流融合后衍生了平话方言，讲平话方言的这部分汉族称为横塘人。

福庆村名，在不同的历史时期，行政区划和建制有些变化。清朝建村后，福庆是个独立的村。中华民国初期仍然是伊岭团下辖的一个村。1933年设腾翔乡，福庆与圩上、古榄、那浪、岑林合为圩榄村。中华人民共和国成立后，腾翔乡设片区，福庆与那浪村、岑林村合为那劳片。1958年建立人民公社，腾翔撤乡成立大队，曾分为腾翔大队、狮山大队、伏梁大队、那劳大队。后来合并为一个大队，福庆是第18生产队。在1964年第11队合并到9队之后，福庆改为11队。1984年撤销人民公社，腾翔大队改为村，福庆是腾翔村的一个屯，也叫第11村民小组。目前，全屯有32户人家。

福庆村有黄、李两姓，都保留了汉族的宗族观念和传统习俗。虽然先祖戍边定居广西后转为以农耕为业了，但其尚武精神仍然影响着子孙后代。中华人民共和国成立后，许多青年踊跃参军，如黄恩成、李继光、李新光等都是军人，黄恩成还是军官，后转业到地方工作。横塘人也重视教育，不少人考上大学，涌现出一批优秀人才。如黄逢建大学毕业后在中学任教，获高级教师职称，现任武鸣一中校长；黄益大学毕业后从事政法工作，曾为武鸣县人民法院法官。

改革开放的春风，吹绿了天井岭下这片沃土。福庆改造了那劳河上的旧堤坝，建成现代化的河坝，在农田里安装了喷灌设备，着力打造蔬菜基地，特色经济蓬勃发展。如今，村庄老屋旧宅大部分都改建成了三四层的小楼房，修起了水泥村道，现代与传统交相辉映，前进的脚步坚定踏实。给人的感觉，低调朴实，温柔静谧，大化无言；村旁村后摇曳生姿的竹林和高耸挺拔的树木，有着动人的温情与诗意，村民享受着田园牧歌般的美好生活。

尾燕岭下
老友相聚

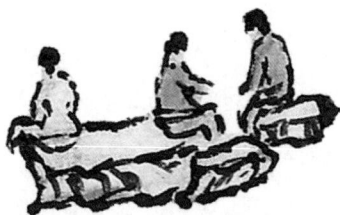

尾燕岭，是伏林村与高峰林场的分界。这边的山头果树成林，郁郁葱葱，山庄房屋掩映在翠绿丛中；对面的山头则是垂直挺拔的桉树林，山顶两个硕大的风叶在山风驱动下旋转，没想到高峰也安装了风力发电机。翠峰青山风景宜人，山沟夹杂着树木和泥土清新的气味，溪浅细流，筑坝成塘，幽静木秀，是疏解疲倦、驱逐浊气、修身养性的生态之地。

南武大道旁，一汪碧水边，刚从水中上岸的一群大鹅摇摇晃晃走过来，伸长脖颈嘎嘎嘎地叫，是欢迎吗？十几只黑鸭子在水中缓缓往这边游，是不是想找我们喂食呢？山岭的果树下几百只鸡扑棱棱乱跑乱飞，一片欢腾；远处传来斑鸠、画眉动听的叫声，还有飞鸟轻盈地划过天空，浓浓的山野之风扑面而来。

这里是伊岭苏焕思老板的自助加水站。近几年，他承包山脚下这块地经营，在水塘边打了一口井，抽到山上储水罐，增压后可喷洗车辆和给车加水。山上几个山头是陆江玲、苏焕思几个老板共同承包，种植柚子、沃柑等果树，还有一个老板在山上建了休闲旅游山庄。

高大威猛的重型大卡车从南武大道上拐进来，一辆接一辆地停靠在加水站的水龙头边。五六个水龙头，一次性为几辆车同时清洗并加水。司机拉着长长的软管喷洗沾满灰尘的车辆，强大的高压水柱将车辆外面的灰尘污垢冲洗得干干净净，然后再加满水箱，也就几分钟即可完成。扫码付费，每辆车5元。

这条南武大道，是南宁市区连接武鸣区的城市大道，但允许大卡车通行，因而各种车辆川流不息，昼夜都有车进场洗车加水。可见南宁和武鸣城市建设道路工程还是很繁忙，附近各村都有重型大卡车搞石材土方运输，多达几千辆。城镇建设，高速公路、铁路工程，需要各方面协同施工。重型大卡车运输就需要加水洗车服务，链条上的每一环都很重要，都不可掉链子。

得知我来这里，在南宁市的老表、文友苏贤庆夫妻驱车赶来相聚。贤庆兄是伊岭人，雅亭老家与我外公外婆是邻居，他的父亲应该是我外婆苏家族舅。我和贤庆兄，是同代人从小一起玩到大。各自大学毕业后南北工作，贤庆兄继承其父苏永勤（新华社记者）的事业，在《南宁日报》当编辑、记者，写了许多脍炙人口的文章，主编出版《千年伊岭村》《壮族鸿儒刘定逌》《伊岭岩的故事（壮文版）》《光荣的使命》《说古邕州》等书。其父苏永勤，是中华人民共和国成立后第一批留苏学生，回国后曾在新华社北京总社任《参考消息》编辑，后调广西新华社分社当记者，为广西的发展和家乡建设做出了巨大的贡献。如今，我们俩又一起参与《腾翔古圩志》等书的编写。

我们都保留了钓鱼的爱好，因而支起太阳伞，甩竿钓塘角鱼，苏焕思老板用花生麸打窝。世间闲娱千百种，唯有垂钓胜神仙，可我们俩已近半个世纪没在一起钓鱼了，如今年近古稀又聚到一起垂钓，感慨万千。鱼钩鱼饵甩入平静的水面，溅起微微涟漪，心中也微波荡漾，满满的儿时感觉，连着遥远的友情，接上当今的友谊，丝丝缕缕，绵绵长长。

鱼未上钩话题先行，忆儿时，谈青年，往事历历在目。20世纪90年代，贤庆兄出差来北京，曾到访文化部得以相见，相聚京城相互交流，共叙友情，并到中央民族大学拜访留苏的腾翔村岑林屯人沈立邦教授。时光匆匆，岁月不停，但我们坚信：青山不老，人心也不老。话编志修史，聊家乡的文化传承发展，责任在肩，使命在身，尽心尽力尽责，只望千百年文脉薪火相传。改革开放后，家乡的发展变化让我们的话题飞扬，也聊到当时几个人如何看上并承包下这几个山头，开发转包等。未来的发展，乡村振兴，令人兴奋，我们还能做点什么呢？半世风云，风清，月白，云淡都在谈笑中。

闲聊时，水中浮漂猛地往下沉，提起鱼竿，线沉竿弯，一条灰褐淡黄的塘角鱼钓上来了，尾巴还止不住地摇摆挣扎，扁头宽嘴上几根胡须跟着摆动，无鳞光滑，胸鳍有硬棘，因而抓鱼要小心扎手。还是贤庆兄有经验，用一块毛巾裹住鱼再把鱼钩从鱼嘴里拔出来。用鸭肝做的鱼饵，塘角鱼爱吃，甩竿后接二连三上钩，收获颇丰。

午饭主角当然是黄豆焖塘角鱼，佐以鲜姜、小葱，清香扑鼻，点缀着黄豆，色泽分明，肉质嫩滑，嚼之有点甜，味道鲜美，营养丰富。民间认为有补中益阳、利小便、疗水肿的功效，体弱者食之可强身健体。下一道菜是焖西洋鸭。老板杀了一只水塘自养的西洋鸭，切块与鲜姜大蒜辣椒爆炒后焖熟，肉厚肥少，香嫩美味，肉汁四溢，口感饱满，回味悠长。之后一道菜是鱼生，生猛草鱼去刺切薄片，晶莹剔透，蘸特制的佐料，入口清淡、生脆、爽滑，鲜甜好吃。还有炒牛肉牛百叶，与青蒜切断一起炒，肉质软嫩，芳香四溢；乌龟煲汤，加入几块鸭肉，佐以姜片大蒜，汤清肉嫩，美味滋补；一碟清炒小白菜，现摘现炒，时令新鲜。食材上佳，厨师手艺高，地道的土味，在城市可就吃不到这种美食啰。

满目青山在，不知不觉太阳渐入山，垂钓余兴未尽，话题仍待续，却也只能依依道别复乘车，君去南宁吾回腾翔。突然想起唐代戴叔伦"羁旅长堪醉，相留畏晓钟"的诗句。汽车行驶在邕武城市大道上，穿过连绵起伏的山峰，道路长长情谊长长。

雅亭文脉如长
甲泉源远流长

　　一块倒扣的石磨盘，从其表面雕琢痕迹可知年代久远和工匠技艺之高，伸出的磨槽口汩汩流出清泉，旁边还有双壶出水槽也汩汩流出泉水，从未停歇。石磨盘上有雅亭进士苏超才题字"光绪八年，花月建造"，后又镌名"甲泉"。方形条形石块砌成的水池，浣妇于泉流的场景，不禁让人想起没有洗衣机的年代，小河边水塘边，晨起或黄昏，洗衣女们挽起衣袖，将衣物浸透揉搓捶打，一次又一次漂洗，那是多么亮丽的风景啊。没想到即使有了洗衣机，雅亭人依然保留了浣衣之美！

　　或许会有人疑问，是家里没有洗衣机吗，还是不会用洗衣机，或是为了省电费？应该都不是。那是千百年来祖祖辈辈传承下来的习惯，虽然大多数已经被现代化工具所代替，广袤的乡野、城镇已经很少见到浣衣景象了，但雅亭人对甲泉有着深厚的感情，泉下浣衣是与甲泉的情感纽带，是融入血液里的文化。

　　甲泉水池边有一亭，据说雅亭屯是因此亭而得名为"雅亭"。旧亭已无存，后重修了现在的亭子，并在亭上挂"雅亭"牌匾。行至村前先见此亭，并经亭旁入村。

应前几日尾燕岭贤庆表兄之约，来到伊岭村雅亭屯。车行至雅亭，村前甲泉便进入眼帘，停车驻足，流泉洗手，掬泉饮之，清凉甘甜，满满的儿时感觉，那个时候每次来外公外婆家，必先在甲泉玩耍。

村口古榕依然枝繁叶茂，翠绿葱茏，浓荫如伞，气根飘飘。村貌已焕然一新，牌楼式的村门，黄色琉璃瓦在阳光下闪耀着金光，儿时看到的砖瓦民房都已在原址上翻建成两三层楼，有的是四五层。村巷依然沿斜坡而建，但路面已无青石板，家门也不再设门槛。村前甲泉旁边专设停车场，榕树旁边楼墙下也停放着几辆小轿车，一辆黑色大奔驰很是亮眼。还有，三轮农用车驮着白色大塑料水箱从村中驶出，停在水塘边灌水去浇果树，特竟表弟说，"抗旱呢！"

从村头大榕树，至贤庆兄老宅巷子，仅有几十米。这条巷子，名为：长巷。因长且直而得名，更因在科举时代出了几个文人，而名扬武鸣。贤庆兄的族爷苏超才，就是科举时代，武鸣最后一个进士。苏超才之"进士第"，现已被后人翻新。贤庆兄老宅，与苏超才祖屋仅隔几米之遥，如今已翻建成二层楼的宅院。兄言：因主要居住南宁市区，老宅建两层楼已够住，但特意留出院子和大厅，以便亲友聚会，招待客人。确实，宅地虽不很大，但院子宽敞，左右两旁有枣树、巨型仙人掌、四季结果的西柠、攀墙而上之火龙果、两棵看起来虽小但树龄已几十年的茶花；水池旁，有以怪石点缀的小型假山，池中放养的大草鱼、鳙鱼，摆动着尾鳍闲游；还有一棵葡萄树悄悄地爬上了门厅的架子……有"方寸之间见天地，细微之处有乾坤"的感觉，这里是一处意境素雅而富于野趣、生机勃勃的古典园林式宅院，不愧是文人雅士之家。近几年贤庆兄将自己的学识和对古典园林的研究用于策划设计乡村园林建筑，曾为不少地方设计了园林景观。

众人已在院中饮茶聊天，见我到来纷纷起身寒暄。堂舅苏有珠、表哥苏日生已几十年未见，在外工作忙忙碌碌，竟然没有机会见面，如今再见已是年逾古稀，岁月无情亦有情，在适当的时候以适合的方式又让我们相见。其实上苍还是眷顾有缘有情人的。梁玉常是伏梁人，他母亲与我母亲是苏家堂姐妹，我俩都是雅亭外甥。他大学毕业后在南宁市工作，我在南宁倒是见过几次面，微信也经常交流。刘宁宁是葛阳来伊岭投资开发的大老板，旗下几百亩果园，还有鸭场鱼池等，已经营多年，为当地发展做出了贡献。罗能清是合美人，在南宁市住房资金管理中心当领导，我出差回南宁时曾在地委偶遇过，他现已退休，那辆黑色大奔就是他的车。还有村里七八个青壮年人，个个朴实豪爽，大厨忙着宰鸡杀鱼准备午餐。

难得大家聚在一起，自然话题从儿时、从雅亭说起。忆往昔峥嵘岁月，感慨颇多。雅亭苏氏明初迁到此地建村，至今已六百多年。这里是风水宝地，人杰地灵。地下泉水涌出，天资聪颖的苏家人在泉涌处修建了独特的甲泉，保证饮水洁净，如今已成文物。

雅亭是"人文渊薮地"，文化底蕴深厚，旧时就创办苏家私塾，读书风气甚浓。在明清科举历史中，从这里走出了以苏起山贡士、苏超才进士为代表的众多考取功名之人。明代洪武年间苏起山考选升入京师国子监贡生，派往四川省任典史；苏文兴贡生外任交趾五温县丞；隆庆年间苏良桢贡生任南京羽林卫；万历年间苏逢时考选国子监太学生，以朝士出任江苏常州府通判；还有苏良辅、苏良臣、苏良相三兄弟同年升入贡生；隆庆年间苏天民升贡生后任实坻县丞；苏泰文在隆庆年间升贡生后任上林县教谕、怀集县教谕等官职。明代洪武至万历年间有九人考选入贡。清代，从顺治到同治年间，有三人先后入京参加殿试，赐进士出身。其中苏超才位列同治辛未科殿试三甲，朝考入选赐进士，钦点即用知县，先后任江苏阜宁县、赣榆县、东台县知县、泰州知州，光绪六年（1880年）任江南乡试同考官，诰授奉政大夫晋封朝议大夫。乾隆年间，苏位全家均考中举人，苏位考选入京国子监太学贡士，例封修职佐郎，以朝士派任桂林府教授，其生六子，有五子均登科第。其中，老二苏培高的两个儿子苏信德、苏耀德，在嘉庆庚申科同年同科双双考中举人，获乾隆皇帝赐"兄弟同榜"金字牌匾等，不胜枚举。

当代也不例外，以留学苏联回国任新华社记者、著名民族文化学者苏永勤为代表的大批人才涌现。移居香港的高级建筑师苏宗庆，在百色地区卫校任党委书记兼副校长的苏有斌，有珠舅，贤庆、日生表哥等，就是其中的佼佼者。有珠舅从教几十年，不仅桃李满天下，也培养出一对好儿女，大女儿国内读完大学又到美国读博士，如今在美国的高科技企业工作。恢复高考后，许多雅亭人考上大学，毕业后在各行业发挥着自己的聪明才干，做出重要贡献。

忆及 20 世纪六七十年代的村中趣事，日生表哥侃侃而谈，幽默诙谐，诸多往事让人忍俊不禁。如当时的生产队长苏树林，原本是个游手好闲之人，后来他当了队长，每天早上起来，敲犁头当钟，大声喊："大家起来下地干活了！下地干活了！"等大家都下地干活了，自己却回家睡觉了。一生好吃懒做，家徒四壁。伊岭村原党支部书记苏以希，曾写讽刺诗以点醒他："极目寒舍空了了，坐扶双腮泪油油。东债未还西家逼，破锅旁边去徘徊。""鼎锅积炭三分厚，餐餐不洗饭亦香。破锅巧煮老叶菜，没油没盐餐餐甜。"此人虽懒，但从未做过坏事，也不打人骂人，善良朴实，慈祥和气，年过八十而善终。

来自刘定逌故乡的刘宁宁老总，认为武鸣已是南宁的一个区，历史悠久文化深厚，有丰富的历史文物和民俗物件，应该更加重视博物馆建设。吾以为，国家支持民间文物收藏者开办民营博物馆，伊岭可考虑在民间建博物馆。众人目光投向苏焕思老板在伊岭岩景区拿下"天坑"那一块地，认为在开发时，可将"伊岭民俗博物馆"包括在设计建设中。

雅亭背靠巍峨的甲山，左右两旁还有鸡冠山和仙山拱卫，又有长流不歇的甲泉滋养，良田阡陌，风光旖旎，村庄宁静祥和，坚实的文化底蕴，显示出一种豁达的文化风度，深邃而旷远，古朴又现代，欣欣向荣。

南国乡村

　　南宁市区往北 18 公里，高峰岭南部的邕武路边，两汪碧水，一汪形如弯月，一汪相对较圆，宛若月缺月圆，名为山东水库。水库旁边是武鸣区苏宫村那宫屯，往前 3 公里便是腾翔圩。这是 20 世纪 50 年代建的一个大型水库，高峰岭的溪流雨水汇入，形成碧波荡漾的湖泊。碧绿清澈的湖水，波光粼粼，宛若明月落入山间林木中。

　　连绵起伏的群山，郁郁葱葱，苍翠欲滴的密林，溪水潺潺，蜿蜒而下，鸟儿放声高歌，天籁般的吟唱，清幽静谧，纤尘不染，清新自然。尽管湖光山色风景宜人，但半个多世纪里，除了水库职工守护着这一汪碧水外，很少有人光顾。任凭日出日落，霞光洒落在平静的湖面上，金辉灿烂，银鳞耀目，风光明秀；或者细雨纷纷飘落湖面，朦朦胧胧，烟云弥漫，如诗如画，却无人知晓。唯有湖水顺着闸门渠道流出，灌溉苏宫村、腾翔村的大片田地。遇天旱时，给墰常水塘补水。

　　到了 21 世纪，南宁市武鸣县撤县改区，城乡建设，振兴乡村，休闲旅游资源被纳入了开发视野。横亘于南宁和武鸣之间的高峰岭，"横看成岭侧成峰，远近高低各不同"。曾被认为是往返邕武的一道天然屏障，翻山越岭行路难；

但从军事角度，又是一个重要的关隘，曾是抗击日军侵略的战场，留下了可歌可泣的英雄故事。如今，巍峨群山，莽莽森林，湖光山色，乡村田园，都是上佳休闲旅游资源。近几年，南宁市建了高峰森林公园，成为人与森林亲密互动的神奇乐园。

俗话说：靠山吃山，靠水吃水。可位于高峰岭下、山东水库旁的苏宫村那宫屯，却"吃不了山也吃不上水"，因为高峰岭林场和山东水库都是国营的。苏宫村成了贫困村。扶贫攻坚，乡村振兴，是千载难逢的发展机遇。2018 年，在那宫屯山地和山东水库，动工兴建"南国乡村"农村综合旅游景区，总计5250 多亩，投资 10.2 亿元，集乡村旅游、度假休闲、康养露营为一体。水库也起了一个美丽的名字：白鹭湖。从此揭开了隐藏于山间林木中的湖光山色的面纱，呈现出梦幻般的美景。

邕武路边，入口处并无宏大的景区门，或者标志性建筑。而是随意地搞了个装饰，多了几棵南国特有的热带树木，微风中摇曳生姿，好像热情的主人在门口恭敬迎客。保持路边生态，只是多了几分姿色。一条新路穿过树林，经过二三十米即达景区。在停车场下车后，步行进去。也可沿着湖边路，把车开到对面的别墅区。

进入景区，乡村新风映入眼帘：农房建筑、科技博览为引领，乡村生活为体验，乡村休闲运动为补充，形成农事体验、科普研学、乡村体育、康体养生、民俗文化、生态旅游、田园乡居等多种业态。烟火气与现代气息交融，相映成趣。

湖岸西北边，宽阔的大片草坪，绿茵茵的，宛若柔软的地毯。五颜六色的帐篷，散落在草地上，格外醒目。那是游客自带帐篷在草地上搭起来露营的，或者从景区服务处租个帐篷露营。人们各自搭建想要的帐篷样式，享受大自然的舒适惬意，尽情欣赏周围的风光美景。这些游客，大多是从南宁市区来的，一家大人小孩，一起在草地上玩耍，其乐融融。腾翔村的文艺大妈们，经常到这里即兴编演歌舞，拍小视频。清新的空气，草坪的绿色，泥土的芳香，让人心旷神怡。

草坪旁边，长长的葡萄架下，长长的走廊，是烧烤区。一家人，或朋友一起，租个烧烤摊，自带食材，或现购烤串，自己动手，慢慢烧，慢慢烤。几十个烧烤摊，炭火烟挟携烤肉油烟，袅袅升腾。烤肉滋滋发出声响，香气四溢。简易桌子凳子，众人围桌而坐，或站着，或靠着廊柱，撸串聊天，大快朵颐地品尝烤肉烤菜。满足了人们野炊野餐的乐趣，以及怀旧感，寻找童年的味道。

多功能娱乐活动区，可打排球、台球。还可带着孩子打儿童篮球，玩滚铁环。或与众人一起跳竹竿舞，玩多人木板鞋等。

农耕体验园里，种植了荔枝树、龙眼树、沃柑树等南国热带特有的果树。赶上果熟时，可欣赏果树上挂满枝头的一串串红色鲜艳荔枝，或一串串黄褐色的龙眼，还有橙红色的沃柑，也可体验采摘的乐趣，现场尝鲜。菜地里种有各种农家蔬菜，如小白菜、西红柿、茄子、红薯等。绿油油的小白菜，生机勃勃。熟透了的西红柿，红彤彤的像灯笼一样，吸引了许多小朋友观看、采摘。爬满地的红薯藤，长满了茂盛的叶子，鲜嫩翠绿，每根藤蔓下面都有几个红薯依偎在一起，埋藏于地下。鲜嫩的红薯叶，是广西人爱吃的一道菜。大人可带着孩子采摘，或动手翻土，种上几棵菜苗，浇上水。体验耕种过程，培养孩子热爱劳动，学习农业知识。

农耕文化贯穿了中国上下五千年，"应时、取宜、守则、和谐"，指导我们与自然共生，循环往复，生生不息。在农耕体验园，可以重拾对土地的热爱，对耕作的热情，对乡愁的记忆。春耕夏收，夏种秋收，农耕文化在劳动实践中得以传承。

当然，鲜花在南方乡村随处可见。这里有"梯田花海"，栽有各种供人们观赏的花，在风中摇曳，姹紫嫣红，散发出淡淡的清香。漫步到"花海"中，赏心悦目，拍个照留下美丽的倩影。

走到湖边，宽阔的水面，清澈碧绿，涟漪激滟；山水相依，显得温柔恬雅。风景优美，空气清新，适宜垂钓。有许多人挥竿，或静静地坐在小椅子小凳子上，专心注视着水面浮标，等待鱼儿上钩。一条小路围着湖边延伸，有几个人正在散步。因钓鱼人多，分散在湖边，管理人员骑着电车沿水库边收费，100元可钓一天。

湖边有一棵高大的菩提树，上面挂满了一条条红绸，在微风中飘扬。传说在2000多年前，佛祖释迦牟尼是在菩提树下修成正果的，因而佛教将菩提树视为"神圣之树"。湖边的这棵菩提树，是特意从别处移栽过来的，供人们许愿。特别是情侣们，到这里游玩，系上一条红绸带，许个美好的愿望，寄托自己的情感。

湖的东南边，许多乡村别墅散落在山间坪地中，掩映在山脚水边的绿树中。这些建筑，传统与现代相结合，风格独特，简洁实用。农房建筑科技博物馆，用模型、图片展示中国传统民居，还有各地乡村振兴设计的别墅新民居，具有传统民族特色，又有现代感，依山傍水，风景秀丽，提供了乡村民居示范样式。这种新民居，望得见山，看得见水，记得住乡愁。沿湖有几十栋三四层别墅，每栋300多平方米，1平方米14000元。城里人若在这里买一栋别墅，隐居山间湖边，休闲度假，或养生养老，多么惬意啊！

壮族山寨的乡里民宿，有着干栏式的建筑风格特色。房前屋后有芭蕉、花草、田园，小桥流水。连接两汪碧水的一条小河，穿过别墅和壮寨，有一座风雨桥，叫望山桥。记得杭州西湖堤上有一座望山桥，可观望三潭印月岛。这里的望山桥，可观望巍峨的高峰岭群山，欣赏湖光山色，以及幽静的田园别墅风光。

当夜幕降临，星光闪烁，明月当空，微风习习，这里灯光璀璨，热闹非凡，乡村夜生活开始了。

湖水倒映着流光溢彩的夜灯，草坪上的帐篷，透出一缕清柔的光亮。人们在帐篷外铺一方毯子，围坐聊天，或仰望星空，给孩子们讲那美丽的故事。烧烤摊烟火更旺了，老远就能闻到烤肉香味，人们品尝美食，大杯喝啤酒，碰杯声、欢笑声，在夜空中荡漾。

在草坪演唱区，搭建了简易舞台，在优美悦耳的旋律中，上演着歌舞节目。一问方知，是企业单位组织休假旅游，自己安排的演出。虽是自娱自乐，但节目非常精彩。台下摆放几排红色的塑料椅子，观众随意落座。附近，还有一群人围在一起，欢声笑语，此起彼伏。走过去一看，原来是一群男女青年做游戏，击鼓传花式的知识问答。主持人煽情的语言，年轻人的热情、智慧、好强，对答的意外和惊喜，掀起一阵阵欢笑声。

南国乡村，国家 4A 级景区，让我感受到，新时代的乡村旅游正在提质升级。生态美、生产美、生活美，以及体验式、沉浸式、互动式，吸引了更多的人到乡村旅游。村民依托旅游在家门口实现就业，增加收入。苏宫这个古老的村庄，也摆脱贫困，走上致富发展的康庄大道。而城里人到乡村旅游，放松身心，寻觅乡愁。

时光匆匆，岁月落下无声的痕迹：留在村庄的变化中，留在漫漫人生路上……曾以为许多事会随着岁月的流逝而被遗忘，蓦然回首，古圩往事却依然历历在目。许多人生过往，多少生活感悟，值得品味，应该珍惜。

岁月留痕

往事并不如烟

神秘的天井岭

　　岭南广西中部最高和最有名的山当数大明山，其长 68 公里宽 23 公里的山体呈西北至东南走向，横穿武鸣、上林、马山、宾阳这四个区县。从武鸣这边看，主峰龙头山往东南连绵起伏的山脉经马头、罗波、太平到双桥、甘圩，逆向伸出一臂，过宁武上丁当，呈 U 形走势，天井岭正好在这手臂的臂弯里。再远望天井岭，会发现连绵起伏的山峰自然形成了许多 U 形的山脊和山沟，U 形山沟中间的山峰犹如坐在一把太师椅上，雍容华贵。从古代地理学的角度看，U 字地形犹如天井，雨水溪水所归，天然大井也。

　　天井岭海拔不高只有 376 米。大大小小的众多山峰缓缓地向平地延伸，犹如横卧在大地上，因而坡度较小，主要的山峰都有路通到山顶。当然，这些路是千百年来人们上山走出来的小路，到了近代为了搬运木材等东西才修筑了一些通车的路。

　　20 世纪六七十年代，天井岭还是原始森林状态。虽然 50 年代轰轰烈烈的"大炼钢铁"运动砍掉了许多树木，但再生能力极强的天井岭很快又恢复了树木苍翠茂盛、郁郁葱葱的森林状态，仍然是密林覆盖着连绵起伏的山峰。这里的林木应该属于亚热带的山地阔叶林、针阔混交林、坡地灌木丛。那个时候走进天井岭，会看到千姿百态的古木奇树，最多的是松树，满山遍野，间杂着许许多多的杂木灌木，特别是半山坡至沟底杂木灌木最多。高大的树干上苔藓地衣密布，丝萝悬挂似的美丽飘逸，藤条从地里冒出来后就会紧紧地缠绕着树干往上长，即使不在树边冒出来也会爬到附近的树缠绕上去，就像仙女系着腰带。树顶被风吹得摇晃，发出一阵阵缓慢的沙沙声，吹落的松树叶和各种树叶在树底下铺满厚厚的一层。雨后蘑菇会从树叶下面钻出来，一朵朵像小雨伞点缀着大地和林木。

林中是鸟类和野生动物的天堂，有斑文鸟、布谷鸟、翠鸟、鹊鸲、龙眼鸟、大山雀、珠颈斑鸠等，各种鸟叫声清脆悦耳；蟒蛇、响尾蛇等各种蛇都能经常见到，偶尔还能见到飞起的野鸡，运气好还能碰到穿山甲。据老人讲，过去天井岭上还有野猪、豹子等大型动物，现在已见不到了。

山沟底，小溪流水潺潺，溪水清澈见底，渴了双手捧起就能喝，凉凉的溪水甘甜甘甜的直沁肺腑。站在沟底溪边，微风习习，让人感到清凉爽快。顺坡而下的小溪中，大大小小的石块隔阻而形成许多小瀑布，发出"哗哗"的声音，就像优美的琴声，也如天井岭在低吟倾诉，充满原始林神秘妙趣。溪水在天井岭山脉形成5个天然水库，常年不涸不竭，泽润植被，灌溉农田，造福一方。

我们小时候在清明节跟着大人上天井岭扫墓祭祖；少年了每到周末就和同学结伴上天井岭采摘野果、砍柴。山林中有许多无花果树，浅棕色的树干，左右分枝，向上伸展，上部长着碧绿的叶子，六七月树干上就结满了果，熟了摘下来就能吃。有的无花果树长得很高大，树龄应该很长了，要爬上树才能摘到果。当然最爱采摘的野果是桃金娘，腾翔壮语方言叫"果稔"，各地也有自己的叫法如"岗稔""山稔"等。桃金娘果树不高，1~2米，属灌木类，长在低矮的山坡上，随处可见。四五月花开时，绚丽多彩，灿若红霞，边开花边结果，果实呈长圆球形，顶端有点尖，并有宿存萼片5枚，就像柿蒂一样。果实不大一粒粒的，八九月就熟了。未熟时果实表面是土黄色或暗绿褐色，熟透了就成了紫黑色。这种果不仅好吃还可入药，具有养血止血，涩肠固经之功效，但吃多了会大便秘结。

原始森林一般都有枯枝残木，在烧柴火的年代，天井岭下的村庄主要是上山砍这些枯枝残木来烧火。我们上小学四五年级时，每周放假就约上几个同学一起上山砍柴。每人从家里拿一把砍柴刀即可，无须再带任何工具。爬到山上要先找哪儿有枯枝残木，一般在半山腰或山沟下靠近溪水的地方比较多，有些是下大雨后从山上冲下来的。将捡来的枯枝残木砍成一米至两米，用藤条编成圆圈，把砍好的木柴放进两个相隔一定距离的藤圈中，放满后就成了柴捆，但会有点松，必须再拿一根根木柴往中间打进去，一直打到柴捆结实掉不出来，然后用一根长木棍当扁担插进两个柴捆梢上约三分之二的部位就可以挑下山了。柴捆的大小轻重则根据个人能力，挑得动即可。挑累了需要休息时只要垂直放下，两个柴捆就稳稳地立在那里，也方便走时再挑起来。

山岭下有一条河叫那劳河，我们上天井岭要经过这条河。记得在路过的河段有一水坝，叫横塘坝。应该是用岜布山的石头筑成的，但筑坝时没有留泄洪涵洞，而是从坝上河道挖一条小水沟从堤坝旁边通到坝下河道，可能考虑顺便利用这条水沟来灌溉农田，但往往一下大雨，超出水沟泄洪能力，河水就从堤坝上涌流而下，形成一个大瀑布。堤坝上水流时间长了，就会长绿色的青苔，走过去有点滑。无论是上山还是下山，我们有时会从堤坝上蹚水过去，小时候确实有点害怕。从山上挑柴回来，一般到了堤坝就会停下来歇一歇，一来是累了，二来也想玩玩水，这条河鱼多水草多。家里大人不放心所以都到堤坝来接应，那时候我个子比较矮小，因此我姐经常来接应我。

几十年过去了，堤坝已经重新修建，具有了现代堤坝的模样，河水更加丰盈，茂盛柔美的水草依然在河边水底摆动。河两岸的水田和岜布山前的田地都流转给蔬菜种植大户经营，他们从那劳河抽水来灌溉，还安装了现代化的喷灌设备，提高了水资源的利用率。一条条塑料管顺沟通到绿油油的菜地里，矗立起许多喷灌杆，上面的喷灌"噗嗤噗嗤"地喷出细细的水珠，散落在嫩绿的菜叶上。

大自然是人类的故乡，是心灵的家园。天井岭赐予了这里的人们良好的生态、灵气和力量，也提供了完美的终极归宿。它的灵性引来了明朝国师萧公的关注，不远千里登临考察，为的是给自己的老父找一灵穴。所谓灵穴，就是自古人们认为葬地内有生气，生气可以带来福荫。

据《四库全书》和有关史料记载，萧公名伯轩，于元泰定五年（1328年）四月初一日出生。元至正二十三年（1363年），萧公救助了被陈友谅追到洞庭湖的朱元璋，并与之结为金兰。朱元璋登基后，于洪武元年（1368年）敕封萧公为"五湖显应真人"，并下诏谕各地建庙祭祀。

萧公精于风水，到广西武鸣后登上了大明山，踏遍了天井岭，并作了题留九则，记述了天井岭的龙脉、穴位、砂手、水流、山向等方面的自然环境，赞誉这里山川壮丽、生气磅礴而结成藏风聚气的风水宝地。这些题留从明至今，相互转抄、广泛流传于民间。

如题留："天岭天井地，龙行踊跃起；天乙太乙两挟护，脉从中里过；祖宗缠送作青龙，帝下贵人峰；格是水星蛇挂树，时师不乱语；左边重重起笔架，右边叠叠多车马；水口禽曜此处关，内处朝迎是将山；水秀拱朝归三阳，无须疑；旗鼓玉辅皆得意，四围拜龙起；思坐火处无空缺，方是此真穴；多有葬时半载迁，只为穴不真；若得葬着登发速，十载挂紫衣。"这就是有名的"金蛇挂树"，几百年来，有多少风水师和孝子贤孙踏访寻觅，祈望寻得此真穴呀。

又如"天马高峰云里出，升沉磊落临场曲；从遇群伦势若孤，罗城万里千峰局；乾为乾案带枝行，龙短虎长穴始真；日月东西居小道，诰笏森森入漠清；精粉墨黛烟花好，仓库车马左右排；大地厚龙人不识，只为机缄穴丑真；真龙正穴甚分明，怎奈时师术未精；细看廉贞微掩处，大用人工补作成；缄得此龙真脉穴，神童榜眼官登阁；大山腰落此山中，本邑明山作祖宗；天井九小一穴大，留与后人作神堂；若谁三世修积德，山川现出地真机。""此格局主出九九十状元，年年之应。"这个题留"九小一穴大"说明天井岭确实是风水宝地，有许多灵穴，也给后人留下了悬念和希望。其实萧公已说得很明白，只要三代行善积德山川就会现出地真穴。道教认为，人的善恶行为，会在后世子孙身上得到报应。俗话说"福人得福地"，行善积德也会在风水择地上得到果报，会得一灵穴，让逝者安息，后代运势顺畅。

当然，萧公在天井岭也找到了葬父灵穴。传说，他择好良辰吉日后带着父亲的骨坛登上天井岭，当走到"金蛇挂树"的穴地时，突然雷声轰鸣、大雨倾盆，天地显灵。当然还有其他版本的传说，这些传说，增添了天井岭神秘的色彩。

萧公的题留作为民间的风土记，记录了当地的地理、历史、神话和民俗，是重要的史料，已成为天井岭文化的重要组成部分。

人们苦寻风水宝地，大多希望保佑出高官名人，或发家致富。天井岭确实不负众望，有据可查的，如两广巡阅使广西旧桂系军阀领袖陆荣廷、清朝时期的翰林院编修刘定逌等，他们家的风水祖坟都在天井岭。

21世纪初，速生桉树的栽种改变了天井岭的面貌，原始树种换成了桉树，一行行、一排排种得很整齐笔直，几年就可以砍，拉到加工厂变成板材等，确实可以立马变现，可是涵养水源、滋养万物的原始森林没有了，常年潺潺的溪水不见了，动物也少了，鸟叫声变成稀罕。

天井岭的这种现象在高峰和广西其他地方都同样存在，因而引起了对速生桉树的广泛争议。桉树虽然也是一种古老的植物，起源于大约6500万年前的白垩纪末期，但它原产地是在澳大利亚和印度尼西亚，后来传播到了欧洲。20世纪初法国传教士到广西建教堂并从法国引入桉树栽种。80年代初，广西开始大面积栽种桉树人工林，但普遍生长较为缓慢，没有形成"气候"。后来与澳大利亚开展桉树技术合作，"桉树无性快繁技术产业化"成果达到国际先进水平，拥有了亚洲最大的桉树基因库和国内最大的桉树育种群体，掌握了组培工厂化育苗新技术和速生丰产新技术。因此，2002 年 4 月广西出台了《关于加快我区速生丰产林发展的意见》，鼓励发展以桉树为主的速生丰产林，并引进木材加工企业。巨大的市场需求刺激了桉树种植，使广西各地掀起史上罕见的桉树种植热潮。

一个外来物种的引进或者入侵，必定会对原有的生态系统和环境带来影响，当然会引起巨大的争议。实际上速生桉树栽种问题是三方利益在博弈，政府考虑的是产业发展，种植者看重的是较高的经济效益，普通老百姓关心的是生态遭到破坏。孰是孰非，如何解决，至今还无结果，博弈还在继续。

人们的担心不是没有道理的，曾记否，1998 年长江、松花江流域特大洪涝灾害引起了党中央、国务院的高度重视，并做出切实保护天然林的指示，启动天然林保护工程。

虽然天然林变成了人工林，但天井岭还是郁郁葱葱、生机勃勃，山岭地气依然灵动。它在人们意识里的地位仍是崇高的，代表着这一方的人文信仰，印刻在人们的心中。

邕武路从腾翔经八桥、双桥到武鸣县城，沿途都能看到路东面连绵起伏的天井岭，像一道巨大的绿色屏障，在蓝天碧野之间巍然屹立。山岭上是茂盛的林木，山岭下面是各种果树，特别是柑橘果树一片片，宁静的沃柑果园，绿叶丛中露出许许多多金黄的柑橘果，然后是翻着波浪的稻田，层次分明，色彩迷人，演绎着最美的风景。如果遇上下雨，水雾在山岭上弥漫、缭绕，迷迷蒙蒙、隐隐约约，岭峰、山脉若隐若现，如同人间仙境。

我们的童年

　　每个人的童年生活总是与其所处的时代、环境、条件息息相关。不仅是个人的经历，不同的时代也造就了不一样的童年和独特的人格，影响着自己的漫漫人生。如我们父母辈的童年是在战争频发、民不聊生的年代度过的，他们更懂得战争的残酷，更珍惜和平安定的生活；我们是中华人民共和国成立后出生，在红旗下长大的；我们的孩子是在国家繁荣发展生活小康的年代出生，在"温室"中成长，没有经历过艰苦，更不知何为苦难。

　　"50后"这一代人，刚出生不久就遇上了三年经济困难时期，因而知道什么是饥饿，在未来漫长的人生中对温饱的感受更实在，也更容易满足，即使有点钱也仍保持俭朴的本色；成长于20世纪六七十年代，懵懵懂懂的童年与少年在记忆中烙下了时代的伤痛；有幸成为高考恢复后最早一批的大学生，品尝到了天之骄子的荣光与骄傲；工作后赶上了改革开放的大好年华，充分发挥了自己的聪明才智，做出了一定的贡献；退休后给孩子们讲过去的事情，他们疑惑、不理解，甚至不相信。

　　当然，我们的童年并不都是灰色的，而是色彩斑斓，有着独特的乐趣，至今难以忘怀。在农村长大的孩子"野"一点、"土"一点，但比城里的孩子自由快乐。现在的孩子玩的是奥特曼、遥控汽车、玩具飞机等，而我们童年是自己找块木板锯一支木头手枪或步枪，折个小树杈，从自行车旧内胎剪下一根皮筋做个弹弓……

仰望星空听故事

故乡的夏天美丽动人。到处绿树成荫，花草丰盛，果树枝上结满果实；天气变化万千，一会儿晴空万里，一会儿乌云密布，一会儿电闪雷鸣；经常能在雨后看到彩虹弯弯地挂在天空中，像一座五光十色的天桥，充满美丽和奇幻。但是，暴晒、火热的夏天总是闷热闷热的。白天太阳炙烤了一天，到了晚上房顶瓦片还是有点发烫，空气湿度大，屋子里闷热闷热像蒸笼。我们小孩吃饱饭后就拿板凳、席子或竹篾制作的四方形谷垫（晒谷垫席）铺在门口地上，和哥哥姐姐、街坊邻居的小朋友横七竖八地往席垫上一躺，舒坦极了。老人们喜欢坐在小椅子、小凳子上手里拿把蒲扇，慢悠悠地、有节奏地扇着风，躺在席垫上也能感受到扇子扇过来的一阵一阵风。蚊子会过来凑热闹，在你耳边嗡嗡叫，并趁机在人身上饱餐一顿。因此，老人一边扇风一边用扇子扑打赶蚊子。有时一阵微风吹过来，虽然风中带着暖意，但还是非常舒服爽快。

仰望天空，一轮明月悬挂空中，满天繁星闪烁，好像也在看着我们。大人喜欢讲嫦娥奔月的故事，问我们看见嫦娥和玉兔了没有？看见丹桂树没有？我们总是睁大眼睛望着月亮阴影部分使劲找，大一点的哥哥姐姐看一会儿就兴奋地说："我看到了！看到了！"小一点的孩子总是一脸懵，不知哪个是，只能缠着大孩子问："在哪里？在哪里？"让哥哥姐姐指给他看。大人说丹桂树如果掉一片叶子下来，谁捡到了就发财了，把丹桂叶放在米桶里，米桶一会儿就满了，想要金子只要把叶子和金子放在一起就会有很多很多金子，跟钱放在一起就会有很多很多钱，把我们羡慕死了，幻想着哪一天真能捡到一片丹桂树叶。

听完嫦娥奔月的故事，哥哥姐姐们又带着我们在繁星中找银河系、北斗星、金星等。金星是最亮的，很容易找到。偶尔会见到流星飞过，拖着一条长长的尾巴，就像一条洁白的丝巾，但它只划破夜空一闪就不见了。无聊时也会瞪着眼数星星，数了这个忘那个，怎么数也数不完数不清。星空遥不可及，充满了神秘、奇幻的吸引力。

圩上有几个老人和中年人会讲故事，如扫圩人刘老汉等。有时我们几个小朋友去他们家门口乘凉听故事，或者在戏台前的大榕树下听讲故事，有羽毛衣、鲁班的锯子、杀大蟒、秃尾鱼扫墓、男子以身架桥戏美女等；或者讲腾翔的一些故事、往事；有时也讲一些鬼怪故事，如狼外婆、墓地白衣鬼、路上遇见鬼等。这些故事引人入胜、很好听，但鬼怪故事听着听着就有点害怕。有时还讲一些所谓的真事，说某某人晚上去哪里遇到了鬼，然后怎么怎么的，好像真的一样，听后更怕了，甚至胆小到听完后不敢独自回家，要让大哥哥们送到家门口。

躺在席垫上有时也会看到一只只闪着亮光的萤火虫飞来飞去，像提着一个个小灯笼，时而在空中盘旋，时而在空中舞蹈，在漆黑的夜里闪闪发光。这时我们就会兴奋地爬起来追萤火虫，捉到了放在瓶子里，玩一会儿再把它放飞。

稻草堆里捉迷藏

捉迷藏是童年喜欢的一种游戏。学会走路后是大人跟我们玩捉迷藏，他们躲在骑楼门口的拱檐方柱后面，让我们看不见到处找。就这样我们对捉迷藏产生了兴趣，慢慢学会了玩这种游戏。

三四岁后能东奔西跑、追逐嬉戏了，父母就不管我们了，像放羊一样，我们就撒丫子到处跑。在腾翔圩上，1953年和1954年出生的男孩就有十几个，加上大哥哥、小弟弟们，小朋友很多，因此男孩一群一群扎堆玩。女孩们爱玩皮筋、老鹰抓小鸡等，跟我们男孩玩不到一块儿。

入秋后，秋风吹走夏之痕迹，虽然景色还像春光时绿意葱葱，但已深沉了许多，天气渐渐凉爽了。当然，我们这个年龄还不懂欣赏秋色的绚丽灿烂，只是在和煦轻柔的秋风吹拂下激发了尽情玩的兴趣和活力。晚上不用躺在家门口乘凉了，玩游戏、捉迷藏成为重要的活动。五六个小朋友一起玩，多时十几个，捉到谁谁就蒙上眼睛找别人。藏哪儿各有高超。圩街上可藏的地方有骑楼廊柱、圩场柱子、人家门口临时堆放的东西的后面，也有狡猾点的躲到家里去，但被发现就算违规了。后来干脆规定只能在圩场范围内躲藏，发现后要追着抓到一个才能轮到你去躲。圩场是砖柱、檐架、横木、瓦顶结构，两个圩场有三十多根柱子，四方形柱子每边宽六七十厘米，躲个人一般看不见，玩得很开心。

五六岁后再玩躲藏柱子觉得难度小玩腻了，就想找难度大、更刺激的地方。于是就有人想到了圩场南边汽车站对面的稻草堆。这个地方东临墰常水塘边，北头建了3排、南头建了1排土坯干打垒矮墙加砖柱木檐瓦顶的房子，留有一个院子，是8、9、10队的牛栏。秋收后各生产队都把稻草存放在牛栏外靠邕武路和汽车站这边的空地，10队放在北头牛栏旁边的空地。有好几个高高大大的稻草堆，最大最长的草堆有五六米宽二三十米长，是一捆捆稻草整齐地码放起来的，然后在顶上斜盖着稻草像房顶一样防雨水，这些稻草是冬天喂牛的。有时白天我们就在这里爬上爬下，或铺上软软的稻草玩翻跟头。

秋天的晚上，天高云淡，月色皎洁，大地明亮，我们就来到稻草堆玩捉迷藏。开始是围着几个稻草堆躲藏，或爬到稻草堆上面藏起来，后来有人用稻草把自己埋起来，就不容易找到了；再后来有人往稻草堆里挖个洞钻到里面，洞口用稻草盖上，更难找到了。

记得有一次玩得很晚，大家准备回家睡觉了，但还有一个小朋友没出来，大家喊了几声也没人答应，以为他先回家了，也就各自回去了。结果第二天他见了我们就骂："你们都是坏蛋，昨晚走了也不叫我，让我自己在稻草堆里睡了一夜。"可能是他藏得太好了让别人找不到，自己困了就睡着了。我们喊他时也许正做着美梦呢，根本就没听见喊他，在稻草堆里继续睡大觉，第二天早上醒了才自己回家。农村家里孩子多，父母忙也顾不过来，有时孩子没回来睡觉也都不知道。

篮球杆上抢军旗

男孩天生顽皮好斗，经常打打闹闹是男孩子的本色。儿童专家认为是为了释放力量；还有人说，如果想让男孩变成男人，打一仗就好了。因此，男孩对打仗有着非常强烈的欲望和兴趣。

记得在腾翔戏台广场或小学广场看电影时，最令我们兴奋的是放打仗的影片。在大人的讲解和小朋友交流中，分清了电影中的敌友关系，知道了红军、八路军、解放军、志愿军与哪些敌人打仗。看完一场打仗的电影，小朋友之间可以说上好几天，回忆电影中打仗的场面，争论谁是最厉害的，知道打仗时英雄战士们冲上敌人阵地插上红旗（军旗）就是打赢了、胜利了。

当然，我们自己也拿着木头枪玩打仗，两个以上小朋友就可以玩半天。人多了就分成两队玩两军对垒，体验电影中打仗的情境，感受胜利的喜悦。

秋冬的晚上，我们在大孩子带领下玩一种叫"抢军旗"的游戏。规则是：参加人数可多可少，但要平均分成两队（代表两军），每队有一个队长（指挥员），队员可以自愿组合，或由队长挑选自己的人组成队伍，但必须两队均等，然后争夺对方的军旗，哪方能先抢到对方的军旗并跑回自己的阵地就算赢了。

游戏场地就在腾翔中心小学门口的篮球场。那个时候篮球架是用两根粗圆木、投篮板、投篮圈做成的。开始是把投篮板直接钉在两根圆木的上端，后来又做了架子支出投篮板。竖起的两根篮球杆风吹日晒久了会有一些小裂缝，军旗就插在篮球杆的裂缝上。其实军旗并不是真正意义上的布旗子，而是用双方确定的树枝所代替。篮球场上的两个球架，每个队占据一个作为自己的阵地，进攻对方的阵地抢夺军旗。

这是一种比较激烈的、斗智斗勇的游戏，因此玩起来神情激昂、欢呼雀跃。开始游戏前双方队长要检查确定对方的军旗插在什么地方，然后各自组织防守和攻抢。队长要安排本方 1 个队员负责护旗，2~3 个队员在旁边负责防守阻拦，其他队员负责进攻抢夺对方的军旗。双方还要研究自己的战略战术，设计如何更有效地阻挡对方的进攻，如何更快速地突破对方的限制。如进攻到对方阵地后要有人佯攻，制造攻陷破局的危机把对方防守人员吸引过去，然后有人趁机冲到旗杆（篮球杆）下抢夺军旗，拿到后迅速跑回自己阵地；但大家发现后会一拥而上，自己队友掩护接力，对方则拦截夺回，扭作一团。一旦军旗转到另一人手上跑了，大家又紧追上去，传递和拦截的呼声、喊声不断，一片沸腾，大家斗志昂扬，无比兴奋。有时一方正在进攻，但自己的阵地突然被对方突破出现危机，进攻队员就得立即返回阻拦。就这样双方不断组织攻防抢夺军旗，一旦有一方抢到军旗并成功返回到自己阵地举起"军旗"就算赢了。

胜方把"军旗"归还对方后，各自布局重新开始。游戏时间没有限制，玩累了为止。

这种游戏是在团体中有规则的情况下进行竞争，释放了我们男孩的所有力量，培养了崇拜英雄、团队合作和敢于拼搏的精神。

爬树摘野果

腾翔位于武鸣盆地的南边，有高峰岭、天井岭、石山群、丘陵和冲积平原，属于亚热带湿润气候，盛产水果，满山遍野都能见到各种野果。

记得小时候看到腾翔这一带房前屋后、土山坡、石山脚下都有番石榴树，很多是野生的，也有人栽种的，但有些时间长了不知道主人是谁，即使有主也不一定去摘果子，小孩、路人看见熟了可随便摘几个吃，不会有人说你。那个时候往岜车方向邕武路东一个果园，不知道是哪个生产队的了。园里有香蕉、柑橘、番石榴、龙眼树等，是有人管理的。但果园外面还有许多野生的番石榴树、桃金娘树等是没人管的，夏秋季节果熟了，我们几个小朋友相约去这些地方摘果。

有的番石榴树高大，树龄应该有几十年了，灰色的树皮平滑有片状剥落，树枝有点像桃树斜横往上长，一年四季都可开花结果，但秋季果最好吃。开花时，树上的绿叶丛中露出一朵朵白色的小花，散发出淡淡的清香，蜜蜂在花丛中上下飞舞。花开过后就会结出满树的果，但要到 2~3 个月后才成熟。结出来的果先是深绿色的，逐渐长大成熟后，果皮的颜色也从深绿转为淡青，最后是淡黄，表皮较粗糙，大小像拳头，也有小一点的。

我们找到了番石榴树后，要察看哪棵树上有成熟的果。高大的番石榴树只能找到几个淡黄的熟果，多的也就十几个，其他都是青绿未熟的果。长圆形的叶子茂盛，遮住了少数成熟的果，果皮泛着亮光，仰望寻找，阳光刺眼，要找到成熟的果还真不容易。有时干脆爬到树上去找，灵活的我们爬起树来像猴子一样麻溜。有的熟果长在树枝的前端，即使发现了也够不着，还要找个杆子把它勾过来才能摘到。

摘下来的熟果有淡淡的香味，用手捏软软的，再使劲一挟就开了，呈现出白色或黄色的果肉，中间胎座肉质淡红，咬一口下去软软的，里面那些黄色的小颗粒籽有点硬，但嚼起来有滋味。果肉柔滑甘甜多汁，味道很好。据说番石榴富含维生素 C，还有一定的药用价值。

抓鱼挖泥鳅

腾翔是鱼米之乡。过去，墰常和那劳河水满鱼多，纵横交错的农田灌溉水沟里也有鱼，稻田里有随灌溉水流进来的小鱼虾。

雨季来临，经常会有瓢泼大雨从空中倾泻而下，"哗、哗、哗"地下个半天一天的，墰常水爆满而泻，那劳河水暴涨漫灌，欢快的鱼儿随泄洪水流进灌溉水沟，从漫灌河水游进水沟、稻田。等到雨停后，我们两三个小朋友拿上鱼笼、背个鱼篓或铁桶直奔泄洪水沟。鱼笼用竹子做成，要把竹子节节劈开，然后削成竹片，再削成一根根竹丝，编成鱼笼。鱼笼有网眼易流水，但能截住鱼。鱼笼外口是个大圆形，便于拦截鱼，中心留有通口并有若干根竹丝，鱼进来后就不能返回；中间长圆有一尺多宽，截进来的鱼就装在中间这一节；下口小便于拦截鱼时用草堵住，截到鱼后从这个口取鱼。

　　墚常的泄洪（灌溉）水沟从大片的农田中穿过通到那劳河，清澈的水"哗哗"地向那劳河流去，水沟里的流水又多又急。我们选一个水沟比较窄且有点落差的地方，把拦截的鱼笼放在水沟里，拿石头压住；再把鱼笼两旁的缝隙用泥块给堵上，水只能从鱼笼流过，给鱼设置了拦截陷阱，随泄洪水游到这里的鱼就会拦截进鱼笼里。水通过鱼笼往外涌流，进来的鱼在鱼笼里扑腾。等到鱼笼满了再拿到沟岸上，把下口堵住的草取出，将鱼倒进鱼篓或铁桶里。有白条鱼、鲫鱼、鲤鱼、鲇鱼、塘角鱼、叉尾斗鱼等，一般个子只有两三指大，可能是上面泄洪铁网拦住了大鱼，只有小点的鱼才能漏网钻出来。偶尔也有大一点的草鱼、鲢鱼等，大多是跳网出来的，或从那劳河中游出来的。倒出来的鱼在鱼篓里或铁桶里蹦跶，鱼鳞在阳光照射下格外耀眼，特别是全身五颜六色的小斗鱼非常漂亮，这种鱼虽小但凶猛，鱼身摸着刺手。

　　即使不下雨，这些用来灌溉的水沟也是常年流水，或水沟保持有水，因而水沟两旁长满草，沟底淤泥深厚，有很多泥鳅。从春耕开始，一直到秋收晚稻，这些纵横交错的灌溉水沟都是超负荷运行，只有收割完晚稻后才能歇一歇。这时候就可以去挖泥鳅了。选一段水浅泥多的沟，用长柄大铁锄挖泥堵住这段水沟的两头，再用铁桶把水往外舀干，露出淤泥，小鱼在上面扑棱，抓完小鱼再挖泥鳅。用手按顺序将淤泥一块块地翻过来，泥鳅就会溜溜地跑出来。这些泥鳅身体圆长，上部灰褐色，下部白色，侧面及背鳍、尾鳍上都有不规则的黑色斑点，浑身滑溜溜，很不好抓；有时刚抓住，趾溜就从手上滑走了，得抓几次才能放到鱼篓鱼桶里。还有长长的鳝鱼，像蛇一样，黄褐色的身上也有不规则的暗黑斑点和光滑的黏膜，挖到时很快出来，又拼命往泥里钻，要用手快速挟住它的中段并弯一下，它再挣扎也滑溜不出去，然后迅速装到鱼桶里。

遇到泥鳅、鳝鱼多的沟段，挖一会儿就能抓到很多，总是满载而归。从某种意义上说，这何尝不是秋收后的另一种收获呢？

从这些点滴的事物中，我们深深地感受和认识到，人要顺应自然，与自然和谐相处，保持良好的生态环境，大自然也会给予丰厚的回报。

回想起来，童年时光多美好，虽然幼稚点，但无忌无猜，无忧无虑，自由自在，做着五彩斑斓的梦，无拘无束地游玩，小朋友之间纯洁的友谊，天真烂漫的笑，装点着快乐的心情，令人回味无穷，至今仍然留在心底。在这纷繁复杂的世界里，愿我们这些老者仍然保持着纯真的童心。

听蛙鸣　春雨过后

春天，总是让人期待，让人欣喜。故乡春雨后的阵阵蛙鸣更是令人难以忘怀。

广西南宁市武鸣区属于亚热带季风气候，光热充足，雨水多，河流多，区内大小河流有 138 条。腾翔这一带也有几条小河流经附近 6 个村的几十个自然村落，每个村落都有水塘，灌溉稻田的水沟像血管一样遍布田野，从春至秋，稻田里都是水汪汪的，非常适合青蛙繁衍生息。

关于春的到来，我们总说"春暖花开、雨后春笋"，却不知春天的信号，早已被蛙鸣最先释放了出来。

每年的春雨，总是踏着春风如期而至。一声惊雷，炸醒了蛰伏在地下冬眠的青蛙。蜷缩在洞里的青蛙们纷纷爬出洞口，睁开眼睛看了看外面黑压压的天空，伸伸懒腰，张开大嘴"呱"喊出了第一声，然后两声、三声……后来就放开了嗓子，肆意欢唱起来。不一会儿，其他青蛙也加入了进来，"呱、呱、呱"，声音清脆、洪亮。仔细听，蛙鸣声中有领唱、合唱、齐唱、伴唱等，互相紧密配合，此起彼伏，犹如大合唱。

　　夜晚，蛙声引来了许许多多雌蛙、雄蛙相会。我们小时候很好奇，几个小伙伴拿着手电筒顺着蛙声去寻找，在水塘边、田埂上、水沟岸，看到一对一对雌雄青蛙相拥在一起，一动不动。后来知道，雌雄青蛙相拥是为了激发产卵，以便在水中产卵孵化后代。雌蛙每次在水中产卵 3000~6000 粒。几天后，一群群黑色的小蝌蚪就孵化出来，在水中游来游去。

　　春耕春种是在蛙鸣声中开始的。腾翔圩清清的墶常水通过水沟缓缓流进北面大片的农田里，男人们吆喝着水牛，一手执犁柄，另一手拉着从牛鼻牵引过来的绳子，指挥着壮牛犁地、耙田。时不时抖动或拉一下手中的牵引绳，吼它一声，水牛奋力往前走。惊动了水田里的青蛙，在水牛未走到前纷纷蹦跳逃走，有的悄悄爬上了田埂，或逃到旁边的另一块田。犁耙过的田水汪汪的像宝镜一样，有的青蛙浮在水面上，有的露出个头，静静地在那里待着。妇女们整理秧苗畦、播种，也会惊动青蛙，纷纷逃走。远处没人打扰的水田里不时传来几声青蛙的鸣叫声。

　　等到田里秧苗绿油油时，一群群小蝌蚪，也变成了一群群小青蛙。在水塘边，稻田里，水沟中，水洼地，青草下，随处可见小青蛙、大青蛙，在地上蹦跳，在水中畅游。稻花飘香时，随地蹦跳的小青蛙都变成了大青蛙。

　　过去，腾翔的水塘和低洼积水地很多。除了宽阔的墶常外，圩场北骑楼后面也有一个水塘，还有一个低洼积水地。东北 8 队骑楼和 10 队骑楼中间的排水沟也是低洼积水地。南面汽车站旁边是一个小水塘，再往前过了一片田地后，邕武路边修路挖土形成了一个小水塘。西边往伏梁的路边还有一个低洼地形成的水塘。每到雨季，这些水塘、低洼地都积满了水，青蛙在这里大量繁殖。经常看见水中浮着青蛙，岸边水草中偶尔传出"呱呱"几声鸣叫。走到岸边，会惊动岸上青蛙，冷不丁几只碧绿油亮的青蛙纵身跃起，在空中一闪，扑通扑通地跳进水里，激起一簇又一簇水花，荡起一片又一片涟漪。

　　夜晚是在蛙鸣声中进入梦乡的。夏夜，腾翔人有乘凉的习惯，一家人坐在骑楼门口，或铺上席子、晒谷竹垫子，小孩们躺在上面。明月一轮当空挂，群星闪烁，微风习习。从水塘、水田、水沟、坑洼湿地等处传来蛙鸣声，似乎从遥远的天际而来，忽远忽近，忽强忽弱，飘忽不定，不绝于耳，仿佛春天动听的大合唱，欢悦绵长。白天劳累的大人，那沉重的身心慢慢地释放，安逸地享受微风的吹拂，倾听熟悉动人的蛙鸣声，沉浸在自由的思绪之中，感到凉快后才带着孩子们回屋里睡觉，躺在床上还能听到传来的蛙鸣声。蛙声是助眠音乐，枕着蛙声入眠，很快就进入梦乡，酣然入梦到天明，一夜青蛙鸣到晓。

白天，天气炎热，青蛙一般都躲在草丛里，偶尔喊几声，时间也很短。如果有一只叫，旁边的也会随着叫几声，好像在对歌似的。但是，大雨过后，青蛙就叫得欢快了。每当这时，就会有几十只甚至上百只青蛙"呱、呱、呱、呱"地叫个不停，那声音几里外都能听到。

青蛙不仅是出色的歌唱家，还是保护庄稼的卫士。别看青蛙那眼睛鼓鼓的，三角形头部上两腮鼓着气囊，爬行动作也很迟钝，你也许会以为它有点傻乎乎的，可它的腿部肌肉柔韧性很好，有强健的后腿，跳跃能力非常出色。当人稍一走近，就猛地一跃，跳到池塘里、水沟中。这一跳，超过它体长的10倍，甚至20倍的距离。然后，以标准的蛙泳姿势，迅速游走，或潜入水底。当然，也为捕食提供优势。青蛙以昆虫为食，用舌头捕食，舌头上有黏液，大多潜伏静候昆虫飞来，突然伸出舌头捕食，或看见昆虫飞落稻叶上，一跃而起捕之。所食昆虫绝大部分为农业害虫，有稻卷叶虫、稻螟、稻苞虫、黏虫、玉米螟、眉夜蛾、稻眼蝶、稻负泥虫、稻象鼻虫、金龟子、瓢虫等。一只青蛙一天可捕食70多只虫子，一年可消灭害虫15000多只。因此，青蛙是一种对农业有益的动物，需要保护。

青蛙从春到夏，夜夜欢歌。同时，它也不停地以捕食方式消灭害虫，保护庄稼生长。直到秋后稍作休息，然后进入冬眠。

青蛙鸣叫与晴雨有很大关系。壮族先民以种植水稻为生，只有风调雨顺才能获得丰收，生活也才稳定。在长期的生产生活中，人们发现了青蛙鸣叫声的变化与天气晴朗或下雨有一定的关系。在春夏两季，晴朗的日子和久雨转晴的时候，青蛙叫声洪亮，一连叫三声以上才停下来休息，几秒钟以后接着叫，声音均匀又清晰。雷雨降临之前，青蛙叫声不洪亮，一般只叫两声停下来，休息几秒钟以后再叫，声音很不均匀，第一声大，第二声小，声音很嘶哑，没有悦耳的余音，叫时浑身发抖，看样子叫得很吃力。因此，人们听青蛙鸣叫声音变化了，就知道明天是晴还是雨。

青蛙鸣叫变化能预告晴雨，而且捕捉害虫，保护禾苗生长，是益兽。因而，青蛙被赋予了文化内涵，成为文化符号和精神图腾。壮族有许多青蛙的传说。在这些传说中，青蛙与人一样具有意识、意志、需要、愿望和情欲，已经人格化了。如流传在右江地区的《蚂拐歌》，故事中有个人，名叫东灵，他的妈妈病死了，非常悲伤，心情沉重，而屋边的蚂拐（青蛙）却在那里拼命地叫唤，烦噪难受的东灵煮了三锅开水，把蚂拐全都浇死了。蚂拐死后，天下发生了一场酷旱，"三年不见一滴雾，九年不见一滴露，鸟造窝河床，鱼生脚爬树"，江河干涸，草木枯焦，粮食几乎绝收。人们喊天天不应，喊地地不灵，就去找始祖布洛陀，布洛陀说："蚂拐是雷王的儿子，你们伤害了它，雷王生气，就不再给地上降雨了。"于是，人们又依照布洛陀的吩咐，把蚂拐的尸体找回来，对它进行祭拜，把它的灵魂送上天去，用这种行动表示对雷王赔礼道歉。这样做，果然奏效，当即天上雷声隆隆，哗哗地下起雨来。在这个《蚂拐歌》中，蚂拐被人们视为只可敬不可侵犯的"雷王的儿子"。还有传说青蛙曾替一个国王打退邻近部落的攻打，保卫了国王的社稷，后来国王背信弃义，用计杀害了蚂拐。在这个传说中，蚂拐被尊为最勇敢善战的一位英雄。有的传说中，青蛙是雷神和蛟龙的儿子。老百姓向雷神祈雨，雷神听到地上的呼唤后便派青蛙下凡，监测旱情，以后只要青蛙一叫，雷神就会大手一挥，降下甘霖。这些传说融入了人们的生活，成为壮族传统文化的重要组成部分。

老一辈壮族人非常崇敬青蛙，许多地方的壮族人不准杀青蛙，甚至不准小孩乱捉，否则就要受到严厉的斥责。老人在田间遇到它，都要小心地绕道而行。

武鸣挖掘出土骆越国创制的铜鼓上面都铸有青蛙，不仅是一种装饰美，也是壮族先民的图腾符号，蕴含着对青蛙崇拜的观念。宁明花山壁画中，不论正面站立的还是侧面站立的人，都是双手向上，五指分开，双腿叉开下蹲，脚上五趾，自然张开，模仿青蛙动作舞蹈，也反映了古骆越人对青蛙的崇拜。

如今，随着经济的发展，腾翔已经发生了巨大的变化。在圩上，除了在老骑楼的基础上改建新楼房外，四周都扩建了许多新楼，过去低洼积水地形成的水塘已经都没有了。墰常北边的稻田有一部分也变成了武术训练场，但水沟还在，墰常依然水面宽阔，波光粼粼。基本的水系、农田还在，生态仍然很好，加上雨水充沛，青蛙栖息繁殖旺盛，依然蛙鸣声声，此起彼伏，动人心弦。

行文至此，想起老舍先生与齐白石先生关于蛙鸣的一段佳话。1951年，文学家老舍先生选了四句绘画表现难度很高的诗句向齐白石老人求画，其中最难的是查初白的"蛙声十里出山泉"和赵秋谷的"凄迷灯火更宜秋"这两句。当时已91岁的白石老人，得到命题后冥思苦想了三天三夜，终于找到了灵感，提笔完成了有奇妙构思的绝品《蛙声十里出山泉》。他用重墨在纸的两侧画了一个山涧，急湍的山泉在山涧中流淌，水中游曳着六只小蝌蚪，上方用石青点了两个青青的远山头，青蛙妈妈在那里呢，她的声音传出了十里之遥，到了山涧的这头。画作完成后在老舍先生客厅挂出，轰动一时，成为中国文坛画坛一桩盛事。

我想，如果我来画故乡的蛙鸣，又该如何画呢？

从六西钻井到三坳自来水工程

从腾翔圩往南，沿着邕武路前行，路旁高大茂盛的古桉树郁郁葱葱，左边墰常水波光粼粼，稻田禾苗青青。三坳处左边，一座如卧狮的石山有点突兀，山脚下茂密的林木中，岜旺屯若隐若现，过去就叫狮山。右边土丘下的玉米甘蔗，茎秆粗壮，叶子绿油油。远处高峰岭逶迤起伏，林海茫茫，苍翠欲滴，山岚氤氲，薄雾缭绕，美景尽入眼帘。从邕武路三坳处拐入右边土丘旁一条小路，往西行不远便是六西。

六西，壮语意为西边的小土山。这个地方由几个山丘形成沟壑。山丘上无树木，杂草丛生。原本并无水源，因而沟壑中只有一些旱地，一直延伸到邕武路旁，并从路旁一直延伸至汽车站，人民公社时期属于圩上第8、9、10生产队的耕地。由于无水源灌溉，只能种些玉米、花生、木薯、甘蔗等作物。

而邕武路东地势较平坦，是大片的稻田。从高峰的山东水库有一条水渠引水至墰常，正好灌溉这片稻田。有一条路从邕武路向东拐，是前往太平镇葛阳圩的路。以这条路为界，南边稻田属于岜旺屯，北边属于圩上3个生产队。如何解决路西无水的问题，一直困扰着圩上人。

到了1963年，这一年有几件事值得一提。一是年初毛泽东题词"向雷锋同志学习"发布后，全国掀起了学习雷锋好榜样的热潮，并确定每年3月5日为学习雷锋活动日。二是国务院副总理、中国科学院院长、著名诗人郭沫若先生到广西参加广西史学会成立大会期间，来武鸣视察，路过腾翔时看到美丽的田园风光和一排排骑楼，写下了纪游诗："群峰拔地起，仿佛桂林城。大块挥神笔，平畴展画屏。烟环天际绿，雾绕雨中青。借问此何处？腾翔属武鸣。"三是自治区党委工作组进驻腾翔、伊岭、造庆、苏宫大队，开展社会主义教育试点。怎么教育？开展"四清"运动：清工分、清账目、清财物、清仓库。但当时农村刚经历了三年困难时期，有什么可清的？而且当年腾翔遇特大冰雹灾害，雪上加霜。工作队动了恻隐之心，想帮腾翔解决点实际问题，因而调来勘探队帮助找水源。在六西用钻探机打了一口深井，正好打到了地下河，水"汩汩汩"地冒了出来，水源丰富。从此建成了六西深井抽水站，解决了灌溉问题。

在钻井处用砖瓦盖了一间机房，安装一台柴油机带动抽水泵。在沟壑纵深处，机房显得孤零零。当柴油机轰鸣声响彻沟壑时，"哗哗"的流水喷涌而出。生产队安排抽水员负责开机抽水，灌溉季节要昼夜抽水。20世纪70年代初，我曾和抽水员去值过几次班，记得那台柴油机是老式的，每次开机都要用手摇。一根长长的皮带与抽水泵连着，摇转柴油机很费劲。启动时，先打开油箱开关，排除油路中的空气，将调速柄（油门）置于最大位置，然后将摇把端部与启动轴端部的圆柱销和螺旋槽口结合好，同时将减压手柄扳至减压位置，再用力摇转摇把，达到足够转速时，迅速将减压手柄扳回非减压位置，并继续用力摇转曲轴，直到柴油机点火。柴油机着火启动后，握紧摇把借助槽口螺旋斜面的推力从启动轴上自行脱出。柴油机发出轰鸣声，在机房里回响，震耳欲聋，但时间长了也就适应了。启动柴油机，既要力气，也要技巧，掌握好转速节点。我力气小，有时摇几次都没发动起来，越着急越没力气，转速更达不到，只能歇会儿再摇。抽水员力气大有经验，柴油机好像和他是朋友似的，互相配得非常好，只摇几下，轰隆隆就启动了。

后来，在"学习大寨"的热潮中，腾翔干了两件大事。

其一，掀起了平整土地和搬山造田的热潮。在上益五田垌的小块田被并成大块田。靠近邕武路有一座小土山，是个乱坟岗，要向这座小土山要田要地，但不是顺坡挖梯田，而是搬掉这座山造田。虽然有"学大寨"这面大旗，但涉及私人墓葬不能乱来，先动员其家人迁坟。竟然有一家人迁坟时，打开棺木发现尸体依然保存完好，皮肤肌肉仍有弹性。这件事轰动一时，因为南方雨水多，竟然能够保存不腐，令人不可思议，至今仍然是个谜。大队组织各生产队青壮年劳动力参加挖山，南宁地区行署和武鸣县直属机关干部职工、双桥高中师生等几百人也来参加搬山平地劳动，愣是靠锄头挖，肩挑手推车搬土，将这座土山挖平了。对面的石腾坡地也推成了层层梯田。其实，挖平了一座小山也就多出十几亩田而已，但在"学习大寨"精神鼓舞下，人们干得热火朝天。

其二，在六西钻井旁边，挖了一个大坑。学习大寨，改天换地，敢想敢干。既然六西地下有河，那就从上面挖个大坑与地下河相通，形成一个水库，不用再费油抽水了。说干就干，组织各生产队青壮年劳动力挖。直径一百多米的大坑，一锄一锄往下挖，竹编簸箕装土，一担一担沿着坑沿小路挑上来，越往下挖坑越小，像个大铁锅。尽管动员了不少劳动力参加挖，但足足挖了一年多，才挖下去20多米深，挖到了大石头，还真涌出了点水，让人们惊喜了一阵，以为马上就挖到地下河了。顺着出水处再往下挖，敲开了一些石头，但出水并不多。难道是个泉眼？但又没有"汩汩汩"地往外涌出泉水来。坑底已经很小，而且有水，往下挖难度更大了，最后也就不了了之，空置着一个大坑在那里，犹如一个废弃的大锅扔在了荒野沟壑，眼巴巴地仰望着星空，等待着老天爷下一场大雨，分得一盆一钵水。

抽水机房又传出柴油机的轰鸣声，水泵口"哗哗"地流出水。清清的地下水已经等待了千万年，而今方可在光天化日之下沿着人们指定的沟渠流进田地，滋养农作物，完成使命。

20世纪80年代，改革开放的春风吹遍了祖国大地。大队改为村，土地由个人承包。原本杂草丛生的六西山坡，林木葱茏，果树花开花落，果实压枝头。但耕地慢慢地看不到禾苗，闻不到稻菽飘香了。原因是谷物经济价值低，不少人只种够一年食用粮，余下土地种其他经济价值高的作物，如柑橘、香蕉等。

原来六西钻井灌溉邕武路边的这片田地和山坡，在2012年曾有南宁老板来开发建设占地500亩的生力军生态农庄，投资5000多万元，该农庄具有养殖、种植、商务及休闲娱乐四大功能区，拥有集生产、生活、生态"三生一体"，集观光、度假、农业劳作经营于一体的拓展模式，曾是南宁最大的休闲农庄。节假日期间，从南宁市和附近区县有很多人自驾来农庄游玩，赶上圩日还可以逛逛古朴热闹的圩场，购买土特产，因而受到游客青睐，人气旺盛。但因投资方项目审批手续不完善，被认定为擅自占用农用地进行非农建设，于2019年3月拆除。虽然恢复了土地原状，但至今已经几年，土地荒废在那里，未见禾苗庄稼，只有杂草丛生，令人惋惜、令人忧。

六西钻井也随着时代的发展和土地经营变化，逐渐失去了灌溉功能。当然，"是金子总会发光"。六西地下水质非常好，腾翔村委拿到有关部门检测，水质被认定为优质矿泉水，可用于饮用。2002年，腾翔村自来水工程列入了武鸣县政府扶贫项目，国家财政拨出专项资金，不足部分由村委自筹，在三坳山坡上修建了蓄水池和抽水站，用自来水管引到圩上、岜旺屯、那浪屯、福庆屯、岑林屯的各家各户。从此，人们告别了挑水喝的生活方式，与城里人一样，一拧水龙头，洁净的六西地下矿泉水就"哗哗"地流出来。

六西，一个不为人知的小地方，在这里打了一个不起眼的钻井，历经半个多世纪，伴随着腾翔的发展变化，"汩汩汩"的地下水滋润着这片土地。或许有人会认为，一个钻井不值一提。但对腾翔人来说，六西钻井不可埋没。因为，那"哗哗"的自来水，就来自六西钻井和三坳自来水工程。

连接千家万户的
广播站

一根长银线，一个小喇叭，你连我，我接他，连接千万家，传播时代的声音。这是 20 世纪六七十年代中国乡村的一个生活写照。

集体化、生产热情高涨的年代，也是社会大变革的时代。刚从三年困难中走出来，又进入了特殊年代，贫困和纷乱让人们内心不安，需要鼓舞，需要信仰，需要变革带来希望。那个时候，信息传播比较落后，百姓生活水平较低，收音机价格昂贵，农民很难买得起，人们又迫切需要了解外面的信息，因而村里的广播喇叭一响，大家就会聚集在喇叭下听新闻，听村里通知，听各种信息，听歌听戏。因而小喇叭和大喇叭曾风靡一时，融入了人们的生活，陪伴人们度过了寂寞的乡村夜晚，迎来充满希望的黎明。当然，全国城乡普及广播喇叭，要求家家户户都通广播，为的是及时收听到上级的指示。

1969 年，腾翔成立了广播站。那时候实行人民公社制度，腾翔是一个大队。广播站设在大队部骑楼的二楼上，一间屋子，一张桌子，一张床。办公桌上，一台上海飞跃牌功率 150W 的电子管扩音机，一个话筒。一根 10 号铁丝电线，绑在绝缘瓷瓶凹槽上，顺着圩上骑楼走廊接入各家；通过一根根电线杆拉到伏梁、岜旺、福庆、那浪、岑林几个自然村落，进入社员各家各户，接上小喇叭的一根线，喇叭另一根线则接在地线上，地线用一根钢筋或大铁钉连上电线插在地上，串联起一个用声音覆盖的网络。小喇叭是舌簧式扬声器，发声装置有线圈、磁铁和簧片，簧片随电流大小变化震动纸盆而发出声音，圆润好听。喇叭装在小木盒里，挂在各家各户厅堂的墙上。寂静的乡村从此响起了广播声，犹如天籁之音，给人们的生活增添了绚丽的色彩。

第一位广播员是陆超才。他精明干练，声音浑厚洪亮。参加公社广播员培训后，他了解了扩音机和喇叭器材性能，掌握了操作播报的技术。

每天清晨，东方露出瑰丽朝霞时，陆超才就起床，打开扩音机预热，做好准备，6点钟准时开始广播。一首悠扬嘹亮的《东方红》开始曲，唤醒了静谧的圩街和村庄，人们听到广播知道该起床了。小喇叭里传出陆超才浑厚洪亮的话语："大家好，今天是几月几日星期几，腾翔广播站现在开始广播……"然后播放歌曲，6点半转播中央人民广播电台"新闻和报纸摘要""广播体操"等节目。圩街上陆续有人打开了骑楼门，忙碌的身影慢慢多起来；村庄各家各户升起了袅袅炊烟，村妇一边忙着家务，一边听小喇叭广播的"新闻和报纸摘要"。柔和的晨光中，小喇叭流淌出音乐、新闻，让人感到日子那么温馨祥和。

如果大队发通知或传达上级的精神，一般在"新闻和报纸摘要"结束后广播，此时大家都起床了，听了大队的通知和上级精神，正好安排当日的劳作。有事错过听广播的，也会问别人：今天有什么通知吗？

傍晚，人们陆续收工回家，农妇开始准备晚饭。6点半开始广播，先播放文艺节目，晚7点转播"各地人民广播电台新闻联播节目"。早晚的新闻联播是最受关注的节目，党和国家的重要信息都会在这两个时间段通过小喇叭及时传递，消息比当天报纸还要快，许多人家一边吃饭一边收听。

当然，文艺节目也是大家最爱听的。那个年代，革命歌曲和样板戏非常流行，大队广播站每天都播放，很多人会唱的一些歌曲和样板戏都是在那个时期跟着广播喇叭学的。如《社会主义好》《学习雷锋好榜样》《唱支山歌给党听》《团结就是力量》《大海航行靠舵手》《毛主席的书我最爱读》《我们走在大路上》《红梅赞》《没有共产党就没有新中国》《南泥湾》《我的祖国》《洪湖水浪打浪》《希望的田野上》等，样板戏如《白毛女》《沙家浜》《红灯记》《智取威虎山》《海港》等选段。

后来，陆超才自己根据大队的重点工作和一些先进事迹、好人好事，编写新闻稿，在晚新闻联播节目后播报。每天晚上 8 点半，播放《国际歌》后，广播就结束了。

20 世纪 70 年代，大队干部要戴着草帽挽着裤腿下田下地干农活，接到上级下达的各种政治任务后，要动员一切可以动员的力量，集中人力物力财力，开展群众运动。因此，大队经常召开社员大会。这时候，陆超才是最忙碌的一个。他布置会场，在戏台口或者在圩场，挂红布大横幅会标，拉电线安装扩音机、高音喇叭，准备好话筒，然后播放歌曲。广播站有 2 个大口径功率 25W 的高音喇叭，都安装连接在一起，声音很大。社员们听到大喇叭响了，就拿着板凳椅子陆陆续续来到会场。开会时，他守着扩音机，随时调整音量，保证参加会议的社员听清楚大队领导的讲话。会议结束后，他一件一件地收回所有的扩音器材。

陆超才也是大队企业裁缝铺的裁缝师，后来大队有了电影放映机，他又兼电影放映员，不再当广播员。接替他的第二位广播员是我姐陆华玲。每天早晚广播，白天在大队企业裁缝铺上班，各位裁缝师做好衣服，她负责手工缝衣服扣眼，钉扣子。那个时候，的确良布料风靡全国，腾翔人和附近几个大队的人，纷纷购买各种的确良布料送到大队企业裁缝铺做衣服，裁缝铺接活越来越多，每天加班加点，因而影响了广播。我在文艺宣传队当队长，半艺半农，经常去帮我姐管理广播站，学会了广播操作技术。1976 年年初，大队为了保证裁缝铺交活儿，又不影响广播，决定让我兼广播员，我姐专职做裁缝铺钉扣工作。

每天早上，打开扩音机，掀开机顶盖，让有点老化的机器更好散热。强大的电流让几个大电子管里面的灯丝闪烁着幽幽的亮光，本来还有点睡眼惺忪的我，一下就清醒和兴奋了起来。此时要认真检查调试功放机的电压、音量、输出等是否正常，如果有问题就会引起电子管功放输出无声音，或者各家小喇叭发出"咝咝啦啦"的噪声，音质效果很差，甚至听不到正常广播声。有一次，我打开扩音机预热后，检查调试时发现电子管功放无声音输出，赶快检查电源，几个电子管灯丝是全亮的，管壳温度也正常，电压也正常，负载电路也没问题，故障在哪里呢？难道有元器件坏了？急得出了一身汗。突然我想起了昨天把扩音机拿出去开社员大会，回来后是否输出线路没接好？一检查，果然问题在机后输出线没接好。重新接好后再试，功放输出正常了。赶快做好广播准备，正好 6 点钟准时播放《东方红》开始曲。刚开始播报时确实有点儿紧张，后来慢慢放松了，时间长了也就老练了，一般的小故障小问题也能及时检查出并排除。如在室外开社员大会时，有时因为环境等各种原因，大喇叭会回响引起扩音机啸叫，影响领导讲话，甚至可能烧坏机器，这时要及时调整音量等，抑制住回啸，保护机器，保证话筒音质。

记得在 1976 年 9 月，"哗哗哗"的雨持续下了许多天，暮定水库大坝出现险情，腾翔大队、伊岭大队、八桥大队、苏宫大队、造庆大队、伏林大队都组织青壮年劳动力参加暮定水库大坝加固工作。工地上彩旗招展，人声鼎沸，挖土挑土，小推车拉土，还有人把倒出来的一小堆小堆土扒平了，压路机在上面来回压实。广播站也搬到水库大坝加固施工现场，我在大坝旁边的取土工地上安装了扩音机，把 2 个高音喇叭拉到土坡的树上，对着大坝广播。主要播报指挥部的各项命令和施工要求，同时表扬先进，宣传鼓动。播放音乐时，我就参加挖土装土工作。在晨曦暮霭中响起的广播里，大坝加固层慢慢地升高，人们也形成了同舟共济、奋力拼搏的伟大精神。当时年轻人参加抢险救灾的责任感和高涨的劳动热情，以及热火朝天的工地场面，至今难以忘怀。

广播员除了做好广播外，还要经常检查维护通往各村各户的线路，社员家中小喇叭坏了拿到广播站，要帮他们修理。广播站有万用电流表、焊接用的电烙等设备。舌簧式喇叭线路结构不复杂，容易修理。

　　1980 年，腾翔广播站升级为村播放站。但随着改革开放后经济、科技的快速发展，收音机、电视机走进了乡村老百姓家中，腾翔广播站也就停播了。

　　在那个资讯不发达、信息闭塞的年代，通过广播站和小喇叭，村村通，家家响，上至国家大事，下至田间农活，今天几号，天气预报，人们都能从这小小的广播喇叭里得知。"上接天线，下接地气"，听歌听戏，让老百姓生活更加有滋有味。

　　如今资讯高速发达，网络化，智能化，手机已是 5G。也许我们永远不再需要有线广播了。但在那个特殊的年代，乡村广播站曾作为一个音符，奏出了时代的强音，影响了一个时代的人，留下了历史的印记。

故乡的耕牛

农谚说："清明谷雨紧相连，浸种春耕莫迟延。"清晨，天刚蒙蒙亮，男人们头戴竹笠手牵着牛、扛着铁犁，一路吆喝着牛来到田头，小心地放下肩上的犁，卷起裤脚，把牛牵到水田里，把人字形的牛轭套在牛颈上，两根绳子从牛轭两端牵拉着犁杠。男人一手握着木制的犁柄，另一手拉着从牛鼻子穿过来的牵引绳，轻轻地撇一下牛肚子，指挥着壮牛开始犁田。牛慢悠悠地往前走，脚下溅起小水花。微风吹拂，旭日东升，晨光洒在水田里，波光粼粼。不时传出男人清脆的吆喝声和牵引绳拍打在牛身上的声音，打破了早春的一片沉寂。犁铧翻起的泥土一层层露出浅浅的水面，泥土的芳香扑鼻而来。远处青山耸立，绿树葱茏，几块秧田边还有翠绿青竹。这一生动美丽的画面化成水墨定格在铺开的宣纸上，名为"壮牛奋力犁春秋"。这是我画的故乡耕牛图，一幅水牛，一幅黄牛。当然，在我的许多山水画中，经常有牛出现在画面上，点缀着青山绿水。

千百年来，与村民相伴相依的耕牛，曾经是耕作不能缺少的役力。人们对牛有着深厚的情感，形成了敬牛、爱牛的传统，对牛极其崇拜。牛的精神一直在激励着人们，在传统文化中都有反映和体现。比如，1974年武鸣出土了一件商代晚期骆越王族使用的青铜礼器：提梁铜卣。其提梁两端钮处做成牛头形，角似镰刀，双眼圆睁，栩栩如生。有的地方至今仍保留着为牛过节的传统习俗，每年春节举行舞"春牛"，农历四月初八过牛魂节，祈求六畜兴旺，农业丰收，生活富裕。

腾翔古圩这个地方，居住的是纯粹的稻作民族。在骆越方国壮族先民发明水稻人工种植后，耕田种稻技术就传承了下来。那时候，骆越方国的都城就建在大明山南麓的武鸣，可见腾翔这一方土地水稻耕种历史多悠久。自然，农耕就离不开耕牛。"朝出牛亦出，暮归牛亦归"，是农耕时代的真实写照。古圩人祖祖辈辈以耕田种地为生，与耕牛结下了不解之缘。

这里水牛很多，体型较大，公牛的头颈又短又粗，显得雄健，而母牛头颈则较细长，显出雌性的秀气。头上长着黑色大长角，宛若弯弯的镰刀，眼大嘴阔，胸部宽广，背腹平直，肚子微鼓，褐黑色皮毛，身强力大，但性情温顺，容易役使。除了水牛，也有黄牛。黄牛的毛色棕黄，头颈粗短，额头宽平，肩部高耸峰凸，大嘴又宽又平，角直向上且短粗，竖起的一双耳朵倒是很灵活。公牛强壮力气大，可用来耕田耕地。而母牛比公牛显得更清秀一些，耐力也较差，很少用来耕田耕地。

田地、耕牛曾经是村民的命根子，生活的依靠。也是衡量家庭财富的主要指标。田地多、有耕牛，自然粮食就多，不愁吃不愁喝，生活就过得好，房子也能盖得比别人大。家里有头牛，那可是壮劳力，是宝贝。旧社会，战乱频繁，匪盗猖獗，为了保护耕牛，往往牛与人住在一起。四合院里或旁边有一间房子为牛栏，腾翔圩许多人家骑楼后院也有一间小房存放农具杂物兼作牛栏，有的干栏式房子，人住楼上牛住楼下，一有动静就能知道，以防匪盗。即使这样，也还有被盗劫的。在中华人民共和国成立初期，盘踞在广西深山密林中的土匪依然十分猖獗，顽固反抗剿匪的军队和民兵，时不时出来抢劫村民的耕牛和财产。如1950年10月20日，伊岭乡雅亭、伏廪等村屯被邕宁双定一帮匪徒劫走耕牛182头，双桥区公所闻讯后立即组织民兵追击劫匪，只追回耕牛

80头，损失巨大。没了耕牛，村民如何耕种？只能借牛耕田耕地，但谁家的牛都不是闲着的，能不能借给你都难。

在村民的心里，眼睛圆润清亮的牛，四肢强壮而有力，背脊像山一样可以依靠。牛好像也是通人性的，每当春耕春种和夏季抢收抢种时，牛非常卖力，默默地拉着沉重的犁或耙，脖颈上的肌肉卷起疙瘩，迈着矫健的步伐奋力前行。烈日阳光暴晒，扶犁者汗水顺着脸颊和后背往下淌，耕牛脊背也冒出汗水，湿透了皮毛，还从脑袋上往下淌，人牛俱被汗湿透，但依然显得那样从容自然。在那自家田地自家耕种的年代，腾翔圩周围的田野里，随处可见一人一牛一犁缓缓而行。在晨光暮霭、山岚氤氲中，显得乡村沃野更加凝重美丽，极富诗情画意，韵味十足。再看那耕地，在吆喝声中，耕牛后面的犁，犹如行云流水，肥沃的土壤在弧形锃亮的犁铧前行中打滚翻起，禾根杂草翻入地下，化作春泥肥力。犁到田地头，用手将犁柄后的小木把一提，犁铧从泥土里出来，掉转头往回犁，如此反复至一块田地犁完。当夕阳落入群山，晚霞染红天边时，就会看到男人们扛着犁或耙，赶着水牛，走在长长的田埂上，收工回家，远处的林木群山渐渐地暗淡模糊，多美的荷犁归居图啊。

牛不仅犁田耙田，翻耕旱地，还用作拉车。腾翔这一带马比较少，有的村民给牛套上长木制两轮牛车，拉柴火，拉砖石……短途运输很方便。旧时盖房子需要砖瓦，都是自己做坯烧制，挖好土，浇上适量水，就可以用牛来回踩踏让泥柔和，然后制成砖坯瓦坯。

20世纪50年代，走社会主义道路，成立合作社、人民公社后，以生产队为单位集体耕种，村民带着自家田地耕牛入社，参加集体劳动。耕牛成为集体所有，但起初仍然分养在各家，生产队长安排谁去耕田耕地，就到养牛人家里牵牛。余下的牛要放牧，由各家轮流派人统一放牧。一般在邕武路往武鸣县城方向的26公里处右边的土山坡（林场植树造林前一直是牧场）、东边粮站后面的土山坡、岜车土山坡这3个主要牧场放牧。白天赶牛去放牧，牛自由采食，晚间赶回牛栏。每3~5天换一个地方，让牧地休养生息，再生嫩草。腾翔圩上有3个生产队，每天早上，队长派完工后，牧牛人在圩街上一边走一边喊："放牛了！"各家就把牛放出来，也有早早就把牛拴在门口圩场柱子或树干上的，牧牛人走过去把牛绳解开，牛群就慢悠悠地往牧场走，牧牛人拿着鞭子在后面将想离群的牛赶到一起。傍晚把牛赶回来后，各家再把牛牵回牛栏。牧牛人通知下家也就是邻居：明天该你家放牧了。

那时候我们上小学，周末放假或寒暑假，轮到自家放牛时，都会去帮家里人放牧。早上起来，吃完饭后便和家里人一起把牛群赶到牧场，家里人就回去干别的事了。山坡牧场不算辽阔，但长满矮小的灌木和各种野草，其叶子和嫩草都是牛喜食的。牛群一到牧场便撒丫子自由觅食，我站在高处遥望着牛群。晴朗湛蓝的高空万里无云，灿烂的阳光炙烤得越来越热，头上一顶竹笠只能挡点阳光遮点阴，手上拿来赶牛的竹枝无聊地拍打一下身边的灌木叶。北边岜车石山群，雄姿挺拔，嵯峨黛绿；右边坡下是大片的良田沃野，双桥河缓缓流过，古榄、坡重、左峰等村屯散落在连绵起伏的天井岭脚下。一片云彩飘过来，微风轻拂，顿感阴凉多了。从怀里掏出一本小说，坐在草地上静静地阅读。不用太多地管牛群，只需时不时抬眼看看有无离群的牛。如果发现有的牛觅食走远了，立即跑去撵回群里。看着牛群散落在有些起伏的山坡上慢慢地吃草咀嚼，这场景宛若一幅美丽的风景画。

被牵去耕田耕地的牛怎么吃草呢？当然，耕者更心疼牛，深知牛吃饱了才有力气拉犁的道理。因此，当犁完一块田或一块地，就让耕牛在田头小憩一会儿，并牵着牛在田边地角吃草，让牛补充一下体力。耕完当天的地，也要放一会儿牧，让牛吃饱才收工回家，如没吃饱回家再喂点草料。特别是农忙时节，放牧时间少，晚上回来要加喂稻草、玉米秆、花生藤、甘蔗叶等，还适当加一些玉米、米糠、花生麸等精饲料。

后来，在圩场东南边汽车站对面，紧临墰常水塘边修建了集体牛栏，3个生产队的牛栏都集中在这里。耕田耕地时到牛栏牵牛，放牧赶出赶回，都更加方便了，也有利于加强防疫，预防牛瘟流行。而且，各生产队收割稻谷后，把稻草存放在牛栏门口，高高的稻草垛，冬季给耕牛提供了充足的饲料。牛栏里的牛粪有专人负责收集存放，牛粪可以用作有机肥料，给庄稼施肥。

20世纪80年代初，改革开放，实行土地承包制，耕牛也分到各家各户了。没有了集体放牧，都是自家牵牛在田间地角水草丰腴的地方放牧。走在乡间，就会看到躬耕后的壮牛在草丛中埋头吃草。偶尔还能看到，低凹湿地绿草茵茵，一头母牛带着小牛犊在那里悠闲地吃草，一边用尾巴扫着身上的蝇蚊，十分享受。突然飞来2只小鸟落在牛背上，母牛镇定不惊，反而尾巴不再往后背上扫，好像怕惊飞了小鸟。小鸟伸长脖子警惕地四周看了看，然后不停地啄牛背上蝇蚊虫子吃。小牛犊吃几口草，围着母牛蹦几下，又埋头吃几口草，一副顽皮的模样。母牛吃饱了，就半躺在草地上，嘴还在不停地咀嚼，反刍刚才吃进去的草。这是牛具有的独特功能：先把草吃进去，然后再反刍细细咀嚼，以便更好地消化吸收。人学文化知识，也应学会反刍，把学的知识细细琢磨，消化吸收，学以致用。

随着机械化的发展，拖拉机逐渐代替了耕牛。即使自家没有拖拉机，也可请有拖拉机的人家或机耕队帮助耕田耕地。如今，耕牛的身影在大地上逐渐消失了。旷野里耕牛的欢歌，阡陌中耕牛的蹒跚，田地中壮牛的躬耕，都留在了岁月深处，埋藏在人们的心里，印刻在记忆之中。

乡村医生

俗话说：人吃五谷杂粮，哪有不生病的。其实，一个生命呱呱坠地时，就与医生打上了交道。

在旧社会，缺医少药的年代，乡村接生条件原始简陋，产妇分娩危险，时有发生胎儿夭折。"一唱雄鸡天下白"，中华人民共和国成立后，彻底改变了这种状况。那时的口号是："怀一个，生一个；生一个，活一个。"从 20 世纪 60 年代，腾翔片各村的接生婆，都经过政府的专业培训，掌握了一定的医护知识和良好的接生技术，并拿到一本由"中国农村卫生协会监制"的接生员工作证，按今天的说法，也是持证上岗了。出门接生时背个皮革老式医药箱，当时叫赤脚医生。自从有了这个小药箱，分娩更安全，新生命得到了保障。

腾翔村的接生婆叫"乜特明"，刘鲜明的母亲，住在西排骑楼靠北段。她是 60 年代初第一批参加培训的接生婆，那时已是一个孩子的母亲，但身材苗条，脸庞清秀，慈眉善目，精干利索。而且，心灵手巧、身强力壮、根正苗红，因而被村里推选去培训。赤脚医生，形象贴切。她没有白大褂，无须坐诊，该下地干活的时候，挽起裤脚干活去，只有产妇快分娩时才会找她。与旧时接生婆不同的是，去接生时背着个皮革医药箱。在她心里，接一个小生命到这个世界来，无比神圣。不管刮风下雨，白天黑夜，只要有人来叫她去接生，二话不说，背起医药箱立马出发。除了到腾翔圩上比较近以外，到伏梁屯、岜旺屯、福庆屯、岑林屯、那浪屯等，都是一两公里路程。有时候，半夜睡得正香，"咚咚咚"的敲门声把她叫醒，来人说家里孕妇快生了，她马上跟着来人急匆匆地赶去。漆黑的夜里，只有她和来人走在乡间的小路上，手电筒闪着微弱的光。等到这束光进村入户，没过多久就会传出"哇哇"的婴儿啼哭声，撕破了寂静的夜空，迎来新的黎明。

那个年代，还没有计划生育，大多数夫妇是生3~5胎，6~7胎也很普遍，甚至更多胎。20岁到50岁，都有怀孕生子。不像现在城里的女青年，结婚不想生孩子，或生一个就不想再生了，理由是"养不起"。那时候的乡村虽然不富裕，但女人不娇气，结婚后就生子，挺着大肚子照样下地干活，照样挑着东西到圩场卖。有的肚子阵痛挺不住了，才放下农活往家赶，大多数人到临产的那一刻，家人才去叫"乜特明"来接生。说来也怪，农村孕妇忙忙碌碌，生孩子时只要"乜特明"一来，在她的指导帮助下，肚子痛一痛就顺产了，好像不是很难。当然，接生前要严格消毒，为新生婴儿剪掉脐带，将脐部包扎好，才能将宝宝交给产妇或产妇家属。只有遇到极个别胎位不正的产妇，出现难产了，"乜特明"才会让其家人送产妇去武鸣医院。那时不像现在有B超，全凭经验。

旧时，这个地方有食用胎盘的习俗。从古至今，大家都认为胎盘是大补之物。中药的紫河车，就是用胎盘制作的，有养血、补精、解毒的功效。因此，"乜特明"接生时，产妇是头胎身体健康的，她都把胎盘留给产妇，建议家人炖汤给产妇喝，说喝了会下更多奶。有的产妇不要，她征得产妇同意后送给需要的人。有些体弱多病的妇女，经常提前跟"乜特明"预订，用来强身健体。

一个小生命诞生后，家里顿时充满了生气和喜庆。但头三和满月有些禁忌是要遵循的。家里产妇生了孩子，要在门上插青，即摘一把树叶插在门口，头三天就不会有人来家里串门了。婴儿尚未满月的，外人也不能入产妇门。办满月酒宴，产妇家忘不了接生婆，都会请"乜特明"来吃喜酒，并奉为上宾。当然，"乜特明"也当成接生回访，顺便了解母婴情况，提出一些建议。因此，人们对接生婆非常尊敬。

乡下人都比较皮实，有个头疼脑热的，一般不当回事。许多老一辈的人都懂些壮医壮药，有一些土方子也管用，如采摘一些清热解毒的草药回来煎着喝就行。或者刮痧，把后背刮得红红的像要渗出血来，在脖子额头捏出一个一个紫红点，这么折腾一下也就差不多好了。民间也有身怀绝技的土医生，我外公就是自学成医，伊岭村的人一般小病都找他看，把把脉，开几服药就好了。造庆村有个壮医在腾翔圩场东排北头建了骑楼开诊所，他祖传的接骨术在这一带非常有名。

记得老先生瘦高个子，长期行医显得斯文有风度，慈祥和蔼。他的诊所一直开到20世纪60年代末才关停，并卖掉骑楼回造庆颐养天年。开诊所那些年，附近村庄有人摔倒骨折，都找他医治。有的小孩调皮，爬树掉下来摔断了胳膊，或崴脚脱臼，家长送来时又哭又喊，但经老先生诊治后，一会儿就不哭不喊了。不管是胳膊还是腿骨折，他细心查看后，使劲一拉一捏，慢慢将折断的骨头复位，然后敷上自制的草药，用竹板夹上固定好，再开几服药煎服。几天换一次药，根据恢复情况再调整用药。通过外敷内服，两三个月就能痊愈，康复如初，蹦蹦跳跳，下地干活一点问题也没有。

据说，他用的草药中有一味药土话叫"盗贼草"，学名应该是"跌打草"。这种草药喜欢生长在沟边或灌木丛边潮湿处，低矮绿色，若依附灌木或墙根可长到1米左右，枝叶繁茂，从秋至春盛开小白花，具有不畏冬寒的个性，傲霜随风摇曳，煞是好看。民间传说，盗贼行窃时被人们暴打，瘀肿骨折又不敢公开治疗，只能自采这种草药外敷治疗，果然有奇效，因而得名"盗贼草"。老先生在自家骑楼后院种了"盗贼草"等各种草药，还上山采一些草药，自制跌打膏等。每次给骨折病人正好骨后，他用"盗贼草"等几种草药的新鲜枝叶捣烂，用芭蕉叶包好煨热，再敷到伤口上。有的外伤出血，他用鲜叶子捣烂敷上即能止血消肿。还有外地骨折病人在医院治疗，骨头没接好，慕名前来找他，经他重新复位治疗，即现奇效，病人非常满意。

乡下人长期与疾病抗争，有着自己独特的办法，积累了丰富的经验。特别是随着农村合作化运动的蓬勃发展，一种新型的合作医疗也应运而生。村民群众和集体筹集资金办医疗，自己养赤脚医生，村民看病的药费由生产大队统一支付或不收取，属于互助性质。1965年年初，国家作出"组织城市高级医务人员下农村，为农村培养医生""把医疗卫生工作的重点放到农村去"的指示，掀起了合作医疗的热潮，迅速遍及全国各地，1969年达到高潮。也就在这一年，腾翔村和附近各村以生产大队名义建立了合作医疗站，本地人叫卫生所。

腾翔大队办公的骑楼所在的院子里有一排砖瓦房，卫生所最早就设在这里，后来又搬到大队办公骑楼一层。2间诊室，一间屋内摆放一张看病桌子和2把椅子，桌上有听诊器、血压器，一本处方笺，抽屉里也都是处方笺，后面是药架；另一间是注射室，一张小床用于给病人打针，屋里还有白色瓷托盘、注射器等，以及各种药品。虽然简陋，但对乡下人来说，是前所未有的，在村里就可以看病打针了。医生40多岁，中等个子，方形脸，平头短发，是中西医结合的全科医生；还有护士、接生员，共3~4个人。虽然是半农半医的赤脚医生，但乡村病人不少，有了卫生所，头疼脑热、感冒发烧的也都来看医生拿点药，因此每天都有门诊。

走进骑楼院子，就能闻到一股消毒药水味和中草药味。诊室里，抱着孩子的母亲正在叙述孩子的病情，穿着白大褂的医生拿出听诊器在孩子胸前胸后细听，用左手平放在孩子肚子上，右手敲击几下，再看舌苔、手指、脚趾，经过一番诊断后，才开药方；注射室那边打针的小孩"哇哇"大哭，撕心裂肺的哭声，吓得家人不知道怎么哄了。在过去，孩子感冒，有点头疼脑热，流着大鼻涕，大人并不怎么重视，但自从有了卫生所，带孩子来看病的就多了起来。这里的医生，虽然看不了大病重病，但头痛脑热、感冒发烧等常见病，医生看后开点药，打个针，也就好了。稍重一点的吊几瓶药，三五天就能康复。一些慢性病和疑难杂症，医生诊断后，开中草药煎服，慢慢治疗即可好转。

后来，国家出台了《农村合作医疗章程》，虽然是试行草案，但农村合作医疗得到了巩固完善，从此逐步实现制度化。这些赤脚医生有了《乡村医生证书》，待遇与民办教师相同，成为农村的知识分子、技术人员了。但好景不长，没过几年农村经济体制就发生了巨大变化，实行家庭联产承包责任制，取消了人民公社制度，形成了新的农村经济体制和行政体制，原来的统筹办法行不通了，农村合作医疗陷入了困境。因此，腾翔卫生所于 1981 年关闭。

直到 80 年代末，政府针对农村合作医疗事业的萎缩，采取分级签订医疗、预防、保健责任合同的措施，由县和乡镇财政资助，从村有偿服务收入中提取部分资金，发展和完善合作医疗制度。腾翔村又恢复了卫生所。圩场西北，通往伏梁的圩街南边，新盖了几排漂亮的平房，组成一个独立的院子，还有一个牌坊式的大门，新的腾翔卫生所就坐落在这里。医生、护士、接生员也比过去多了好几个，医疗设备该有的都有了，与过去比真的升级换代了。业务上由双桥镇卫生院指导，医生经常到县里镇里参加培训，因而医疗水平也上了档次。

在淳朴的古圩人眼里，医生就是天使，是能与生命对话的人，是能帮助人们解除病痛的人。乡村医生，虽然比不上城里的大医生，但医者仁心，都有一颗善良博爱的心，扎根乡村，悬壶济世，救死扶伤，含辛茹苦，兢兢业业，乐于奉献，甘当生命的守护神。

我的母亲

我母亲不识字，从来没上过学，但算数很好，口算能力超强，买东西或卖东西，略一思考就能准确算出来。即使数量多，价格几毛几分，也能很快算出来。

有一次，我媳妇从圩场买一大捆甘蔗回来，母亲问多少钱一斤，买了多少斤？媳妇说1斤1毛7分钱，买了37斤。母亲一算便说6块2毛9。母亲很喜欢北京的儿媳，习惯叫她"乜陆阳"。在壮语里"乜"是母亲的意思。

我们带着儿子陆阳和女儿婷婷回去，我母亲问坐飞机还是坐火车回来？我们说坐火车，可以睡觉的卧铺。母亲问一个人多少钱？我们知道母亲又想算一算花多少钱了，告诉她不贵，一张票455块钱。果然，母亲一算就说1820块，花不少钱啊。母亲总是盼着我们回来，但又心疼我们花钱多。

自从母亲得了白内障后，眼睛模模糊糊的看不清楚。我们回去，母亲总爱抓着我们的手聊天，即使不说话也抓着不放。特别是抓着北京孙子的手半天也不放，弄得他向我们"求救"：谁来换一下，我要上卫生间。他妹赶快过去替换。我知道，母亲太想远在京城的儿孙了，眼睛不好，只能用手用心注视着我们。

母亲老了，也瘦多了，一双粗糙的大手爬满了一条条蚯蚓似的血管，脸庞瘦削，岁月在额头刻下了一条条深深的皱纹，一双大眼睛已经深深地陷了下去，因为白内障已失去了昔日的神采，但一嘴好牙几乎没有掉，花白的头发依然梳得整整齐齐，还扎着一条辫子，八十多岁了啊。带她去医院看过白内障，有一只眼睛做了摘除白内障手术，但另一只因有炎症当时没有做。等炎症好了，再让她去做，怎么说也不去了。

母亲生了5个孩子，夭折了一个，剩下我姐、我和妹妹、弟弟4个。父亲在食品站工作，家里大大小小的事情都是母亲操劳。奶奶去世得早，母亲精心照顾爷爷，但在三年困难时期爷爷去世了。母亲白天下地干活，晚上忙家务。20世纪五六十年代，我们几个孩子穿的衣服，都是母亲一针一线缝制出来的。晚上一盏油灯下，经常见到母亲缝缝补补的身影，快过年时还自己纳鞋底，给我们每人做一双新的布鞋。母亲养猪养鸡也是一把好手。鸡是散养，天黑前撒把米把鸡喂饱，然后赶进鸡笼；白天干活时打猪草回来，晚上还要一刀一刀砍碎，放锅里和少量粮食煮熟喂猪。母亲养的猪200多斤，总是比别人出栏快。每天忙完家务已是半夜，睡上几个小时，又得起来忙第二天的活儿。

人民公社时期，生产队干一天活儿10个工分，年底分红10个工分才三四毛钱。那个年代，生活还是比较困难的。母亲总是想方设法多干点别的，以贴补家里的生活。父亲从甘圩食品站调回腾翔食品站后，可以回家吃饭。因此，母亲就拿父亲的粮食供应本到粮站买回平价大米，然后拿到圩场按当时的市场价卖出，赚取中间的差价。另外，食品站有一匹拉车的枣红马，母亲每天参加生产队劳动，晚上收工时顺便割一担青草回来，卖给食品站作马的饲料，每担5毛钱。我们长大后才真正体会到，母亲每天都比别人多干一份活儿，好辛苦啊！

20世纪80年代初，我大学毕业到文化部（现文旅部）工作，正在新疆出差时，接到父亲因公殉职的噩耗。等我从伊犁乘飞机到乌鲁木齐，转机飞北京，再转机飞回南宁后乘车到腾翔时，父亲已入土安葬。我在父亲坟前泪如雨下，母亲拉着我的手，轻轻地抚摸着，试图安慰我，但又不知道说什么好。命运有时候让人无可奈何。我的精彩人生刚开始时，父亲却殉职走了。当我泪眼迷蒙地看着母亲时，突然发现，母亲一下子苍老了许多，身躯瘦弱，乌黑的头发冒出了一根根闪亮的银丝，眼角额头有了皱纹……心里提醒自己，要好好照顾母亲，报答母亲。

改革开放的春风吹到乡村，腾翔又可以开铺做生意了。母亲从悲痛中振作起来，努力用并不宽阔的脊背扛起整个家。她和我弟、弟媳商量，在临圩街的一楼铺面开了食品店。我弟接替父亲在食品站工作，可以帮着进货，母亲负责卖货，管理店铺。后来，弟媳又在家里临邕武路的后楼开了"武鸣县农机零配件代销店"。一前一后两个店铺，婆媳俩每人管一个，从早忙到晚九点多才关门。

母亲的食品店，主要卖油盐酱醋糖酒等各种日常生活副食品和生活用品，大多是散装零售。开了几年后，有一天，经常来买东西的一个老邻居顾客找我弟，说买了1斤白酒1块5毛钱，给我母亲10块钱，可我母亲找给他98块5毛钱，可能把10块当成100块了，并把多找的钱送回来。当时我弟还以为太忙出错了，并没当回事。可没过几天，又有一位顾客来找我弟，说让小孩来买一斤酱油5毛钱，给我母亲10块钱，可只找给5毛钱，好像是按一块钱找的，还差9块钱。这时我弟才感觉不对劲，问母亲才知道，母亲眼睛看东西有点模糊，看不清楚了才会出错。母亲只好关闭了食品店，把铺面租给别人做，自己收点租金。

母亲是个非常勤劳又淳朴善良的人，这方面对我们几个孩子影响很大。关了食品店，母亲闲不住，总想做点什么。那时候，我在北京已结婚，并有了儿子，也分到了房子，就回腾翔接母亲来北京。周末，带母亲去天安门、人民大会堂参观，还去了故宫、北海公园等。母亲很开心，说做梦也没想到会来这些地方。本来让母亲来北京住，是想照顾母亲，多陪陪母亲。但母亲对北京干燥的气候不适应，我们上班后她一个人在家也很寂寞，不像老家亲戚朋友多，圩街人来人往，每天坐在门口聊天，很热闹。因此住了一段时间就闹着要回腾翔了。我工作太忙，只好等到中央民族大学读书的表妹放暑假后，才带着我母亲回腾翔。

好在我经常来广西出差，也能顺便回去看看母亲。母亲喜欢坐在门口龙眼树下乘凉。圩街水泥硬化，我弟在树根周围砌了一尺多高的水泥圆圈，并镶嵌白色瓷砖，干净美观。母亲喜欢坐在圆圈上跟人聊天，或静静地坐在那里乘凉。赶圩日，树下摆摊卖东西，母亲就坐在门口。我弟专门为母亲准备了一块大大的鹅卵石，因为母亲喜欢坐在凉凉的石头上，即使旁边有椅子依然喜欢坐在光滑的石头上，凉快。

每次我回到腾翔，汽车驶进圩街，就远远看见树下母亲羸弱的身影，身旁还放了一根拐杖，顿时心头一热，眼睛湿润……母亲含辛茹苦把我们抚养大了，自己也老了。我在外工作，不能时常陪伴母亲身边，照顾母亲，心里很愧疚，只能靠弟弟和弟媳照顾母亲。我下了汽车直奔母亲走去，并叫了一声妈，母亲先是一愣，然后笑了，伸手摸到旁边的拐杖拄着慢慢站了起来，我赶紧扶她坐下。母亲拉着我的手，叫我也坐下。我们母子俩在树下说了一会儿话，然后才回屋里。

母亲腿脚不太好了，每天出门要拄着拐杖慢慢走，上二楼要扶着楼梯栏杆慢慢爬，脚步日益蹒跚笨拙。我们担心母亲摔倒，但她很坚强，一般都不让人扶着。每天晚上，楼道的灯总是为母亲亮到天明。我弟也从三楼搬到二楼睡，离母亲近一点，以便随时照顾母亲。但母亲过了90岁，我们担心的事还是发生了。有一天晚上，母亲起床上卫生间，下床时摔了一跤，虽然只是脚崴了一下，没有骨折，但从此就躺在床上了。即使起来吃饭，也只在屋里活动一下。我媳妇买了一个轮椅，但母亲不敢再下楼了。每天晚上，弟媳用轮椅推着母亲去卫生间洗澡。

母亲身上总是放着两三千块钱，那是我们给的红包，还有亲戚朋友来看她时给的红包，多了就让我弟存起来。其实这些钱她也花不了，都是用来奖励孙子们上学。有一次，我媳妇和弟媳给母亲洗完澡后，她摸摸新换衣服口袋找不到钱了，问：我的钱呢？弟媳去把换下来的衣服拿来没找着，急得她不停地追问：一洗澡怎么就没了呢？我媳妇翻了翻床头，原来母亲把钱放在枕头下，大概是忘了。

我退休后，尽管还有一些社会组织的工作，但每年都尽可能多回去陪陪母亲，每次住一两个月。即使需要去外地参加活动，也是从腾翔去，然后又回腾翔。如果回北京了，手机总是 24 小时开机。我和媳妇最怕的是半夜手机响，怕听到半夜我弟打来电话。

2015 年 6 月，对我来说，那是一个"黑色"的月份。我们上个月刚从老家回北京，还不到一个月，我弟来电话说，母亲状况不太好，不怎么吃饭了，还老念叨我们，问"乜陆阳"呢？我们赶快买机票回去。当我们出现在母亲面前时，母亲脸上露出了笑容。母亲没有病，但在床上躺了两三年，衰老得很快，消瘦而憔悴，显得很虚弱。第二天早上，我们扶母亲坐起来，我喂母亲吃了一碗肉末粥。母亲意识清醒，还问我：那么远还回来？但说话有气无力。我们让母亲躺下休息。

中午，我媳妇去看母亲，告诉她：我是"乜陆阳"。但母亲静静地躺着，嘴唇动了动，已经说不出话。媳妇抚摸着母亲的手，发现手指上的金戒指箍得太紧了，想松一松，母亲下意识地把手缩回来。媳妇把金戒指掰松后，母亲用大拇指摸了摸金戒指。媳妇轻轻地给母亲按摩胳膊和肩膀，母亲的眼角流出热泪……

下午，我弟去看母亲时，发现母亲已经昏迷，赶快叫我们。全家人齐聚母亲屋里，我摸着母亲枯瘦的手，不时地摸摸脉搏，不停地跟她说话……母亲静静地躺着，嘴唇似乎动了动，眼角流出一滴眼泪，我拿纸巾轻轻擦去。母亲的脉搏越来越弱，慢慢地摸不着了。看着母亲安详平静的脸，宛若睡着了，我的眼泪止不住地往下流……

按照母亲的遗愿，我们为母亲办了一个本地传统的葬礼。然后安葬在天井岭，那里有我父亲和家族的祖先。

如今回到腾翔，看着门口的龙眼树，依然翠绿葱茏，恍惚间好像看见母亲仍然静静地坐在树下圆圈上，风吹树叶发出轻轻的"沙沙"声；宛若母亲正在和我们聊天……

快乐的
腾翔大妈

腾翔的发展日新月异，每次回来都看到新变化。新建的"钓鱼岛""南国乡村"休闲旅游度假胜地，吸引了众多南宁市居民和周边村民来休闲娱乐。旧时大队办公楼（骑楼），土地置换搬到墰常边并修建了村委办公大楼后，旧楼翻建成三层新骑楼，开办"高济宝和堂药业"。圩街几乎所有一层都是商铺，各种牌匾商标挂在铺面上方，琳琅满目，色彩缤纷，城里有的东西，这里都能买到。城里买不到的东西，如一些时令蔬菜，这里更是有。有外地来客惊讶地说："这还叫村吗？"

艺术之乡，自然是欢乐之乡。如今许多人家购买了音响设备，有的家里客厅也成歌厅，如"壮家二姐"歌厅等。华庭家在五楼装修了全隔音的歌厅，品位不亚于营业场所的歌厅，但并非用于经营，而是自娱自乐。马达超市门口，老板拉出卡拉OK设备，几位大妈手拿麦克，看着屏幕上的歌词亮开嗓子唱，神情陶醉，歌声婉转动听。

每当夜幕降临，华灯初上，清风吹拂，腾翔圩场西头信用社门前广场，响起"一起来跳""舞美体健身操"的音乐，节奏明快轻巧。穿着轻便的大妈们陆陆续续走出家门，聚集到这里，随着音乐节奏扭动着身体，变换着舞姿，欢快地甩胳膊、扭腰、踮脚、转身、走步，身姿柔美，轻盈曼妙，韵律很强。个个精气神十足，非常投入，陶醉忘我，优美的旋律和舞姿点亮了夜色。她们随性而舞，动感很强，抒发了蕴藏在内心的美和快乐，白天因劳作而疲惫的身心得到了舒展和释放。

可别小看这些跳广场舞的大妈们，她们有个响亮的名字：腾翔同心艺术团。在武鸣区、南宁市已小有名气，历次比赛演出中斩获无数奖项。领头的是村委妇联主席刘秀勤，脸庞清秀，一头黑发，身材苗条，精明干练，能歌善舞，许多演出的舞蹈都是她编导。主要成员有梁柳泗、梁海燕、黄桂宁、黄花逢、黄月相、刘美荣、黄箭娟、方艳珠、蒙雪娟、甘小英、蒙妹玲、韦永珍、陆巨云、石美萍、黄珍妹、危启妹、潘雪梅、刘春青、张丽玲、吴宁花、黄升华等，还有年轻的梁星妍、潘婷英、陆亚萍等二十几个人。大妈多是年过半百，长者年逾古稀，但容光焕发，精神饱满，动作敏捷，跳起舞来根本就看不出她们的实际年龄。特别是穿上艳丽的壮族服饰与年轻人一起演出，更是毫不逊色。

这些大妈，白天劳作，有的卖服装，有的帮子女照看铺面，有的喂猪养鸡养鸭，有的带孙子孙女……她们都善良朴实，都很普通，朴实普通到融入人群中根本就分辨不出来。然而她们又很不普通，还很靓丽，那是在晚上唱歌跳舞时，在舞台上演出时。平时素服劳作，演出时穿上鲜艳壮族服饰，多姿多彩，风格别致。当她们翩翩起舞时，让人不得不为之惊赞农村大妈跳起舞来，也是那么婀娜多姿，飘逸婆娑，曼妙优美！

每年，在腾翔村"五月五"民俗文化艺术节上，她们自己编排歌舞节目，在腾翔戏台演出。在武鸣区每年举办的"梦想中国舞动壮乡——健身操大赛"中，腾翔同心艺术团都是独占鳌头，连续多年获得一等奖。在武鸣区农村文艺会演和非物质文化遗产展演中，自编自演的舞蹈《丰收时节》《沃柑飘香幸福来》荣获一等奖。这两个节目都去参加了南宁市文化广电和旅游局举办的"千村万户文艺惠民工程——文艺村文艺户展演"。每年"壮族三月三"，腾翔都参加武鸣区举办的"千人广场舞、千人竹竿舞、千人武术"展演，她们的广场舞、竹竿舞非常亮眼。在"永远跟党走——武鸣区庆祝中国共产党成立100周年红色歌曲大家唱文艺演出"中，她们的舞蹈《春天的故事》和情景歌舞《在希望的田野上》受到欢迎和好评。2022年，南宁市文化艺术联合会陈广老师，为她们编排了舞蹈《壮乡春早》，参加"喜迎二十大，奋进新征程——2022年南宁市基层群众文艺会演武鸣赛区"，并入选参加南宁市基层群众文艺会演，再获佳誉。

《丰收时节》是个集体舞蹈，演员手持金黄色稻穗，翩翩起舞，色彩鲜艳的服装在舞动中飘逸绚丽，节奏舒缓起伏，动作轻盈欢快，展现了壮族人家稻谷丰收的场景和喜悦心情，既有壮族特色，又有现代气息，时代感很强，因而受到欢迎和赞誉。

腾翔也是沃柑盛产地，每年春节前后是沃柑果熟期，那黄澄澄的沃柑果挂满了树枝，果农摘下一筐一筐，一车一车，喜悦心情洋溢脸上。她们从生活中汲取素材，编排了《沃柑飘香幸福来》，借助舞蹈形式，以优美的舞姿、朴实的舞蹈语汇，展现果农喜获丰收的美好画面，托起乡村振兴梦。真实的生活场景，柔美的舞蹈动作，生动感人。

大妈们不仅善舞，更喜欢唱歌。唱山歌随口就来，自编自唱，旋律曲调丰富，韵味独特，语言朴实形象生动，即时抒发内心的情感，具有很强的艺术张力。当然，壮族民歌、现代歌曲也是她们爱唱的。特别是有卡拉OK设备，屏幕显示歌词，什么歌都能唱。

我刚回到腾翔时，有一天晚上，她们在"壮家二姐"家唱歌，知道我和老伴儿回来了，便叫我们过来一起唱。刚进屋，十几个大妈唱起了壮族《迎宾歌》，还把我名字编到歌词里，成了"迎贝侬（亲人）歌"，并拍掌击节，摆动身姿，声情并茂，感觉歌声是从心中飞出来的，刹那间感动得眼眶湿润。然后给我倒了一杯茶，大家以茶代酒又唱起了《敬酒歌》。以歌代言，淳朴自然又真实。熟悉的壮语，温婉动听的山歌曲调，令人陶醉。她们唱歌，不像歌厅里静坐或站立唱，而大多是边歌边舞，众人沉浸在音乐旋律之中。我老伴儿也加入了她们的队伍，又唱又跳。

妇联主席说，除了排练节目参加演出外，平常以跳广场舞为主，每月安排几次唱歌，或者到"南国乡村"野餐，拍短视频。以草地和优美的自然风光为背景，自编自演歌舞，自娱自乐，并拍成短视频发到网上交流分享。大家出谋划策，组织开展活动，每人都做点贡献，因而玩起来很开心。

亲友举办婚礼，她们便穿上鲜艳的壮族服装去助兴。老文艺队员王天助专门为婚典写了"迎宾"和"祝福"两首山歌。当宾客们陆续步入婚礼现场时，分列两旁的文艺大妈们，唱起了《欢迎您到壮乡来》："远方的朋友，欢迎到壮乡来，家中只有粗茶淡饭，请你莫见怪。尝一尝壮家花米饭，友谊情常在。喝一杯壮家祝福酒，请你留下来，请你留下来！"美丽的红色壮族服装，嘹亮的山歌，热情洋溢的迎宾礼仪，充满喜庆气氛，宾客一下子感受到了婚礼的隆重和独特的魅力，情不自禁地边走边拍手致意，喜悦之情写在了笑脸上。

婚宴之中，文艺大妈们唱起《喜庆婚典同祝福》，壮语歌词翻译过来是："今天是个好日子，陆家娶媳妇，请客喝喜酒，大家来恭喜。新娘漂亮，新郎很帅，姻缘配得好。大家举杯同祝贺，幸福万年长，幸福万年长！"宾客们举杯同庆，一片欢呼声，将婚礼推上高潮。

乡村中的这个文艺大妈群体，给我留下了深刻的印象。她们有一颗平常心，虽然生活平常，但有歌舞相伴，心里充满了阳光，乐观而豁达。因而精神和灵魂充实而自由，随意而为，潇洒自在。这就是新时代的腾翔大妈！

秋香农家园
直播卖果

　　直播卖货并非城市的专利，出现不久便蔓延至乡村。腾翔圩上秋香农家园直播卖果早已做得红红火火，享誉一方，遍及城乡。

　　古圩人紧跟时代步伐，感知和接受新事物，并将其运用于乡村生产生活及圩场经济的速度非常快，先辈便是如此，已为传统。如今通过先进的网络技术和发达的物流，将生产成果从圩场经济变为广域的商品经济，卖到全国各地。

　　秋香农家园直播间，设在腾翔圩西北边往伏梁的南排楼内。主人梁秋香，夫妻俩在一楼承办快递业务，同时做农家园直播卖果，还开办一家汽车修理厂。秋香主管直播卖果和快递业务。线上卖，快递送，一卖一送自家完成，这种结合无与伦比。快递业务，量多繁杂细致，一楼不够用，又在门口用塑料搭建一个大棚，分拣送件和承接寄件打包。农家园直播卖果，卖的数量更多，一般在果园附近另找地方装箱打包。

　　秋香，农家园，听这名字，让人浮想联翩。秋天，是收获的季节，瓜果飘香；新潮直播，农家果园，绿色浓郁，果实橙红金黄，清新怡人。

　　梁秋香，伏梁屯人，身材苗条，脸庞清秀，皮肤白嫩，颧骨微突，眼窝微凹，一双明亮的大眼睛，闪着纯真热情的光芒。典型的壮家女：相貌美丽，心地善良，清纯优雅，为人谦和，热情大方，吃苦耐劳。直播时，她穿一身黑色绣花壮族服饰：短领右衽偏襟上衣，绣五色花纹，镶上阑干，滚边绣花宽口长裤，梳髻戴绣花勒额，端庄得体，青春靓丽。展现出独特的民族风情，让人一下子联想到家喻户晓的刘三姐形象。时代不同，壮家女也展现出各自不同的风采。古时美丽的刘三姐以甜美歌声和疾恶如仇而世代流传。如今美丽的秋香以甜美声音通过网络直播进入千家万户，帮助乡亲们卖果，为家乡发展振兴做出贡献，也被人们称颂赞扬。

进入 21 世纪后，腾翔得益于武鸣经济快速发展，特别是武鸣撤县改区，纳入南宁市发展规划，城市大道、地铁线路经过此地直通区府（原县城）。产业调整，乡村果园随处可见，漫山遍野。武鸣沃柑是国家地理标志证明商标，皇帝柑、茂谷柑、柚子、火龙果等，也都是热销水果，广受市场青睐。水果多了，卖果也就成了问题。传统的圩场买卖，已微不足道。除水果公司收购专销外，网络直播卖果就是一种新兴的有效方式。

秋香直播卖果，与时下"网红"直播带货不同，她把直播间搬到了果园现场，让消费者通过视频身临其境，看得见树，看得见果，真实可信，明白消费，做不了假，值得信赖。不像有的"网红"直播带货带了假货，遭人诟病。而且，她与果农签订协议后，采摘前，水果七八分熟时就直播预告，让消费者知道将从其直播平台可以买到哪些果园的果，目前水果长势如何，从而有了消费的心理准备和品尝的期待。

沃柑、皇帝柑、茂谷柑、砂糖橘、三红蜜柚等，都是秋香农家园直播平台热销的水果。虽然消费者不能去果园自己动手摘果，但看着果农摘果，然后送到自己手中，又是一种新的消费体验，新的感受。现代商品讲究原产地，通过标识或扫描二维码，可以查到产地在何处，理性消费，确保货真价实。而现场直播卖果，直接从原产地现摘现买，感性直观消费，应季实惠。两相比较，后者更高一层。

进入腊月，人们正忙着备年货过春节。此时，正好沃柑成熟上市。每天上午 10 点，秋香在果园现场直播卖果。穿着民族服装的秋香，神采奕奕，美丽动人，身后果树上硕果累累，橙红色沃柑在墨绿的树叶里灼灼闪光。她一边招呼着进入直播平台的顾客，一边介绍刚从树上摘下来的沃柑：这就是武鸣正宗沃柑，今年收成非常好，个大皮薄，香甜汁多好吃。一箱 10 斤，精品果 69.90 元，中大果 59.90 元。有时她还切开一个，露出橙红细嫩含汁的果肉，并与顾客交流，解答顾客的提问。看着新鲜个大红彤彤的沃柑果，以及秋香热情甜美、淳朴真诚的直播风采，顾客纷纷下单购买。

从果园采摘的果，运到村委办公楼对面马路边，专门搭了个棚，十几个员工分装、打包，一直干到晚上 11~12 点。自家快递发货。从直播到下单、采摘、分装、打包、快递，一条龙完成。服务周到，量质皆保。每天快递发出 8000 多箱沃柑。与传统圩场买卖大不同，直播卖果不仅量多且现代、时尚、方便、快捷，跨出域界，遍及全国各地，直达千家万户。消费者足不出户，一机在手，5G 网速，"临园"选果，秒点下单，即可品尝。快哉！妙哉！

古圩人种果卖果，历来精选个大好果卖，次果尾果留着送亲戚朋友吃。反映出壮家人传统待客之道：用最好吃的招待客人。就沃柑而言，从每年 12 月上市到来年 4—5 月份都有卖。这里是水果之乡，一年四季，都有各种水果上市。

如今，科技发达，改变了人们的生活方式，特别是新冠肺炎疫情期间，线上购物、直播卖货、物流快递的优势凸显。1300 多年前，唐玄宗为满足杨贵妃吃新鲜荔枝的嗜好，专设驿站传送，从岭南快马日夜兼程上千公里将荔枝送至长安。虽是权力所为，只满足皇家之需，与百姓无关，但从另一角度看，倒是古时的物流快递了。新时代下，科技催生的直播卖货和遍及城乡的物流快递，没有尊卑，不分种族，甚至跨越国界，惠及普通百姓。

解决了买卖的问题，自然就激发种植的积极性。西汉太史公司马迁曾有名言"江陵千树橘，与千户侯等"。可见，古时种植柑橘已是发家致富的有效途径，江陵一带种植一千棵柑橘树，财富就可与食邑千户的侯爵相等。古时能富，当代怎能不富？国以民为本，民以食为天。农业是根本，国家出台政策，惠民惠农，武鸣水果种植得天独厚，已成规模，势头正旺。腾翔古圩一带普遍种植百亩、千亩、万亩。销售渠道也多样化：公司批发＋圩场买卖＋直播卖果……

　　武鸣水果，品相极佳，超甜好吃。2022 年春节前，中央电视台第 2 频道"知名品牌看年货"，专题介绍武鸣知名品牌沃柑。在丰富的年货中，备点红彤彤、香甜好吃的柑橘，确是上佳选择。柑橘，大吉大利。愿天下人吉祥如意！

百里不同风，千里不同俗。一方水土，自然孕育出独特的民众共同遵循的风俗习惯。古老的民风习俗在岁月浸润中不断升华和演绎，成为传统风尚、礼节、习性，一代一代传承下来，随同生活走向精致、兴旺、繁荣。这些习俗，闪耀着古圩文化的灿烂光辉。

习俗在民间

融入血液里的文化

古圩人的信仰

　　我大学毕业后就到文化部少数民族文化司工作。那时候经常出差，走遍了全国少数民族地区，接触了很多各民族朋友。在聊天中，自然会谈到宗教，谈到信仰。如汉族信仰道教、佛教；藏族信仰藏传佛教；回族、维吾尔族、哈萨克族、柯尔克孜族、乌孜别克族等民族信仰伊斯兰教；云南傣族信仰小乘佛教。有一次，朋友问我，你们壮族信仰什么？我说，我们那里有佛教、道教传播，伊岭仙山有佛教和道教寺庙，大明山有骆越王庙、龙母庙、天地庙，都曾香火旺盛，但本民族主要对神灵崇拜，对祖先信仰。

　　我的故乡，腾翔古圩，方圆十几公里，包括赶此圩的六个行政村几十个自然村落，地处武鸣区（县）南端，典型的壮族聚居地。古圩人有灵魂观念，认为人死后，就会去地奋（祖先之地）和祖先们一起生活，祖先的灵魂是不生不灭的。深信只要我们对祖先虔诚供奉、追思缅怀，就会得到他们的庇佑和祝福，身体安康、家业兴旺、族群繁盛。因此，各家都在最好的厅堂中的最好的位置设有神龛，敬奉祖先。

　　古圩人每年过春节，全家人喜庆团圆之时，不能忘了祖先，要祭拜祖先神灵，共度佳节。在农历腊月初就开始做好各种过年准备。农历除夕这天，净扫门庭，去除晦气，贴春联，合家欢聚，杀鸡宰鸭，蒸制扣肉、粉蒸肉，制作叉烧肉，包粽子等，迎接祖先神灵回来。除夕晚上，各家在堂屋祖先牌位前的供桌上，摆大粽子、年糕、米花糖及鸡、鸭、鱼等贡品祭祀祖先。燃三炷香，斟三勺（杯）酒，叩拜三次后，焚烧纸钱，然后再用圆形竹匾装些供品拿到大门口，燃香斟酒祭拜，放鞭炮。祭拜祖先之后，才能开始吃团圆饭。全家人围着一桌丰盛的菜肴，开怀畅饮，合家欢乐。晚餐后，一家人围着火塘等待新年的到来，现在则是看电视或聊天，也是为了守岁。子时一到，立即燃香点烛，叩拜祖先。孩子们在自家门前燃放鞭炮。旧时，妇女们马上挑着水桶到泉井打"新水"，讨个吉利。从正月初二起，亲戚之间携带活鸡、猪肉、粽子、年糕等礼品，互相串门拜年贺岁，同时，要给各家祖先神灵斟酒燃香叩拜。一直到正月初五，亲友间的走访贺年才逐渐减少。正月初一至十五，神台前供品不断。元宵节这天，各家又杀鸡备肉，祭拜祖先，祈求祖先保佑当年风调雨顺，人寿年丰，六畜兴旺。元宵节结束后才算过完春节。

清明节和农历十月初十是祭祖扫墓的日子。古圩人从小就参加祭祀活动和祭祖扫墓，在幼小的心灵里埋下了感恩祖先、缅怀祖先的种子。长大后，即使在异地读书或工作，无论身在何处，相隔千里万里，在清明节都要回来祭祖扫墓。我在北京任职时，有时因公务在身清明节不能回去，总会被淡淡的惆怅情绪浸染，只能遥寄对祖先魂牵梦萦的缅怀追思。

清明时节雨纷纷，那是滴雨落泪的季节。漫山遍野的翠绿，似乎在为先人讴歌，蒙蒙细雨宛若哀伤的眼泪，风吹树叶发出的瑟瑟声，犹如在低泣，摇曳的树枝也是哀婉的姿态，叶片上滑落的一串串水珠，分明是追思亲人的眼泪。随风飘洒的细雨，衬托着路上欲断魂的行人的哀思。

我们家族的祖墓在天井岭，带着祭品和扫墓用的锄头镰刀等工具，从古榄屯后面的弯弯山路慢慢上去。漫山遍野尽见祭祀扫墓人，白发童稚一群群，男男女女一堆堆，虔诚叩拜，香烟缭绕，纸灰飘荡，纸幡飞扬，树枝上晶莹的水珠在轻轻晃动，有的往下滴落。也许是心诚，来时雨纷纷，到墓地后雨过天晴，天空飘浮的乌云缝隙露出了亮光和期待的蓝色。坟墓周围又长满了杂草灌木，大家动手用镰刀清理杂草，修剪灌木，用锄头疏通排水沟。然后在墓碑前的祭台上摆放一只煮熟的公鸡、猪肉、五色糯米饭（或米饭）、香烟、糖果等，往三个瓷勺里倒上好酒，点两根红烛，燃香插在碑前香炉，坟头插上纸幡。站在祖先墓碑前，内心深处对先人的感恩和敬仰油然而生。众人开始依次给祖先斟酒，点三炷香，三叩拜，然后把香插在香炉或坟头上。焚烧纸钱、纸衣服、纸鞋等祭品，送给祖先用。阳间与阴间相隔，不管有多遥远，只愿焚烧的纸钱和物品让在天国的故人都能收到。所有祖坟都祭拜后，大家围在坟前，每人吃点肉吃点饭，意为与祖先共食团圆饭，边吃边追忆祖先的恩德和丰功伟绩，讲究的是其乐融融。最后是燃放鞭炮，噼里啪啦的鞭炮声、袅袅烟雾、缕缕香烟、醇厚酒香，寄托着我们子孙对祖先的哀思与缅怀。

古圩一些村落中，大姓大家族都在最好的风水地上建祠堂，用于族人祭祀祖先。有的祠堂高大宽敞，庄严肃穆，门上有牌匾，大厅有对联，正中供着祖先的画像及牌位，供族人和子孙后代燃烛上香，跪拜磕头。过年时，各家也会拿着公鸡、猪肉、好酒等祭品到祠堂，点烛燃香祭拜祖先。子孙办理婚、丧、寿、喜等事也在祠堂举行，族人也常在祠堂商议族内重要事务。祠堂，犹如慈祥的母亲，虽历尽沧桑，但儿女们总是向往她的怀抱，回到她的身边，看望她，孝敬她。这里神圣而庄严，是人们安放灵魂的地方。但到了20世纪60年代，古圩的很多祠堂因为一些变故而塌毁，或被改造成了办公场所。祖宗牌位，包括有些藏于其中的家谱等，也丢失了很多，遗存下来的寥寥无几。后来，有的家族修复或在原址上重建了祠堂。

古圩人每年农历七月十三至十五日也过"鬼节"（中元节），而且是一个重要的节日。鬼节意味着鬼门大开，所有的祖宗都会回到自己家，还有一些路过的孤魂野鬼。人们认为，鬼神可以带来灾祸，而敬拜鬼神，可以得到鬼神的保佑或避免鬼神的骚扰。因此，要祭祀自己的祖先，还要喂饱这些孤魂野鬼，确保一年顺顺利利，平平安安。农历七月十三开始准备鸭子猪肉和纸钱纸衣纸屋等祭品，家家户户都宰鸭吃鸭。为什么要吃鸭子？农历七月中旬，收获新米，也是鸭子肥美时，正好用鸭子和新米祭祀祖先。而且，人们认为，祭祀祖先的纸钱、衣物要靠会游泳的鸭子驮过奈河桥。农历七月十四重点祭祀祖先，七月十五为外嫁女回娘家与亲属共同祭祀。七月十四晚上，晚饭前在家摆供品燃香祭拜祖先，饭后用竹匾装饭菜，到屋外十字路口，燃香烧纸钱纸衣纸屋等祭品。酷暑的夏夜，清风摇曳，路口闪耀着一簇簇祭祀焚烧纸钱的火光，寂静的夜空传出噼里啪啦的鞭炮声，路边稀稀拉拉撒着一些祭祀的饭菜，树木拖着长长的影子，微风吹过，叶子轻轻地发出沙沙的声音，显得那么神秘幽暗。

在漫长的历史长河中，古圩人也曾对神灵崇拜。过去，大多数村落建有庙宇，供奉各种守护神。如城隍、社王、土地、关帝等。苏宫村板苏屯的城隍庙，历史悠久，虽然历经千余年岁月的侵蚀已被损毁，但遗存有"城隍庙"石匾及建庙的募捐花名册石碑。后来村民捐款，于2008年在遗址上重建。

古圩人对祖先的信仰，犹如树干枝叶对根的情缘和依赖。不管树干长多粗、多大、多高，枝叶如何繁茂、翠绿浓郁，都离不开埋藏在地底下的根。没有根哪来的高大树干和繁茂枝叶？只有信仰根、依赖根，才能更好地繁荣兴旺。以虔诚的心，敬奉自己的祖先，在氤氲的香炉面前，虔诚叩拜，娴静如云方可境界超然。信仰蕴藏着无穷的力量，宛若一束光，引导着你前行，也照亮周围。人无信仰，只是一个没有灵魂的躯壳。有了信仰，就有了强大的生存力量。

传统婚俗

自从 20 世纪 70 年代末离开家乡前往北京学习工作后，再没有机会参加老家的传统婚礼。工作后，我在北京结婚，那时没办什么婚礼，只是领了结婚证，家人亲戚一起吃顿饭，表示祝贺，也就结了婚。第二天，拿些喜糖到单位发给同事朋友，宣布结婚了。虽然简单了点，但我们也觉得很幸福，甚至觉得省去了许多繁文缛节。当然，我并不排斥隆重欢乐热闹的传统婚礼，而是非常尊重传统，尊重家乡人的选择，希望传统得到更好的继承和发展。

直到 21 世纪，我退休后，每年都回老家，也才有机会参加了几次亲戚朋友家办的婚礼，去吃喜酒，沾点喜气。有儿子娶媳妇的，也有嫁女儿的。腾翔古圩也是讲究礼仪之地，在传统礼俗中，结婚典礼是最为隆重、最为讲究的，并形成了独特的婚礼文化。与古时相比，虽然时代不同，如今的婚礼有现代的元素，但仍然遵从传统婚俗，现代与传统融合得非常好。

男大当婚女大当嫁。旧时，终身大事，有父母包办的，有自由恋爱的，也有媒妁介绍的，现在都是自由恋爱喜结良缘的了。但也有一部分人要靠媒人介绍，再谈恋爱，互相有感情了再谈婚论嫁。有的人即使是自由恋爱的，但为了显得正规点，婚前也找个熟人充当媒人。

过去，在腾翔赶圩日经常会看到青年男女"隔街相望"谈恋爱。每到赶圩那天，圩场西排骑楼廊檐下站着三五个男青年，对面的东排骑楼廊檐下也有三五个女青年，相隔只有十几米，正好骑楼两头中间空旷无圩亭遮挡，彼此边聊天边瞪大眼睛对望。然后互相起哄：你们过来呀！结果不是男的过去，就是女的过来。有时候站在廊檐下，互不交谈，默默相望，暗送秋波，直到散圩。

现在，"男女倚歌择偶"，以唱歌为乐，答歌为媒，以及抛绣球的古骆越遗风已经见不到了。20世纪80年代，我刚到文化部工作不久就到南宁出差，拜访了壮族歌王、文艺家古笛先生，当时他年近花甲，红光满面，谈笑风生，聊艺术，谈歌圩，讲习俗。说起歌圩上对歌，曾经"叱咤风云"的他精神抖擞，在桂西歌圩上对歌，歌王总是引人注目，许多姑娘非常仰慕，芳心萌动……但到了特殊年代，歌圩没有了，他希望年轻人继承壮族传统，把歌圩搞起来。我们这一代人，青少年时期赶上了特殊年代，尽管知道传统歌圩，也渴望男女一起对对歌，渴望接到绣球，但我们没有，也不可能有。因此，跟古笛先生聊天时，好羡慕他们那一代人。改革开放后，广西恢复了歌圩节，而且把"三月三"列入地方法定节假日。虽然现在每年"三月三"歌圩节，腾翔古圩各村都举办丰富多彩的活动，但主要是祭祀、食五色糯米饭、聚会交友，很少有青年男女在此时唱浪花歌，以歌为媒选择佳偶。即使在"三月三"活动上认识了，也是后来通过自由恋爱结婚的。当然，"三月三"歌圩还是给青年男女提供了聚会交友的良机，促进了山歌的传习和对唱。而大多人是在学习工作中认识，或同学朋友互相介绍认识，从而交往，自由恋爱。20世纪70年代，我当腾翔文艺演出队长时，就见到几对男女演员互生情愫，喜结良缘。

过去，古圩这个地方有"招赘上门"的习俗。有的人家只生女孩，缺了传承，招个男的入赘以续香火。一般家境不好，娶不起老婆的男子愿意上门入赘。招赘女家要派媒人到男家去说媒，取得男方同意后，便从简举行"上门"仪式。入赘男子择良辰吉日，由两三个亲友陪同送到女方家，吃顿丰盛的饭就算完事。新郎入赘后，一般改用女方姓氏，即使不改姓氏，生儿育女都从母姓。新时代，男女平等，虽然还有重男轻女的问题，但招赘现象慢慢就没有了。

儿女婚嫁，总是父母最操心的一件事。养儿育女，拉扯大了，能自食其力了，也该结婚了。如果适龄时找到了对象，继而谈婚论嫁，父母别提多高兴了，立马就给孩子操办婚礼，心里已经开始盘算明年带孙子了。但如果年近28岁甚至30岁已过还没对象，那父母是最着急的，催婚也就产生了：儿女烦，父母急。恨不得天天催，甚至到处张罗介绍对象。等到儿女确定对象了，父母心里的"石头"才算落地，后面就是办婚礼了。

壮族婚礼与汉族有所不同，汉族的婚嫁是六礼：纳采、问名、纳吉、纳征、请期、亲迎。包括男方家请媒人去女方家提亲，获女方家答应议婚后，再备礼前去求婚；然后请媒人问女方的名字和出生年月日，取回八字，在祖庙进行占卜；八字相合即以聘礼送给女方家，择定婚期，并备礼求其同意；婚前一两天女方送嫁妆，铺床，隔日新郎亲至女家迎娶。壮族的婚嫁有四礼：接亲、送亲、成亲、回门。近几年，我回腾翔参加的几个婚礼，都是在举行婚礼之前，男女双方家长见面，相互了解家庭情况和人品，相互认可，然后请师公占卜合八字，男方为了表达诚意，给女方家送去礼品，然后选择吉日完婚。婚礼遵循壮族传统的四礼，按四个步骤进行。

在婚日当天，由男家的媒人、陪郎和男女亲戚十多人陪伴新郎去女家接亲。两家路近者，接亲当天回转；路远者，接亲人在女方家住宿一夜，第二天选吉时返回。我参加的几个婚礼，新郎新娘都是本区（县）境内，因此当天往返，当天完婚。新娘家要宴请前来祝贺的亲戚朋友和接亲人员。宴请后，接亲者才能接走新娘。

送亲这天新娘要梳头着盛装，红绸盖头，新娘家若干人陪送到新郎家。以前，新娘乘花轿，一路燃放鞭炮，吹奏唢呐，热闹非凡。现在是在家门口燃放鞭炮，然后新娘新郎乘鲜花锦带装饰的婚车，送亲队伍也一同乘其他婚车前往。我侄女结婚时，我和老伴儿作为娘家人一起去送亲，一路上若干辆婚车排队缓缓而行。新娘的嫁妆和男方事先送来的结婚礼物也同时用车拉到男方家。东西多少视男方送礼的多寡和女方家经济情况而定，一般包括箱柜、衣服、被褥、电视机等。新娘来到新郎家门之前，燃放鞭炮，吹奏唢呐，选吉时进入大门。

古圩人结婚不但要选择吉日，还要选择吉时。新郎把新娘接回来后，等待吉时拜堂成亲。新郎家人热情招待送亲的娘家人和前来贺喜的亲戚朋友。拜堂吉时一到，马上燃香祭祖，鞭炮齐鸣，举行拜堂仪式。拜堂后伴娘和女伴们拥着新娘进洞房休息。旧时，结婚有抢入洞房、争先踩席子的风俗。据说新郎和新娘谁先跨入洞房，谁婚后才不受对方的欺负，谁先踩着铺地的席子，谁婚后就是一家之主。现在这些习俗已经少见了，可能现代年轻人自由恋爱，心里早已有默契，也就看淡了争抢踩席子了。

婚后第二天或第三天，新郎新娘共同回到新娘家，这叫回门。旧时，新人回门前，新娘要把新郎家水缸挑满，屋里打扫干净，新郎回门时要带一桌酒肉饭菜去，以答谢新娘父母及亲戚。新娘家等新郎一到，就往新郎身上泼酒事先准备好的净水，以示吉利。现在，时代变了，回门时，新郎出钱在新娘家办酒席，答谢新娘父母及亲戚，其他礼俗也就免了。

我参加三妹女儿的婚礼，看到的是乡村与城镇、传统与现代的融合。三妹家在伏梁乡村，自家有三层楼，婚宴就在自家办，接亲送亲都是地道的传统仪式。而新郎是武鸣区府（县城）的，住小区套房，因而选择在饭店办婚礼，由婚庆公司操办，成亲拜堂仪式既有传统的，也有现代的。

结婚典礼，表达的是对生命的欲望和激情，是一种以人缘亲和为根本的礼俗文化。讲究的是礼数，追求的是幸福美满，而非以金钱来衡量。因此，古圩人在传统婚礼上有节简的习惯，不索取巨额彩礼，即使要彩礼也数量很少，而且将其作为嫁妆全部送给女儿，甚至再贴点钱。

纵观当今国人的婚礼，有的地方有的人铜臭味越来越浓，彩礼价码不断上涨，双方父母见面，成了彩礼、婚房、婚宴的谈判博弈，缺少了亲和感。有的女方要彩礼达几十万元，不买婚房不结婚，怎么看都感觉结婚像一桩买卖生意，着实变了味。在网络发达的今天，这些婚俗中非传统非主流的乌烟瘴气或许在传播污染，哪怕边远淳朴之地也难以幸免。

腾翔古圩一带，婚嫁彩礼渐渐地多了起来，10 万元或 8 万元，已成了乡村普通人家沉重的负担。再者，喜宴互相攀比，女方几十桌，男方几十桌，是一笔不小的负担。吃喜酒也要随礼，少的一百元，多的几百元，甚至过千元，每年要去吃各种喜酒，对村民来说那也是一笔不少的开支呀。为此，伏林村创建了红白事服务中心，探索传统婚礼、丧事简办，有效遏制红白事大操大办和天价彩礼现象的蔓延势头。各级政府非常重视，将其列为自治区级的红白事服务中心示范点。

服务中心根据村民意愿，规定了彩礼金额数量、办事期限、席面规模、饭菜标准等。在德福屯文化活动中心配备 2000 平方米的举办场所。规范办理程序，倡导婚事新办，移风易俗。为了让村民自愿接受、自觉实行，在创办之初，服务中心模拟举办了一场婚宴席标准的体验活动，让村民在体验过程中提出意见，完善制订了切合实际的标准化"简办清单"，并形成村规民约。推行简约式"壮族婚礼"，突出传统婚俗特色。婚礼上，新郎新娘和亲友们穿着传统民族服装，用壮族花轿代替豪华车队，亲朋好友欢歌载舞、敲锣打鼓接新娘。满满的仪式感，浓郁的民族特色，欢乐喜庆热闹，从而获得了年轻人的认同。

也许，在喧闹的氛围和祝福声中，你才能感觉到两个生命融合是多么幸福；也许，此时你会发现相濡以沫携手一生是多么重要。其实，婚礼不需要太大的排场，也无须多么华丽，步入婚姻殿堂源自心中的爱，恩爱到老，幸福一生，才是最浪漫、最华丽的。当然，婚姻是人生大事，办一个小而美、欢乐喜庆、有品质、有仪式感、幸福感的婚礼，宣告我们结婚了。然后，接受父母亲戚朋友的美好祝福，足矣。

风水，天人合一的奥秘

古圩人笃信风水，追求人与大自然和谐生存的环境，以达到"天人合一"的理想境界。腾翔古圩周围，几十个千年古村，住在那里的先辈们选择村址、住宅基地、安葬祖先的坟地时，都是要看风水的。风水好，村庄繁荣昌盛，家庭兴旺发达，祖先庇佑子孙。

腾翔建圩，体现了选址的重要。之前的旧圩叫米花圩，也在邕武古道（今邕武路）旁边，但始终兴旺不起来，慢慢地冷清了。究其原因，虽在高峰下的古道旁，离后建的腾翔圩不远，但四周环境不利于发展，缺乏水源，孤立在路边，与人居分离，自然就会受到冷落。风往开阔地吹，水往顺利处流。旧圩不旺，必然要建新圩。选址在哪里？古圩不缺堪舆师。经过村老们商议，高明的堪舆师考察，确定了现在的地址方位为"未山丑向"，旧时卦书载有"八运未山丑向替卦同下卦"，"谶曰：未山丑向八运旺"。当时，此地是一片良田沃野，山丘坡地，墰常泉水汩汩涌流，形成一汪水塘。远处，南有绵延起伏的高峰岭，东是巍峨雄奇的风水宝地天井岭，西北是挺拔耸立的岩石群山，地脉、山水、方向、走势都是上上佳，还有即将修建的邕武公路，天时天利人和。果然，建圩后，独具风格特色的 7 排骑楼宛若长龙，还有戏台、驿站凉亭、腾翔小学中学、圩场圩街，邕武公路穿过圩上，贯通南宁市武鸣县（区），连接桂西地区，四通八达，腾翔圩成为桂西南的重要交通要道和本地区的物资交易、人文交流中心，至今兴盛不衰。

　　再看看周围的古村，谁不说自己的村庄是风水宝地？我不懂风水，但喜欢观察。古圩周围，几十个村庄，星星点点，宛若上天撒下的一盘珍珠，熠熠生辉。每一点都落在了合适的地方，大自然赋予了生命的能量，从而生生不息，兴旺繁荣。几乎每个村庄都背靠青山，前有水塘河流，泉水清冽，田连阡陌，绿树成荫。如天井岭脚下，北有八桥的古榄、坡重、所丰，东南有腾翔的岑林、那浪，苏宫的乐楼等村庄，遥望腾翔圩；对面还有福庆遥望天井岭，村前大片农田，双桥河从田野中缓缓流过。高峰岭脚下，东有苏宫的那宫、伏甘、板苏、塘局、那鸿，造庆的芭榕、芭百、坛逻、坛兵、坛硕、雷公、七科等村庄，源自高峰岭的双桥河，先流经苏宫这片土地，然后再沿着天井岭脚下的田野蜿蜒向北流去，经双桥、平陆汇入武鸣河。这边还有一座宛若卧狮的石山突兀在那里，山脚便是芭旺，也叫狮山村，你看那雄狮的气势，仰望天空宇宙，俯察人间苦乐。高峰岭西边（以邕武路分界）有造庆的坛造、白面、敢毛，伏林的芭好、德福、敢旺、敢庚、敢窗、达红、芭红、叫林、六琴、泰山等村庄，既有高峰岭垂顾，附近又有拔地而起的石山群，峰峦雄伟，耸峙可依。西北边有伊岭的敢汉、三乐、伏廪、雅亭、广寺、敢桑、布琴、下芭、巴立、伏东、六达、大阮，八桥的乐山、那龙、大伍、那河等村庄，喀斯特地貌，群峰巍峨，满目苍翠，源自高峰岭山脉六怀山的伊岭河、八桥河、彩阳河（实为一条河，各河段名称不同）流经这片土地后汇入双桥河。每个村庄后面都有一座雄奇耸翠的山峰，藏风聚水，村前良田沃野。伏梁则身处群山沃野之中，紧挨腾翔圩，甚至有一部分已相连融入其中。实际上，这些村庄，都是勘察了当地山峰河流地势的变化走向，精心选择了适合生存发展的环境。

　　走进村庄，各家宅基房屋，好像坐落随意，但仔细观察，都很讲究。有的坐北朝南，有的因地制宜，但房间朝阳采光充足，门向村巷道路，或水塘、空地，人们认为面向明堂，藏风聚气聚财旺运，因而村道总是弯弯曲曲，从各家门口经过，通往村口大道。

当然，村庄的生活空间是人神共享的，人们信奉"天地君亲师"，把最好的风水宝地用来建庙建宗祠，在住宅里最好的房间中安放神龛祖位，祭天地、祭祖先、祭圣贤。如伏梁古村在那崇建了"今吉庙"，供奉梁氏始祖。大阮古村在村旁的仙山脚下建了"仙山庙"，供奉周师庆道士，后来成为书院，现为伊岭小学。雅亭、大阮、伏虎等古村在坛登土坡伊岭旧圩建了关公庙和苏氏、阮氏、潘氏宗祠，供奉名将关公和各姓的祖先牌位。伏虎下邑古村在北府山建了"北府庙"，供奉名将李广。阮氏在雷埃岭建了"古吉庙"，供奉阮氏始祖；苏氏在雷埃岭建了"桥吉庙"，供奉苏氏始祖。苏宫的板苏古村，早在东晋大兴元年（318年）至明洪武元年（1368年），晋兴县、乐昌县、武缘县的治所设在这里时，就兴建了城隍庙、栖云庙、城前寺，还有阮氏宗祠、廖氏宗祠等，供奉神灵祖宗。"北府庙"最早建在半山腰，后来移到平地，几经重修，规模更大，富丽堂皇，庄严壮观。板苏城隍庙历史上曾被损毁，又于当代重建。可见，这里的庙宇，主要是祠庙，除了供奉天地神灵外，也供奉祖先牌位，以及圣贤。村中各家各户宅屋中堂都用来安放神龛，供奉祖先牌位和神灵，同时接待客人，商谈要事，时刻提醒人们，这里有祖先神灵在，说话谈事要谨慎，对得起天地良心。自古以来，古圩人坚守着敬天法祖、孝亲顺长、忠君爱国、尊师重教的价值取向。因此，这些村庄的房屋建筑，汲天地之灵气，优化生存空间，成了有生命的建筑。

在丧葬习俗中，风水尤为重要。古圩人对待逝者"事死如事生"。人逝世后，要做道场、选墓地。让逝者安息，生者心安。这里的传统是要请道公、师公做道场，风水师选墓地。壮语叫"公师"，具有通天地晓鬼神的能力。大多数道公精通风水，都是"公师"，既开设道场，也做堪舆。实际上，这些"公师"主持完成的各种人生礼仪，包括生老病死，贯穿每个人的一生。但他们的本职还是当农民，平时下地干活，只有在需要建房看风水、办丧礼超度亡灵、选择墓地、祭祀祈福时，才从事这个职业。他们一般经过拜师学艺，学习背诵经文和有关知识技能，长期跟随师父现场历练，才能出师。

风水，是一门玄术，用它来选择墓地，操作起来神秘、复杂、讲究。但概括起来，不外乎几个原则。一是依山傍水，山主人丁，水主财运。古云：有山无水休寻地，来看山时先看水。但依山傍水，并不是指在水边，应该是指周围环境有山有水。二是位置要四面环山，中间是个宽敞的盆地。三是从环境看，道路屈曲，山水蜿蜒，形成弯弯曲曲、曲径通幽的格局。四是墓地前面，要明堂开阔，显出生机勃勃，才能前途无量。五是从方向看，要上风上水。总之，选择墓地，讲究自然第一，天人合一。

古圩是个人杰地灵的地方，风景优美，风水宝地很多，逶迤雄伟的天井岭，自古就是著名的风水宝地。传说，明朝国师萧公精通风水，为安葬其父，从老家江西蜿蜒进入广西，踏遍大明山和天井岭，勘察选地，并写下了许多题留，有金蛇挂树之说，为后来人们选择墓地提供了风水指引。不仅是本地人在天井岭选地墓葬，还有外地人慕名而来。本地有几个高官名人的祖坟墓地都在天井岭，如武鸣宁武人陆荣廷是桂系军领袖、耀武上将军；太平葛阳人刘定逌是清朝授翰林院编修。

关于萧公题留的传说很多，有说明朝国师，也有的说清朝国师，但并无实据。国师是俗名，多指一国的师表或帝王封赐高人的尊号。江西及全国各地的萧公庙，供奉的萧公是指江西新干人萧伯轩、萧祥叔、萧天任祖孙三代，受明朝廷诏封为神，民间遍设萧公庙供奉。《江西通史》记载，广西、贵州、湖南、湖北、四川、山东、山西、浙江、河南等地曾经都建有萧公庙。

不管怎么说，萧公勘察大明山和天井岭的风水题留，在广西民间影响很大，至今仍指引着人们择地安葬自己的先人。古圩各村庄，有许多人家的祖先都安葬在天井岭。我们家族从武鸣漱岜迁移到古榄村后，至今300多年间，祖先家人过世后都安葬在天井岭，中华民国时期京玺祖爷爷还买下天井岭的一座山作为家族墓地。

除了天井岭外，古圩周围山清水秀，风光旖旎，藏风聚气。在大多数村庄，祖先家人过世，都请"公师"在附近山坡选择墓地安葬。因此，每年清明节、"十月十"扫墓祭祖时，满山遍野，随处可见一群一群扫墓人，老少妇孺，拿着祭祀用品，行走在山间小路，或围在坟墓前，清除周围杂草，燃香祭祀。山坡上星星点点，香烟缭绕，纸灰飘荡，纸幡飞扬。

风水是老祖宗传下来的，历经千百年，伴随着这些村庄的发展繁荣，体现了古圩人精神层面的追求。人们相信，来自天空的风和大地上的水，都有着无穷的能量，对人的生命和生活会产生影响。如今，科学的不断发现，电波、意念、量子纠缠，瞬间穿越不同的空间去感应或制约另一个空间的事物，已让我们大开眼界，并应用于生活。

然而，风水总是罩着神秘的幽光。实际上，大自然是有规律的，风是流动的空气，水则是大地的血脉，万物生长的依靠。有风、有水的地方，生机勃勃，阳光普照，自然万物在此都可以非常和谐，茁壮、欣欣向荣地生长。风水就是按照自然的运动变化规律，顺其自然，达到人与自然环境的和谐统一，必然就会顺风顺水，兴旺繁荣。

三月三歌圩
『嘿撩撩螺』

三月如歌，万物齐吟。故乡春风荡漾，百花盛开，山野芬芳；绿树婆娑，枝叶在风中低吟浅唱；蝶舞蜂飞，虫鸣鸟叫；从视觉到听觉，都美得令人心醉。

每年，我们都在这个时候回腾翔过"三月三"和清明节。老伴儿喜欢这个美好的季节，更喜欢歌圩活动，有机会也喜欢上场一展歌喉，来几声"嘿撩撩螺"，觉得很过瘾。

记得2021年，因为先去深圳参加"粤港澳大湾区文化论坛"，等回到腾翔时，歌圩活动刚刚结束。在门口烧烤摊一起吃烧烤聊天的几个小姑娘小媳妇，见面就说："哟，伯母，歌圩节结束了才回来？"老伴儿更增添了一丝遗憾和惆怅，问："今年活动怎么样？"有的说："很热闹，顶好玩的。"有的安慰说："跟往年一样。"

"三月三"歌圩，又称"壮族三月三"，也是壮族的传统节日，于2014年被列入第四批国家级非物质文化遗产代表性项目名录，武鸣县是申报地区。作为歌圩活动的代表性地区，武鸣还是壮乡文化的发源地之一。早在先秦时期，骆越人（壮族先民）就建立了骆越方国，国都就在今天的武鸣，这里曾经是骆越方国的政治经济文化中心。武鸣还被文化部授予"中国壮乡文化研究保护基地"和"广西民间文化艺术之乡"称号。

但在特殊年代中，歌圩曾一度停办。改革春风吹到武鸣壮乡后，传统之树重新萌发，在1980年歌圩之花终于重新绽放，并命名为"三月三"歌节，村民又唱起了嘹亮的山歌。此后为更好地弘扬壮族传统文化，深入打造民族文化品牌，使之更加绚丽多彩，"歌节"之名也恢复为传统的"歌圩"。从2014年起，"壮族三月三"作为广西壮族自治区法定传统公众节假日，全体公民放假2天。与清明节放假时间重叠，调休后，两节共5天，成为继春节后的一个重大节假日。

广西成立壮族自治区，自主管理本民族、本地区的内部事务，拥有制定自治条例和单行条例的权力，使用和发展本民族语言文字，尊重和保障少数民族宗教信仰自由的权力。其中，最体现自治权力且影响最大的无疑是"三月三"歌圩节列入法定节假日了。不仅是壮乡人民欢庆节日，全区各族人民都放假过节，八桂大地一片喜庆欢乐祥和。

"三月三"歌圩源远流长，氏族部落时期就有祭祀歌舞，在还没有形成自己民族文字时，先民就是通过易于掌握和便于记忆的韵律结构山歌形式，在约定俗成的歌圩上，进行思想交流，传播民族文化知识的。青年男女在歌圩上唱歌传情，结缘择偶。清朝《粤西丛载》中记载："男女未婚者，以歌诗相应和，自择配偶。各以所执扇帕相博，谓之博扇。归日，父母即与成礼。"因而，在人们的印象中，歌圩是青年男女以山歌谈情说爱的活动。其实不然，后来随着歌圩的发展，活动越来越丰富，除了唱山歌外，还有抛绣球、抢花炮、演壮剧、舞龙舞狮、斗牛、斗彩蛋等文体活动，成为欢乐喜庆的民族节日。

"三月三"在壮族传说中，是壮族始祖布洛陀的诞辰日。每年农历三月三，人们除了踏青唱山歌、举行各种文体活动外，也在这一天祭祖先、祭拜盘古和布洛陀始祖。腾翔古圩这一带，从"三月三"到清明节期间，都可以扫墓祭祖。

如今，规模最大、影响最广、历史最久的武鸣"三月三"歌圩，以武鸣体育馆广场、老年文化活动中心、福瑞公园特色街区、武鸣会堂等，双桥镇大伍屯、伊岭岩风景区、花花大世界、江宇梦想小镇，宁武镇伏唐村，雪松灵水壮乡文化小墟等一批传承活动基地为依托，延伸到各乡村和单位，推动山歌的传承演唱。如武鸣老年文化活动中心，每个月29日定期在江滨路举办唱山歌活动。这是全区老歌手们每月都期盼的日子。一大早，老歌手们从各乡镇村庄坐汽车或骑电动车赶到江滨路，整条街东一群西一群，大家围在一起形成大大小小的山歌台，互相对唱，吹拉弹唱，载歌载舞。在主山歌台上，各乡镇轮流主唱主演。腾翔村是艺术之乡，赶圩日经常有许多人在榕树下吹拉弹唱，有深厚的艺术传统，山歌演唱实力很强。因此，老艺人们组织了山歌队，每个月都去参加江滨路的山歌活动，还代表双桥镇在主山歌台演唱。甜蜜的歌声，犹如缓缓流动的武鸣河，从歌手心中缓缓流出，此起彼伏，优美动听，徘徊在绿树芳草中，飘落在人们的心灵。

伊岭岩风景区，不仅山色青翠，风光旖旎，洞幽景奇，日常还有山歌对唱、抛绣球、竹竿舞、扁担舞等表演，还可在这里品尝风味小吃。游客可以观赏山歌表演，也可以上场参与体验。附近村民也经常在景区门口、村前榕树下吹拉弹唱，歌声嘹亮。古老的山歌在民间又焕发出新春，传统回来了，好歌能舞的天性得以释放，情感随着悠扬的山歌尽情抒发。

当然，"三月三"歌圩活动更是规模盛大、精彩纷呈。武鸣区20多个活动点，几天中依次开展丰富多彩的活动。山歌台上，美妙经典的山歌对唱，唱今唱古，信手拈来，韵味和谐，朗朗上口，比喻比兴令人回味无穷，抒发情感淳朴自然真实，乡土气息浓郁。虽无青年男女以歌定情择得佳偶，但新歌新风不失传统，风情浓厚。除了以山歌自由抒发情感外，"广西歌王赛"则是斗歌竞艺，金曲频出，斗智斗勇，竞争激烈，一决高下。台上对唱，妙趣横生，动人心弦，台下掌声不断，一片欢乐，山歌的故乡重现了"歌海"的盛况。

"嗒嗒、咚咚、嗒嗒、咚咚"，在清脆悦耳的竹竿与鼓声碰撞中，千人竹竿舞，步伐轻盈，节奏明快，场面震撼。当然，观者如有兴趣，也可参与，一试跳跃的舞步，体验感受一下开合碰撞中跳跃的美妙，节奏与激情，优雅与欢快，甚至夹脚的尴尬，都令人难忘。

抛绣球，是昔日"男女聚会各为行列，以五色结为球，歌而抛之，谓之飞纶（绣球）。男女目成，则女受纶而男婚已定"。抛绣球不仅是爱情信物的传递，也是以抛球为乐的竞技运动。如今淡化情信，突出趣味性比赛。歌圩场地中间竖一球靶，靶中心开一圆心，双方对投，投中圆心多者为胜。而且，抛绣球已列入全国少数民族传统体育运动会比赛项目。光看这绣球，十二花瓣连结成一个圆球形，每一片花瓣代表着一年中的某个月份，上面绣有当月的花卉，绣球内装豆粟或棉籽，球上连着一条绸带，下坠丝穗和装饰的珠子，象征着纯洁的爱情，工艺精巧，让人爱不释手。

歌圩上碰彩蛋，也是青年男女传情的一种方式。小伙子手握彩蛋去碰姑娘手中的彩蛋，姑娘如果不愿意就把蛋握住不让碰，如果有意就让小伙子碰。蛋碰裂后两人共吃彩蛋，播下爱情的种子。如今，碰彩蛋有了"碰碰碰，碰出好运气"的意头。

歌圩上的抢花炮，体现了勇敢、机智和实力，以及团队精神。抢到花炮的人，被认为是来年最有福气的人，因而受到姑娘青睐。由各村组织抢花炮队参赛，双方队员通过突破、挡人、变向、快冲等方式冲进对方炮台，将花炮放入算得分。有点像西方的橄榄球运动，但我们是以一个铁制圆环外用红绸缠绕为花炮，发炮后，大家争抢，三炮为一局决定胜负，场面热闹，争夺激烈。

还有庄严肃穆的骆越祭祖大典，铜鼓声声，诵声朗朗，香烟袅袅。壮族服饰大赛，展示了壮布、壮锦、刺绣的精美和斑斓，以及独特款式和风格。师公戏大赛，壮语演出，唱腔独特，边唱边舞，当今盛事、身边小事皆入戏，古老的戏剧又焕发了青春。非遗文化展示，让人们领略武鸣非遗的多样风采，连接现代生活，绽放迷人光彩。五色糯米饭制作技艺大赛，香气四溢，五彩缤纷，寓意五谷丰登，兴旺繁荣。各种美食品尝、土特产交易、观光游玩，尽在歌圩中。

武鸣南部的歌圩，以伊岭岩风景区为中心点，附近有大伍屯歌圩、江宇梦想小镇歌圩、花花大世界歌圩，以及宁武镇的伏唐歌圩，距离都很近，村民赶歌圩很方便。在这些歌圩上都举办各具特色的活动，如伊岭岩风景区有壮家美食体验、壮族风情文艺表演、民族体育竞技体验、学说壮语等；大伍屯有脚斗士争霸赛等；江宇梦想小镇有山歌擂台赛、沉浸四季花海摄影大赛、壮族风味小吃等；花花大世界有山歌对唱、文艺演出、放风筝等；伏唐村有斗鸡斗鸟等活动。村庄里广场、村道，景区内，在各种活动中，都可以吃到现场制作的风味小吃，买到当地的土特产，人来人往，熙熙攘攘，歌声此起彼伏，欢声笑语，赶歌圩的氛围很浓。

滚铁环、踩高跷、穿板鞋、脚斗等，是腾翔古圩一带传统的娱乐运动项目，我们儿时都喜欢玩。那个时候，一群小伙伴，经常在圩街上球场上滚铁环。用一根粗长铁丝扭成的铁钩钩住铁环，手臂推动铁环向前滚动。大大小小的铁环滚滚向前却一直不倒，并发出悦耳动听的金属摩擦声。这需要耐心和平衡力，技艺高超的可以滚很长时间，即使经过无数凹凸不平的路面和水坑，也如履平地。踩高跷应该是从北方传入南方，然后融入了本地文化，形成自己风格特色。如腾翔这一带，踩单跷或双跷，无须绑扎在小腿上，都可以展示技艺，动态风趣。板鞋竞速则源于明代瓦氏夫人率兵赴沿海抗倭，为了让士兵步调一致，令3名士兵穿上一副长板鞋齐跑训练，以提高士兵的素质和斗志，因而所向披靡，打败了倭寇。后来成为壮族的一项竞技活动，有3人板、多人板，穿一双长板鞋前行，以步调一致速度快为胜。脚斗简单无工具，比赛前弯腰抬起一条腿，双手抓住小腿，稳当站住犹如金鸡独立，蹦跳用膝盖撞击对方，将对方抬起的腿撞下为赢。在比试中，进行撞击、躲闪、转圈、偷袭等，趣味无穷。

春米是体验旧时本地人劳动过程。过去家家户户都有用大块石头凿成臼，口径70~80厘米，臼内凿有螺纹。手拿春米杵捶打臼内的稻谷，可一人春，也可两三个人一起舂，一上一下，配合默契，直到臼里稻谷脱壳成白白的米粒，米糠可用作饲料。

如今，生活中已很少见到玩滚铁环、踩高跷、穿板鞋、脚斗和舂米了。但有了"三月三"歌圩，这些传统得到了保护和传承，并在每年的"三月三"歌圩上一展风采，娱乐竞技。特别是山歌，已随着互联网的发展，得到广泛传播。人们通过网络欣赏，或学唱山歌。许多山歌手利用社交平台、短视频平台相约对歌，或相互交流。越来越多的年轻人喜爱山歌，传唱山歌。喜歌唱歌，已蔚成风气。

心中有歌，生活甜蜜。在人生中遇到困难挫折，处于逆境，困惑徘徊时，纯朴的山歌犹如一缕阳光照亮你的心。岁月静好，风轻云淡，深情的山歌宛若绚丽鲜花把你的生活装扮得更加美好。

五月五
传统文化节

壬寅虎年，开春以来，疫情不断，此起彼伏。三月稍缓，刚购票准备回广西老家，一波又起，京桂两地人员往来需隔离防控，只好退票等待。老家壮语有句俗话说得好："天崩当瓜棚（塌）——大事小看"。顺其自然，做好防控，慢慢就熬过了新冠病毒肆虐的日子，也迎来了"五月五"端午节。

虽然仍滞留京城，但却吃上了老家寄来的端午枕头粽，硕大丰满，捆索包扎讲究，一节一节，中间高两头低，温馨质朴，手艺精巧，一个有斤余，蒸热后剥开粽叶，粽香满屋，顿感京桂两地并不遥远。当然，也让我更加怀念老家"五月五"的活动。

在广西老家，农历五月初五，又叫雄黄节、牛诞节。腾翔有许多习俗，如家家户户包粽子，并将粽叶投入河中，可能与纪念屈原有关。"五月五"正是仲夏时节，古人认为，这是一年之中阴气开始下沉，阳气开始上升的交界点，因而蛇虫繁殖，疾病瘟疫高发，瘴气较多，需要"辟邪"，祈愿安康。于是家家户户摘来艾草挂于门楣，用苍术藿香茱萸等草药缝制香囊随身携带。民间认为，这个日子任何草木均可成药，纷纷采摘柚树、桉树、苦楝树的叶子和鲤鱼尾草等，混合沤煮，取汁洗澡，祛除体内湿气，消除百病，确保年内无灾。因为也是牛诞节，这一天禁止役使耕牛，给牛喂上好的饲料，有的还用糯米饭、白酒灌喂耕牛。

改革开放后，每年节日期间，腾翔还举办龙舟竞赛、沿街巡游、舞狮舞龙、竹竿舞、旗袍时装秀、文艺演出、篮球比赛等各种民俗文化活动，并定名为"腾翔五月五民俗文化节"。篮球比赛从农历五月初三、初四就开始，由各村屯组队参赛，也邀请附近村的篮球队参赛。主要活动在"五月五"当天。

五月五的清晨，戏台布置一新，舞台背景墙有民俗文化节图标：上面是八个大字"美丽武鸣，宜居乡村"，下面是"产业富民、服务惠民、基础便民""腾翔五月五民俗文化节"。台口上方挂了大红横幅"腾翔五月五民俗文化节"。腾翔小学校门两侧墙上垂挂红红绿绿的彩带标语。腾翔文化中心广场上红旗飘飘，村委组织人员将各种活动道具搬来摆好。人们像赶圩一样，从四面八方的村庄出发，陆陆续续赶到腾翔圩上，戏台前的广场慢慢地聚集了很多村民。还有从武鸣县城、南宁市区来的游客，大家翘首以待活动的开始。

"噼哩啪啦、噼哩啪啦"的鞭炮声，响彻圩街上空，拉开了民俗文化节的帷幕。紧接着"咚锵咚锵咚锵咚咚锵"，锣鼓喧天，5只金黄威猛的雄狮从广场舞动到戏台前，腾起、前扑、跳跃、追逐、左摇右摆、对舞、盘旋等，做出各种动作造型，生动精彩。然后5狮向戏台叩拜，香烟袅袅，师公起舞……醒狮祭拜戏台奏响了活动的序曲，燃起了人们的热情。戏台是腾翔人的精神文化殿堂，每当重大节日活动前都要遵循传统祭祀祭拜。端午有着纪念祭祀的文化内涵，醒狮祭拜戏台，就是纪念屈原，祭拜古圩先贤和诸神，体现了腾翔人淳朴的尚贤精神。

民俗文化活动主力是青年，腾翔的繁荣发展也要依靠青年，腾翔的未来在于青年和少年儿童。当然，一代又一代的腾翔青年，总是不负众望。如今，民俗文化节活动上，青年面对五星红旗，在众多乡亲的面前，庄严宣誓："同心同行，建设壮美腾翔。"激昂向上、铿锵有力的誓言发自青年的内心，宛若阳光粲然生辉，回荡久久。他们的目光如此坚定，脚踏实地，践行、践行……

青年誓毕，阵阵锣鼓又响起，2 条长长的巨龙鳞光闪闪，翻腾起舞，加入了舞狮队伍，从广场向圩街围绕长长的圩场巡游。舞龙舞狮领头，参游人员紧随，龙腾狮跃，彩旗飘飘，缓缓前行。狮子是祥瑞之兽，龙是中华民族吉祥物，代表尊贵、勇猛，传说能行云布雨、消灾降福，舞龙舞狮祈福保佑的习俗深入人心。2 条长龙翻滚腾跃，摇头摆尾，追逐宝珠，宛如云中遨游，入海破浪；5 头狮子欢腾跳跃，辗转腾挪，同时频频向圩街边围观村民致意，祝福国泰民安、风调雨顺、五谷丰登、生活幸福。

身着红装的腰鼓队，边走边敲打系于腰间的小鼓，"咚咚，叭叭叭，咚咚，叭叭叭……"铿锵有力。虽从北方传入，但没有安塞腰鼓的粗犷虎劲儿、猛劲儿、蛮劲儿，而更像腾翔山水一样朴实稳重、刚劲明快、温和柔美、独具地方特色。踏丁步，迈十字，彩绸飞舞的秧歌队，手舞足蹈，踩着鼓点，边走边扭，动作优美，色彩缤纷。平日里着素装劳动，节日活动中穿壮族服饰的中年妇女，穿上典雅的旗袍组成旗袍队，也是雍容华贵，也穿出了旗袍的曼妙风情和那种特别韵味，多了一份神秘、一份优雅，举手投足之间充满了无穷的魅力，凸显腾翔妇女的端庄温婉，贤淑柔美。巡游的脚步和旗袍时装秀的展示，宛若流动的旋律，有着浓郁的诗情。而龙舟队都是由青年组成，背心短裤，生龙活虎，精神抖擞，洋溢着青春的气息。竹竿舞队是由身着民族服装的青年妇女组成，一根根长长的竹竿直指蓝天，立马让人想到开合啪啪的跳跃舞步。圩街新骑楼商铺门口和圩场里，都是村民观众和游客，不时鼓掌欢呼。

巡游回到戏台前广场，舞龙舞狮、大型民族舞蹈、旗袍时装秀、竹竿舞、腰鼓舞等正式上演。观看的村民和游客把广场围得水泄不通，并为精彩的表演爆发出阵阵掌声。值得一提的是壮族大鼓表演，更具本地特色。壮族大鼓，称种劳，呈圆墩形，鼓框用杉木板拼制，传统以竹篾圈箍紧，现为铁箍，鼓面直径和鼓高均 60 厘米，上口单面蒙以牛皮或蟒皮，用鼓钉固定。鼓腰稍粗，两侧各置一对鼓环。鼓底敞口并向内收束。将鼓置地，双棰击奏，声音洪亮。一排大鼓，若干个身着壮族服装的腾翔汉子，挥槌敲击鼓面，雷鸣般的"咚咚，咚咚咚"鼓声，合着有节奏的"当当当""哐哐哐"的大小锣声，以及舞龙舞狮，激情澎湃，震撼人心。

下午，拔河对抗赛，由各自然村组队参赛。学生时代都参加过拔河比赛，知道了团队力量的重要性。如今以村屯参加比赛，更具运动性、健身性、竞争性、娱乐性和趣味性。运动员默契一致、坚韧争夺，啦啦队呐喊助威，展示了村屯的凝聚力和团结奋斗、勇于拼搏的精神。

圩场北边，邮政局门口的榕树下，山歌表演展示了壮乡歌海的魅力。腾翔是艺术之乡，唱山歌历史悠久，至今每逢赶圩日，都有不少老艺人老歌手在此榕树下吹拉弹唱，自娱自乐。腾翔人从小就在山歌舞蹈艺术的浸润中长大，因而能歌善舞，许多歌手出口成歌，身边事物事迹信手拈来，即成口中山歌。山歌表演，村民男女老幼都乐于参与。

划龙舟比赛在墰常水塘举行。腾翔人熟习水性，传统文化中对龙非常崇拜，祈愿能呼风唤雨的龙保佑风调雨顺，因而龙舟竞赛深受村民喜爱。墰常边观看和助威的村民围得满满的，水面上颜色鲜艳的龙舟蓄势待发。随着裁判员一声令下，舟上选手们跟随鼓点挥臂划桨，奋力拼搏，勇往直前，顿时木桨翻飞，浪花朵朵，龙舟劈波斩浪驶向前方。瞬间点燃了岸上人群的热情，为参赛队员们摇旗呐喊。鼓声、号子声、助威呐喊声遥相呼应，将节日活动推向了高潮。龙舟竞赛的热闹场面，让我想起了儿时年底墰常打鱼的热闹，虽然历经多年，墰常已无打鱼场面，但龙舟竞赛热闹非凡，可见墰常魅力依然。

夜幕降临，戏台和广场灯光明亮。吃过丰盛晚餐后的村民，又陆陆续续来到广场，等待观看烟花礼炮和文艺演出。"嘭、嘭、嘭"……一团团彩色的光芒直冲苍穹，霎时间漆黑的夜空中绽放出一朵朵绚丽的烟花，有的如菊花绽放，有的如彩条飘洒，有的如银屑飞扬，宛若华丽的翡翠流苏，万紫千红，百态千姿，色彩斑斓，然后分裂成无数小小的光点融入黑夜。人们仰望夜空，不时发出惊喜声和欢笑声。

戏台文艺演出是节日活动的压轴戏，也是腾翔的传统。戏台前，早就摆好了椅子长凳，人们观赏烟花礼炮后，又欣赏精彩的文艺演出。戏台流光溢彩，节目精彩纷呈：传统山歌、现代歌曲、民族舞蹈、相声小品、服装展示、器乐演奏等，形式多样，自编自演。这些演员虽为农民，但在舞台上非常投入，演技精湛，带有浓浓的乡土味，很接地气。歌声嘹亮，舞步飞旋，热烈欢快，情感真挚，质朴生动，自然流露出幸福感和自豪感。歌舞艺术从传统来，节目内容反映身边事，呈现了鲜活的百姓视角，散发着泥土的芳香，给人以生动质朴的美感。

"五月五"，春已浓，绿满人间，百花盛开。如此美好的季节，衬托着丰富多彩的传统文化活动，令人如痴如醉。

但是，本来阳光明媚，风轻云淡，岁月静好。可疫情犹如一缕阴霾，笼罩了生活，让人感到压抑沉闷。此时，忽然想起柳宗元《梦归赋》中的名句："白日邈其中出兮，阴霾披离以泮释。"当太阳出来后，阴霾终将被阳光驱散。

有了地名就不会忘了故乡

地名与人名一样，有了名字，才真正意义上诞生了。从而知道这个人叫什么，这个地方叫什么，大地也才更加丰富多样，更加独具魅力，世界也才更加美好。

有的地名千年不变，有的地名不断变更，但都有各自的来历，各自的故事。实际上，一个地名，就是一个地方的历史，承载着这个地方的沧桑变化和厚重文化，记录着这个地方的发展过程。提到这个地名，人们就会想到熟知的一些事件和人物，甚至更多，同时生出不一样的感情。

当然，生于此地，长于此地，生活在此地，并不都知道这个地方名字的来历，甚至背后的故事。随着岁月的消逝，不知有多少老地名、老故事湮没在历史长河中，亟待挖掘整理。

我的故乡广西南宁市武鸣区腾翔村，那里有一个圩（集市）叫腾翔圩。腾翔，地处武鸣南部，在只有邕武古道和邕武路的那些年代，曾经是武鸣的南大门。背靠武鸣县城（区府）和桂中南最高峰大明山，南有连绵起伏的高峰岭，东北是逶迤神秘的天井岭，西边是喀斯特地貌的石山群，遥望伊岭岩风景区。

腾翔为什么叫腾翔？有什么含义？现在的大多数人并不知道腾翔地名的来

历，以及背后的故事。从 2019 年开始编写《腾翔古圩志》时，大家才关注到地名是怎么来的，有什么内涵？

当然，地名具有特定方位和一定的地域范围，从字面也可认知它所表达的含义。但没有史料记载，要搞清楚一个地名的来历是比较困难的。如何唤醒沉淀久远的文化记忆，寻找到历史留下的痕迹？

走访村里老人，只有一个传说。老人们讲，这里原来不叫腾翔。传说有一位农妇因一起纠纷到县府去告状。县官是北方人，听不懂壮语，但又必须审理案件。农妇则不会说汉语，用壮语诉说案情。县官听不懂只能靠身边人翻译，因此听得很不耐烦，就想早早了结案件完事。因此，当农妇诉说完案情后，就赶快问她是哪里人，家住在什么地方？农妇随口就说："在墰常"（腾翔圩的水塘）。县官把墰常听成谐音"腾翔"，因而在写定案文书时把农妇家住的地方写成"腾翔"。有县府文书为据，从此"腾翔"便在公文和人们生活中流行，也就成为正式的地名了。当然，只是一个传说，并无实据。

那浪屯张氏家族遗存一块明朝地界碑。此碑于 1583 年（明万历十一年）2 月 12 日立。碑文记载，张氏始祖张永芳于明初从山西分茅岭蜿蜒进入广西，在武邑（今武鸣县城）南门外定居，后考取贡生，并繁衍发展成大族。后来，其家族的一个分支迁到那浪，披荆斩棘建村。村边所有土地，西至渌庙岭顶、庐仙（今大伍屯）为界；南至立习、伏梁，二冬为界；北至雷纹岭顶、灶微为界；东至漾桐，边旋为界，都属于张氏家族。这些田地分别租给许多佃户，并收取银两。租出去的土地中有"墰常塘一口"。可见，明朝时期，墰常是那浪村张氏家族的。

查阅《武鸣县志》，只查到腾翔村、腾翔圩、腾翔乡、腾翔大队这些名字，根本就查不到腾翔地名的来历。因为，县志就没有记载地名来历的章节内容。近几年，有关部门开始重视地名文化了，广西民政局在地名普查后出版了《广西地名词典》，但仅仅是条目和简单说明。武鸣区民政局也开展了地名普查，收集从镇到村的资料。但是，翻遍有关史料，还是查不到有关腾翔地名的来历。

从官方绘制的地图中寻找，浩如烟海，查阅比一般史料更难。幸得黄武勋先生协助，他年轻有为，沉浸于家乡历史文化的挖掘和传播，自办公众号——"思恩府驿站"。思恩府是唐朝始设的思恩羁縻州，至清末管辖宾州、那马厅、武缘县、迁江县、上林县及白山、兴隆、定罗、旧城、都阳、古零、安定七土司。境域是今广西武鸣、宾阳、上林、马山、田东、平果、都安等县的全部或一部，1913年才废止。黄先生办的公众号专发有关思恩府的历史和现在发展的文章，并提供了有关腾翔历史的地图资料。

从清光绪二十四年（1898年）编撰的《广西舆地全图》上查到，腾翔位置标示"米花圩"。邕武古道从高峰隘下来通到"米花圩"，然后往岜车到天堂处与伊岭旧路接上，再通往武鸣县城，与现在的邕武路和南武大道是一致的。据此证明，清朝时期，今腾翔这个地方原名为"米花圩"。圩场的具体位置，应该在今腾翔圩的南边，邕武古道洛水塘（驿站）附近，东边是今造庆村。直到1929年，中华民国地图仍然标示今腾翔一带为"米花圩"。

后来，从岜旺屯刘洪骏先生那里找到了腾翔建圩的一张旧地契，才揭开了腾翔的来历。这张地契于1915年签订，内容是"诸村同议设圩，果因无其地，幸有岜旺村刘逢庆慷慨所有的地土。名墰常上面，岭坡大路以上，未山丑向，横二十八丈，直二十四丈；上面地主为界，下刘盛超为界；左边上面梁家为界，右边中间地主为界，让为圩场。地点讲明。于所让之面积内，东边处，留四面铺地，直五丈、横九丈归刘逢庆建铺，余则分配诸村同建。成圩后，一切利权三十余村同享，刘逢庆不得把持"。契约书中没有提到任何圩名，旧圩名和建新圩场后叫什么名都没涉及，但知道了今腾翔圩土地的来历和具体位置。

契约中提到的"诸村同建、三十余村同享"，指的是今腾翔片的六个村，包括腾翔、伊岭、八桥、苏宫、造庆、伏林村的三十余个自然村（屯）。其实，伊岭村在清乾隆四十四年（1779年）就在伊岭古道旁建了圩场，至1958年"伊岭圩"才停圩并拆除。那为什么要与其他村一起建腾翔圩呢？《武鸣县志》

记载，1915年政府设置武鸣南区伊岭团，今腾翔片的六个村同属南区伊岭团，因而才有这30余个村共同策划筹建腾翔圩。

参加策划筹建腾翔圩的先辈，主要是诸村父老梁国柱、梁酿泉、陆耀宏、周梦龄、陆小安、韦作冠、王廷勋、张继川、王烈昭、覃炳高、梁祖绵和捐地人刘逢庆。他们既是诸村的代表，也是建圩的主要规划设计者。当然，在规划建设的过程中，还有许多村老和贤能的参与和付出。从建成的圩场、圩街骑楼、戏台、驿站凉亭、学校及布局设计来看，他们有着非凡的智慧和能力。

两个长长的圩场，旁边是两排长长的砖瓦骑楼，一层用作商铺，二层住人。南边戏台，对面是学校，中间是广场。戏台和学校的南边各接一排骑楼，南头是晒谷场，后来又盖了食品收购站和粉店。西头一排骑楼，形成一个长方形的格局。邕武路从圩场东边穿过，路东南一排骑楼，东北一排骑楼，丁字路口建了驿站凉亭。七排独特的骑楼，与南宁市的骑楼直廊直檐不同，腾翔骑楼则有所创新，采用直廊拱檐，线条柔和美观，像一个大拱门，独具特色。总体布局科学合理，建筑风格独特气派，排水系统科学流畅，圩街道路四通八达。

新圩建成后，自然要有个名字。为什么没有沿用"米花圩"？可能是原来的"米花圩"因无水源，而慢慢地衰落了。在得知陆荣廷要修建邕武路后，才重新选址建新圩。因而，新圩忌讳沿用"米花圩"旧名。那么，最早提出来的名字应该是"壜常圩"，因为壜常是泉井水形成的水塘，是圩场的水源。民间也曾短暂流行这个名称，从当时官方绘制的地图得到印证，上面确实标示有"潭常圩"。潭和壜都是从壮语翻译过来的谐音，民间用壜，官方用潭。后来，村老们认为，壜常是水塘，新圩用这个名有点俗，没有文化内涵，因而商议用其谐音，近似音腾翔为好。腾翔圩名，寓意腾飞翱翔、前程无限。并在1917年修建的驿站凉亭檐下挂"腾翔亭、民国六年"的牌匾。从此腾翔之名正式诞生了。

腾翔圩名使用后，得到了群众的普遍认同，也得到了县政府的认可。在设置行政区划时，正式用腾翔村之名。1933年又设置腾翔乡。后来撤乡改村，设立人民公社和大队，都是用腾翔这个名，一直沿用至今。

腾翔地名诞生后，正如其含义一样，一百多年来，附近六个村同赶腾翔圩，圩场繁荣兴旺，成为当地经济文化中心。中华人民共和国成立后，特别是改革开放后，腾翔圩将老旧骑楼改造成三至五层的楼房，保留了廊檐，家家户户一层铺面都用来开店做生意，如今商店超市、粉店、面包店、烤鸡烤鸭店、服装店、药店、电器店、家具店、饲料店、快递站、汽车农机修理厂等，琳琅满目，应有尽有。圩场也用平顶混凝土浇筑改建，戏台翻建，学校改建新的教学楼，广场有塑胶灯光球场。圩场经济发展繁荣，群众生活越来越好。

我的故乡，虽然只是一个小地方，但她有一个响亮的名字，腾翔这个地名，寄托着当地人美好的向往和追求。每当提到腾翔，淡淡的乡愁总会在心中泛起涟漪，依稀乡音回响，浓烈乡情荡漾。从遥远的故乡传来的每一条信息，总会牵动我无限的情思。故乡日新月异的发展变化，让我感到自豪。

故乡时时在我心中，有了地名就不会忘了故乡，有了故乡就不会忘了祖国。

冬至水馍

寓团圆

　　那次回老家，正赶上过冬至节，二妹江玲带我们去吃水馍。在伊岭岩旁边的一排新楼房，二妹石场车队司机韦师傅家里，女主人阮女士和几个妇女正忙着包水馍：有的将糯米粉倒入大盆，旧时糯米粉是用石磨磨出来的，现在用机器打成粉，放入适量水和面，揉成软软的面团；有的剁肉末，满满的一大盆；有的切葱花、香菇、萝卜、莲藕等配菜，切成碎细。然后热油上锅，将肉末炒熟备用，再炒配菜，最后放入肉末、食盐、生抽一起搅拌成肉菜馅。揉好的糯米团，捏成一个个圆皮，将一片圆皮放在左手掌，放上适量肉菜馅，右手指转着圈封口，捏成鼓鼓的水馍，摆放在竹匾上，大小像北方包子。包好一批就放入沸水锅里煮，原本沉在水底的馍煮熟后慢慢地都浮出了水面，捞出来让我们先尝尝。碗里的熟水馍显得雍容华贵，咬一口，软糯清香，细腻润滑，皮薄馅厚，满满的儿时味道。

　　包水馍的几位妇女都是司机的家属，每年冬至聚在一起包很多水馍，然后分给车队各位司机，大家一起分享。因为司机们白天都忙着去拉碎石，提供给南宁市政工程建设，妇女们在家做好后勤工作，备好节日佳肴，等着司机们回来过节。

老家人很重视过冬至节，因为冬至是一个重要的节气变化。冬至是全年白昼最短、夜晚最长的一天，之后白昼渐长夜晚渐短，从这天起气候开始进入寒冷阶段。"冬至逢壬数九"，从此开始计算寒天，意味着进入"数九寒天"了。人们认为，冬至是阴阳二气的自然转化，是上天赐予的福气。民间流传"冬至大如年"的说法，应该与周朝以农历十一月冬至为岁首，是新年的起点有关。秦汉又续沿其制。汉朝以冬至为"冬节"，官府要举行仪式"贺冬"，官员放假。后汉书中有这样的记载："冬至前后，君子安身静体，百官绝事，不听政，择吉辰而后省事。"军队待命，边塞闭关，商旅停业，亲朋之间以美食相赠，相互拜访，欢乐过冬节。因而冬至曾是一个隆重的新年节日，只是后来以农历一月为岁首，春节为新年，冬至才退居为一般的节日，但它仍然是四时八节之一、冬季的大节日。老家人过冬至很讲究，形成了独特的习俗，体现了汉壮文化的交流融合。

过冬至，具有自然与人文两大内涵。比如吃，讲究顺应节气变化吃一些有益身体安康又有文化内涵的食品。水馍就是必吃的食品之一。北方人过冬至吃水饺，民间说法"要包饺子吃，不然冻耳朵"。而南方冬至是吃汤圆，寓意团圆美满。广西武鸣则吃水馍，比汤圆大且是肉菜馅，寓意全家大团圆、生活美满幸福。因而过冬至品尝糯米水馍，成为一种民间传统习俗，又是一项节庆活动。

还有许多人家做榨粉。因为这儿的人对生榨粉情有独钟，非常爱吃，但做起来工艺复杂比较费时，平时忙于农活没时间做，过节了做榨粉吃，既是一道美食，也增加节日欢乐。冬至节气变化，吃一碗热气腾腾的生榨粉，鲜香爽滑，风味独特，开胃健体，具有嗜酸、去瘴、去瘀、健脾胃、助消化的作用。

当然，过节肯定是少不了鸡鸭鱼肉的。这里的人们信仰祖先，崇拜神灵，逢年过节都要祭祖祭神，冬至也不例外。这天，各家各户宰鸡杀鸭，做白切鸡、柠檬鸭；割一两斤猪肉，炒各种肉菜；买条鱼做鱼生或红烧；等等。鸡是祭祀的必备食品，鸭肉性味甘寒平和，是餐桌上的上乘肴馔，也是进补的优良食品。人们认为，冬至吃鸭可以去除体内所积蓄的"热"，滋补养胃补肾。民间还讲究冬至吃鱼生，认为冬至外阴内热，吃凉性鱼生可除热润肠胃。饭菜做好，要先在家里神龛供桌上摆上供品，燃香烧纸钱，祭拜祖先神灵。然后还要用竹匾装上供品到门口祭祀。有宗祠的家族，冬至这天，要全族人到宗祠集体祭拜祖先。旧时，村里有庙宇的，村民杀猪宰鸡，祭拜神灵，仪式非常隆重。并流行冬至拜老敬老的习俗，幼辈向父母、老人、师长拜节并敬送布鞋袜子等礼物，如今这一习俗已很少见，逐渐失传。

民间认为，冬至正是吃狗肉的好时节。《本草纲目》记载：狗肉能滋补血气，暖胃祛寒，补肾壮阳，服之气血溢沛，百脉沸腾。因此，许多人家冬至这天，宰一只菜狗，或买几斤狗肉，以葱姜辣椒花椒等佐料红烧焖熟，或干锅炒熟，味道醇厚，芳香四溢。有的人觉得吃狗肉才算过冬至，"吃了狗肉暖烘烘，不用棉被就能过冬"。据说冬至吃狗肉的习俗从汉代开始，相传汉高祖刘邦非常爱吃狗肉，经常到樊哙的狗肉店里吃，而且赊账不给钱，樊哙受不了将店搬到别的地方，刘邦还是追去吃，冬至这天吃的狗肉，觉得味道特别鲜美，赞不绝口。从此在民间形成了冬至吃狗肉的习俗。武鸣人吃狗肉的习俗是否受此影响，不得而知，但这里的人吃狗肉是有传统的，大多作为滋补佳肴。

壮族过冬至，有"吃冬"的习俗。旧时，已嫁妇女在冬至白天回娘家"吃冬"，与家人团聚过节，但必须在天黑前赶回夫家，不能在娘家留宿。如果路远或其他原因不能赶回夫家的，则要到外族人家留宿过夜。这一节俗可能与旧时视冬至为新年有关。俗话说：嫁出去的女儿泼出去的水。认为女儿一旦出嫁了，就是别人家的成员了，娘家人只能称之为亲人，丈夫的家人才是你的家人。旧社会对女人的礼仪要求比较多，嫁出去的女儿不能随便回娘家，特别是过年过节，出嫁的女人只能在大年初二、端午节回娘家。民间流传：大年三十不能看娘家的灯。如果大年三十这一天回到了娘家，必须天黑前回丈夫家，否则就不吉利，会给自己的父母以及兄弟姐妹带来厄运。当然，这些习俗是旧社会对妇女"三从四德"的规定，现在生活中已不那么严格了，但作为流传千年的传统习俗，人们还是常常对此保持敬畏之心。

　　武鸣是水果之乡，农家对果树的种植和管理也反映在冬至节上。在冬至这天，农家会种些果树，或给果树除草中耕。这种习俗来自农谚："冬定果，年定瓜，正月十五定棉花。"指的是冬至、大年初一、元宵这三个节气对农作物的影响。农谚认为，冬至天气晴，来年百果生；冬至天气爽，来年果木广。因此，家有果园的人，在冬至这天栽种果树，或者给果树中耕，希望来年果树能获大丰收。这些农耕文化历经几千年，至今仍然对农民耕种有着重要的参考作用。

　　古人把冬至看作"大吉之日"，在节气变化中，重要程度不亚于立春岁节。因此，过冬至节重要的是顺应四时阴阳变化，天人合一，团圆和谐。家人团聚，吃一碗水馍，围着一桌丰盛的菜肴，觥筹交错，情意浓浓，其乐融融，宛若淡淡清流，滋润心扉，祈愿生活更加美满幸福，等待着春天的到来。

从讲壮话做起 本土文化传承

　　因为有了语言，人类才可以自由交流思想；因为有了各种民族语言、地方方言，人类文明也才更加灿烂辉煌。试想，如果没有了语言，人类进入静默状态，世界会是个什么样子？如果一个民族丢失了自己的语言，民族的特征就会大打折扣。一个地方的方言消失了，那是多大的损失呵！

　　我的老家是壮族地区，讲的是地道的壮语。我们这一代腾翔人，仍然是讲着壮语长大。20世纪五六十年代，武鸣县乡村学校主要用壮语教学，后来全国推广普通话，民族地区提倡民族语言和普通话"双语"教学。讲母语，说大了是一个国家的主权、一个民族存亡的事；说小了是一个人的国家意识、民族意识、家乡意识强不强。我虽然离开家乡近半个世纪，但始终没有忘记自己的母语，至今依然能讲流利的壮语。每次回老家，与家人、乡亲们讲壮语，备感亲切。乡音温婉流畅、回味无穷，浸透着淳朴，洋溢着亲情。

　　但是，随着时代的发展，壮乡的一些新变化也令人沉思。有人是不是觉得，如今在外社交都讲普通话，壮语就没有用了，甚至显得土了？为什么有的人从小讲壮语，长大后在外乡或进城工作就丢掉了乡音，留下一口城市音？更令人担忧的是，现在的孩子们都讲普通话，而不会讲壮语了。我回老家，跟大人讲壮语，跟小孩就得讲普通话。有时候我就用壮语跟他们交谈，噫，这些孩子们都听得懂，就是不跟我讲壮语，小孩之间也不讲壮语。听得懂，是因为在壮语环境中成长。不讲壮语可能是不会讲，或者会讲几句，但平常不讲也就不会讲了。

为什么在壮语环境中长大的孩子不会讲壮语？跟家长、学校有很大的关系。生活当中，家长没有要求必须讲壮语，小孩看见别的小朋友讲普通话，也跟着讲普通话，自然也就只听得懂而不会讲了。如今各村屯都有幼儿园，有的还两三个，设施条件都很好，遗憾的是不讲壮语，老师小孩都讲普通话。再看看学校，不知什么时候"双语"教学变成了只有普通话教学了。语言环境变了，变得不利于讲壮语了。难怪家长们不再重视孩子讲壮语了。反正孩子3岁就上幼儿园，会说话就教普通话，这样去幼儿园、上学就不比别人差了。

如今，自然生态、环境保护引起了人们的高度重视，因为它涉及人类生存发展问题。实际上，语言也有生态问题，也需要保护，但还没有引起人们足够的重视。壮语环境的变化，必然影响壮语生存发展。推广普通话，只是让大家在讲方言和民族语言的同时，掌握一种共同语言，有利于交往，并不是让大家只讲普通话。但现在这一代孩子不讲壮语了，他们的孩子还会讲壮语吗？壮语还能继续传承下去吗？很难令人乐观！

当然，全球化，改革开放，人们对外交往日益频繁，掌握母语以外的其他语言，会更有利于交流。在广西城区，普通话已经成为广泛的交往用语。武鸣人讲壮语没有送气、卷舌音，讲普通话时往往会有点"夹壮"，说得不够标准。这会影响对外交往吗？答案应该是否定的。我们的先辈，包括我们自己，从小讲壮语，一直到中学才学的普通话，虽然讲的不是十分标准，但并不影响工作和交流，反而更具优势，多掌握了一门民族语言。

唐朝贺知章的诗云："少小离家老大回，乡音无改鬓毛衰。儿童相见不相识，笑问客从何处来。"让多少人读后感慨万千，撩拨着人们心中柔软的乡情。

乡音，宛若一束光，更是一道情。当你身在他乡，偶遇乡音，会感到特别亲切，情不自禁地去搭讪，打听是哪里人。多民族国家，地域辽阔，方言众多，但各地方言都有属于其自己的语音特征，不管走到哪里，听人说话，便会知其是哪里人，多半八九不离十。浸润着乡音长大的人，会烙下深刻的方言印记，即使离乡也不离音。不管在什么地方，只要有上海人在一起，就会听到上海话那"嗲溜溜甜津津"的吴侬软语。

壮语是壮族文化的瑰宝，分南北两大方言，武鸣是北壮方言。英国语言学家帕默尔说："语言忠实地反映了一个民族的全部历史、文化，忠实地反映了它的各种游戏和娱乐、各种信仰和偏见。"如果壮族人不讲壮语，如何传承民族文化、地域文化？独特的生活思维方式和精神气韵怎么体现？用什么来维系民族群体？因此，传承本土文化，增强文化自信，要从讲壮语做起。

在城市里工作的人，离开老家母语环境后，如何向自己的孩子传承母语，是个需要探索和实践的问题。我在京城也曾试着教自己的孩子讲壮语，增强孩子对壮族母语的认同和对老家的情感，但家里只有我讲壮语，形不成壮语环境，因而效果不太好。孩子上了幼儿园，学的几句壮语也就忘得干干净净了。可我的邻居夫妻是安徽人，孩子出生后，夫妻俩在家只讲老家方言，孩子会讲话就学方言，出门后才让他学普通话，如今孩子在家讲安徽方言，在外面也能用普通话跟人交流，母语传承、双语学用比较成功。

当然，母语的传承和使用，主要在本土语言环境下进行，这样才有生命力。家庭和社会是基础，学校是风向标。一个人会不会讲母语，关键是家庭教不教。启蒙教育就应该教孩子先会讲母语，然后再学普通话。而学校则是讲母语的导向，往讲母语导，还是往讲普通话导，或者二者兼而有之？其实，国家早就提倡在民族地区实行"双语"教学，有许多民族地区做得非常好，在母语的基础上培养了大量的"民汉兼通"的人才。广西从20世纪七八十年代开始推广"双语"教学，培养"壮汉兼通"人才。但近些年来有的地方学前教育和部分中小学却只有汉语教学，出现了小孩只讲普通话的尴尬局面。过去是担心讲不好普通话，现在却担心不会讲壮语了。

　　文化自信，在当下尤为重要。传统文化是数千年沉淀下来的精华，传承本土文化，对一个民族一个地区来说，是事关生存和发展的大事。壮语是民族的符号，是民族的灵魂，民族的旗帜，是壮族文明的智慧结晶和精华所在，是我们在世界文化激荡中站稳脚跟的根基。一个民族之所以成为民族，最重要的就是拥有共同的语言，形成了民族的特点。因此，乡村振兴，弘扬传统文化，要营造好本土语言环境，传承好壮语，让母语继续陪伴着我们，留下民族的记忆。

榨油坊里的山歌传承人

榨油坊与山歌传承人，看似两不相干，却因苏以同、梁仙莲夫妻而完美结合。

腾翔圩，邕武路边东排新骑楼，通往食品站、墰常水塘路口的一楼铺面，门口不锈钢架支出一个棚子，一口大烤锅，一台榨油机，屋内两边墙根堆满了大袋大袋的花生仁，高高的快摞到屋顶了。

淡淡的烟雾升腾中，大大的烤锅是个圆形铁盘，一个电动的炒把缓慢地转动，锅里的花生仁顺势翻滚。灶台里面燃烧的木柴冒出黄、橙、红、白混合而成的明亮火焰，慢慢地烘烤着锅中的花生，散发出淡淡的香味……

见我到来，苏以同老板热情地跟我握手寒暄。村里熟人寒暄很少握手，兴许是我刚回来头次见面，同时也显出其作为歌手超凡的热情好客。他是我姐这一代人，大我几岁，中等个子，壮实敦厚，古铜肤色，浓眉大眼，平头短发，虽年过古稀，但发黑无白，声音洪亮，身板硬朗，精神矍铄，像五六十岁的中年人，性格豪爽，热情大方。他在家里孩子中排行老大，小时候是个"孩子王"，每天都带领一群孩子玩，有号召力，有威望，因而人们都叫他"大同"。

他说从微信群里看到了我写的文章，随即我奉送了刚出版的《腾翔古圩绘画散文集》。

令我惊讶的是，至今才知道这个榨油坊是"大同"开的，夫妻俩和儿子苏正经营这家榨油坊。他说榨油坊已开了28年，现在每天可榨2000~3000斤花生仁。见我好奇地看着灶台上的烘烤机，便介绍说：一锅几十斤的花生仁，要烘烤半个时辰左右，烤掉多余的水分，增加油香味。烤的火候成色非常重要，关系到出油多少及香不香，一般炒到七成熟即可。

榨油也要凭感觉，就像艺术要凭感觉，那是需要天赋的。"大同"具有良好的感觉，是不是山歌手特有的艺术气质和感觉，与榨油的感觉是相通的？至少28年的历练使感觉和技术已炉火纯青。

"大同"的儿子正在擦拭榨油机的滚轴，做好开机前的准备。滚轴是锥面螺旋形的，转动后自动将花生仁带进榨笼，用压力将油料细胞壁压破，而挤出油脂。滚轴擦拭干净后，还要用煤气喷火预热榨油机的滚轴，然后再将烘烤后的花生仁倒入榨油机。"大同"按下开关，机器发出轰鸣声，滚轴高速旋转，出油口流出了金黄色的油，然后放入过滤器里过滤；另一个口弹出了像花瓣似的花生麸。

"大同"说，他榨花生仁，一般是4成的出油率，100斤可压榨出40多斤花生油。一斤油卖15元，批发14~14.5元。这一方人喜欢食用花生油，炒菜、做鱼生等，都离不开花生油。他榨的花生油，纯正质佳，气味芳香，是非常好的食用油，适合烹饪炒菜，价格也公道，因而卖得很好。

花生麸也是宝。花生衣和渣榨成的麸，营养丰富，旧时都拿来当零食吃。如今主要用作饲料，喂猪喂鸡。也可作肥料，因富含磷、钾等各种元素，是优质有机肥料，给果树施用，能满足果树需要，促进果实增产，提高果实品质。武鸣是水果之乡，花生麸需求量很大，因而也不愁销售。

墙上挂的三块牌子赫然醒目：其一，是榨油坊营业执照；其二，是在

2013年由广西文学艺术界联合会颁发的广西"千村万户文艺惠民工程"文艺户；其三是由中共南宁市武鸣区双桥镇委员会颁发的共产党员户。

古圩人的经商意识、工匠精神与文艺天赋、艺术才能，在这一户得到了充分体现。这三块牌子，闪耀着正能量的光辉。

"大同"是个老艺人啰。打小就喜爱文艺，老一辈人在戏台演出粤剧，他是场场不落。在古圩浓厚的艺术氛围中长大，上了小学也就成了学校的文艺积极分子。20世纪六七十年代已是活跃的文艺队员，经常参加村里组织的文艺演出。妻子也是从小喜欢文艺，如今与圩上刘小柏是唱山歌老搭档，经常在一起唱山歌。刘小柏也是老歌手，声音婉转动听，是优秀的文艺队员，每年都参加村里组织的文艺演出。她们闲时就约上几个大妈歌手一起唱唱山歌，参加各种山歌演唱活动。不管是务农，还是经商，这对夫妻从未离开过艺术，总是比翼双飞。经过岁月时光的浸润，民族艺术、壮族山歌，已经慢慢融入了血液，成为生活不可或缺的部分。

20世纪80年代，改革开放春风吹到广西，沉寂多年的壮族"三月三"歌节重新焕发出活力。传承上千年的武鸣"三月三"歌圩，自然也就成了规模最大、影响最广、历史最久的民族歌圩。腾翔是艺术之乡，山歌唱响在各村屯的天地间，流淌在老百姓的精气神里。赶圩日，经常有人在榕树下唱歌。许多大妈歌手，经常聚在一起唱山歌。有时还穿上美丽的壮族服装，在树木下、果园、草坪上、水塘水库边唱山歌，以山水花果为背景，拍个小视频放网上分享。当然，每年武鸣壮族"三月三"歌圩，腾翔山歌手也是主力之一，在歌台上大放异彩。

"大同"夫妻是山歌手中的佼佼者，自编自唱，张口就来。见山唱山，见水唱水，"以歌代话，借歌传情"。还经常配合时事及普法宣传，以山歌来说事、论理、讲法。如他编唱的山歌《要做好村民先学民法典》："日内斗估番，再讲腾（到）婚姻；就天民法典，日顺首提醒；宣传民法典，离婚依申请；偻

（我）选唱几段，挨（就得）等三十天；民法第一例，离婚冷静期；讲法律权力，好恶齐家提；婚姻财产有，不好再分离；男女依平等，依值得考虑；民法第二例，走进新时代；诚信否作假，介介学法典；否欺诈乱霸，文体有风险；保信守诺言，受伤免赔偿；搞土地流转，板楼孔垦兰；三权搞分置，栏搭顺风车；合同依登记，碰事故出事；保经营利益，担事再赔银；讲腾（到）性骚扰，依（应）做好村民；侵扰私生活，先学民法典；窥视乱制作，划时代经典；依法斗（来）处理，与生活同行。"此外，还有《交通安全有法规》等山歌。用壮语来唱，有着独特的韵味和艺术魅力。当然，编唱的山歌，大多唱的是日常生活，反映本地的民风民俗，宣扬善德正气，抒发喜悦和欢乐的心情。这些山歌，格调高雅，闪烁着质朴而慧洁的光芒。

歌从心中来。即兴编唱的山歌，是古圩人对生活的真情流露，是心底情感的表白，是对生存的大地的倾诉，是心声交流的载体，是村民智慧的花果。

歌手们从良田沃野中寻找开阔，从壮美的山峰中寻找粗犷，从袅袅炊烟和烟雨云雾中寻找缠绵。花草树木赋予山歌美丽的色彩，欢快的汩汩泉声，孕育了优美的旋律。山歌，让人们的生活有声有色，有滋有味。

然而，在特殊年代，山歌传承断代，现在的年轻人，特别是少年儿童，都不会唱山歌，后继乏人啊。如今，热衷于唱山歌的都是大爷大妈，如何传承发展？如何点燃青少年爱山歌唱山歌的热情？谁来做这件事？

作为民间老艺人，双桥镇山歌协会会长，"大同"自觉地扛起了这份重任。他们办山歌培训班，到学校教学生用壮语唱山歌。腾翔小学、伊岭小学、平稳小学、孔镇小学，都是他的山歌传授点。学校非常重视山歌进校园，把学唱山歌作为学生的一项重要课外活动。

每次去传授山歌，"大同"穿上土布制作的壮族传统服装：短领对襟开胸上衣，缝一排布结纽扣，胸前一对小兜，腹部两个大兜，下摆往里折成宽边，下沿左右两侧开对称裂口；扎头巾，穿宽大裤。洋溢着民族特有的味道，凸显民族特色。抓人眼球的传统服装、独特的民族文化魅力，一下子就吸引住学生们。传授给学生的是地道的本土民间传统山歌。他说，武鸣壮族山歌分宫、商、徵、羽调式。按区域划分有东、西、南、北、中五部区歌种。东部山歌源于大明山脚下的两江、陆斡、罗波、马头等镇，旋律婉转、抒情、柔美、缓慢。西部山歌源于锣圩、灵马等镇，曲调旋律高昂、唱腔嘹亮。南部山歌源于甘圩镇，旋律悠扬、抒情。北部山歌源于府城、仙湖等镇，曲调高亢明快。中部山歌源于城厢、太平、双桥、宁武等镇，旋律流畅、委婉、高亢。歌词一般是五字四句，有严格的腰脚韵。因地域相近，有的山歌可相互混唱。

他去传授的这几所学校都是双桥镇的，因而主要教学生唱中部调山歌。同时，也教武鸣的其他调，包括7个字的桂柳调，以便学生了解和掌握。有的学校如平稳小学，学生都能唱三种以上的山歌调。他说，武鸣山歌是"高腔唱法"，演唱技巧相当丰富，风格、色彩各异，演唱时高音区要用假声，显得高亢、嘹亮、激昂、奔放、音域宽广，节奏可以自由些，而且要有变化，腔调拖长点，这样好听。唱山歌要用武鸣壮语方言演唱，才是原汁原味，富有乡土气息，清纯浓厚。

武鸣区举办少年山歌比赛，他带领腾翔小学、平稳小学的学生参加比赛，双双获二等奖。学生们穿上传统的壮族服装，精美的刺绣图案和花纹，使小阿哥、小阿妹们更加靓丽多彩，唱着脍炙人口的山歌，成就最炫的民族风。学生们体验感受到了民族传统文化的魅力，激发了唱山歌的热情和喜爱。

从"大同"的身上，我感受到，他已将山歌视为一生挚爱，把传承山歌作为生活中的一部分。他说，教学生唱山歌是我们这一代人的责任，要继续坚持下去，尽力将山歌这个古老的民族艺术，传授给更多的少年儿童，让山歌艺术之花开放得更加艳丽多彩。

情浓放达的本土山歌，重在传播和众人参与。更要做好传承，后继有人，不断繁荣发展。

民族文化后继有人，这个民族才有希望。中华文化才能生生不息，发展壮大。

稻作民族、农耕文明，孕育了米食文化。靠山吃山，靠水吃水。三禽六畜，皆为土味。河中鱼虾、山野果蔬，皆入餐桌。原生态食材吃得纯粹，做法讲究，风味独特，古圩美食，桂南味道。

美食美酒

散发着浓浓的乡愁

家乡的美食

广西武鸣是个美丽富饶的地方，气候湿热，物产丰富。腾翔、伊岭、八桥、苏宫、造庆、伏林六村具有深厚的传统文化底蕴，饮食文化丰富多彩，人们在生活中制作了各种独具风味的特色美食。腾翔古圩的繁荣发展，促进了物资交易和人文交流，饮食文化也得到了进一步的弘扬和发展。

米粉

古圩六村的人从小就喜欢吃米粉。在那些自给自足的年代，衣食住行样样都靠自己。因此，几乎家家户户都会做米粉。以前，每到过节各家都做米粉。家里没工具的就互相借，你家用完了，借我家用。到了 20 世纪六七十年代，圩上有供销社的米粉店，人们赶圩时也可买碗粉吃。但那个年代经济没现在好，买一碗米粉吃是不容易的。因此，那时各家自己还做米粉。

米粉分生榨米粉和卷粉。腾翔古圩这一带把卷粉切成小条做成汤粉，因而也叫扁粉。广西各地的制作方法、用料和口味不同，因此也形成了各种独特的米粉，如桂林米粉、柳州螺蛳粉、南宁老友粉等。虽然武鸣同属南宁，但米粉自成一派。

　　过去，手工制作米粉工序比较繁杂，也很累人。特别是在生榨粉传统的制作中，要选优质大米，然后用稍微烫手的水在桶里浸泡大米，浸透饱和后捞出来，再用一块布把大米包得严严实实放置三至四天，让它发酵，然后才打浆。旧时用古老的手转石盘磨来磨浆，要有耐心，得一圈圈地转磨，磨完浸泡的米，变成一桶浆。现在用机器也可以把米打成浆，省力多了。手工磨后，要用布袋过滤，只留少量水分，把握水量很重要，关系到酸味轻重和口感好坏。再把过滤后的米浆团放到开水中一会儿，取出后用石头重物压成米粉团，必须压干不留一滴水。还要再把粉团放入开水中煮，煮到粉团表皮熟。煮出来的米粉团不能立即榨，还要打揉粉团，直到手感有劲道，这时就可以榨粉了。手工榨粉工具是用樟木制的，有装粉团的小圆桶和手压把，粉团会从圆桶底部滤网上的十几个小孔中压出来成条，直接掉入下面大锅的开水里，煮上十几秒即熟。也可用有小孔的布袋代替，两手挤压出粉线。总之，纯手工制作生榨粉要经过选米、泡米、发米、磨粉、煮"砣"、打"砣"、滤粉以及榨粉八道工序，每一道工序出现偏差，都会影响到最终的味道。现在最后一道榨粉工序可由机器压榨完成，高效方便。

　　把煮熟的米粉捞入大海碗里，浇入一大勺用猪大腿骨熬煮的浓汁高汤，没过米粉，然后放事先煮熟的碎猪肉、炸花生米、葱花、酱油等配料。一碗碗热气腾腾的生榨粉就出来了，迷人的香味扑面而来，让人食欲大开，吃起来感觉软、滑、香，有一种"微酸馊味"，这是加工过程中浸泡米发酵产生的，里面有一种酵母菌，就像乳酸菌一样，能帮助消化，有益于健康。吃生榨粉就要吃这种"微酸馊味"，才是正宗的。

　　卷粉的制作比生榨粉简单多了。新米旧米都可以，是好米就行。把米浸泡几个小时或一夜，然后磨成浆，过滤装入桶或盆。将一大勺米浆放入两三厘米高的铝盘，摇一摇，盘上均匀地形成一层薄薄的米浆，再放入蒸锅蒸熟。然后把粉盘倒扣在一根竹竿上，轻轻一刮，一个圆形米粉片就挂在竹竿了。一会儿竹竿上就挂满米粉片，等凉了都取下来切成小条，就可以做汤粉了。

做汤粉，一般在小锅里将猪骨高汤煮开，依次放入生鲜肉、青菜、粉，可以选择加入自己爱吃的小料，如炸花生米或黄豆、豆腐干、酸笋、小葱、大蒜、香油、酱油等。加入不同肉做成的汤粉有不同叫法，如用猪肉、猪肝、粉肠做的三鲜粉，瘦肉粉、猪脚粉、牛肉粉等。还可以炒米粉，叫炒粉。

也可以把成片的米粉卷成筒形，放在碗碟里浇上酱油、香油和熟猪肉、炸花生、小葱等配料后食用。

鱼生

鱼生就是吃生鱼片，是壮家人的地道美食。武鸣鱼生历史悠久，究其源头可追溯到先秦、隋唐，那时称为鱼脍，是中国饮食文化的组成部分。

武鸣人爱吃鱼生是出了名的，老百姓常说"无鱼生不欢"，认为吃鱼生才是品尝鱼类滋味最好的方式。腾翔古圩六村的人吃鱼生非常讲究，制作方法精细，口感风味独特。

选鱼是做鱼生的首要工作。不是什么鱼都可以做鱼生，要选生猛鲜活的鱼。一般以鲮鱼、草鱼为上，其次为鲩鱼、鲤鱼，其他的鱼肉浅而味寡。不同的鱼口感也不一样，如鲮鱼、草鱼肉质厚、鲜、嫩、脆，是最好的；鲩鱼肉细嫩，但较薄且绵软；鲤鱼肉鲜且厚，但含水量大。两三斤重的鱼即可，太大了肉质反而不佳。

刀工是做鱼生的关键技艺。我看过腾翔圩上鱼摊师傅做鱼生，刀工很娴熟。他把鱼放在案板上，先除鳞，刀口紧贴着鱼尾，轻轻往上刮，雪白的鳞片便被剥离。把鱼鳞处理干净后，在鱼尾处切下一刀，刃锋一斜，贴着鱼脊划上去，快到鳃部时，刀锋一转并往外挑，翻过鱼背，刀刃自上而下划到鱼尾部，停止后两手一掀，鲜嫩的肉块便被剥离了出来。动作敏捷连贯，一气呵成，让我赞叹不已。然后他用吸水纸将肉块轻轻裹起来，吸干血水和浮油。切鱼片时，他的刀法和力度把握得特别好，切出来的鱼生片厚薄均匀，靠皮部分呈粉红色，整片鲜亮、晶莹剔透，有淡淡的鱼肉纹路。

独特的配料是鱼生的灵魂。吃鱼生时要先制作酱料。把切碎的腌制柠檬和酸梅、姜丝用花生油过锅，加入酱油、醋等配料制作成酱汁，再加紫苏、香菜、大蒜和炸花生米，想吃辣的加点辣酱，青红绿白，甜酸咸辣，用小碗或浅碟装，每人一碗，用来蘸生鱼片。酱料香味扑鼻，鱼片入口嚼起来脆滑、香甜、爽口，真是美味佳肴。

除了传统的鱼生外，还有八宝鱼生和全鱼鱼生等吃法。八宝鱼生指的是鱼生有八味配菜，即粉丝、木耳、木瓜、野芋头杆、酸梅、香菜、花生及黄豆，与生鱼片均匀地捞拌在一起，再加入新鲜花生油、盐、辣椒酱、生抽和白醋，捞拌均匀后放置几分钟再食用。八宝鱼生的生鱼片比一般生鱼片要切得厚一点，这样口感更有嚼劲。全鱼鱼生与一般鱼生不同的是，将鱼内脏包括鱼卵、鱼肠、剁碎的鱼骨和鱼鳞等煎香后，与生鱼片、酱料等捞拌匀后一起吃。这两种吃法，由于将鱼生和配料混合而不是蘸料吃，所以口感更为丰富入味。

白切鸡

白切鸡皮黄肉白，肥嫩鲜美，滋味独特。讲究吃的是原汁原味，好做又好吃。制作方法并不复杂，煮熟切了就能吃，但要做出地道的嫩脆香的白切鸡还真不容易。弄不好煮老了嚼不动，那就不好吃了。这里边还真有点门道。

首先要选好做白切的鸡，一般用阉鸡、三黄鸡、叮当鸡，壮语叫"项鸡"，就是养够了时间但还没下蛋的鸡，不能太肥或太瘦，略肥即可。这种鸡肉好、皮脆且夹有一层鸡油，吃起来香滑爽口。

把鸡毛、内脏处理干净后，冷水下锅，放点料酒、姜片、葱等。然后大火煮开，再用小火继续煮几分钟，关火焖半小时，鸡就熟了。出锅前可用筷子插入鸡肉，可以直穿便是熟了。捞出后切块放入菜碟中，鸡皮淡黄发亮，肉质嫩白，骨头切面呈浅粉血色。

食用前要制作蘸料。把姜片、葱白段放入锅中用适量花生油爆香，再加适量酱油盛到碗碟中，即可蘸鸡肉了。

柠檬鸭

古圩六村自古喜欢养鸭吃鸭。做法很多，其中，柠檬鸭是地道的美味佳肴。20世纪80年代，改革开放催生了柠檬鸭专营店，使武鸣柠檬鸭红火起来，并成为南宁武鸣一带的特色菜肴和响亮品牌。

腾翔圩上韦艳娇嫁到高峰界牌后，与其丈夫甘先生曾在邕武路高峰界牌处开柠檬鸭店。梁芳丽也是嫁到界牌后开办了最大的柠檬鸭店的。界牌柠檬鸭独特的制作技艺闻名四面八方，南宁市区和各地的顾客不辞路途遥远、纷纷慕名来吃柠檬鸭。最火时在周末晚上，路边停满了一辆辆小车，都是来吃柠檬鸭的。如今，韦艳娇的柠檬鸭店已开到南宁市区。梁芳丽也开了有七八家柠檬鸭分店。

腾翔圩谭常边的农家乐、伊岭岩门口等地都开有柠檬鸭店。

在制作柠檬鸭时，首先要选好鸭子，一般用谷糠饲养的土鸭是最好的，北京鸭也可以。然后，将宰后洗净的鸭切成块。再把用盐腌制过的陈年柠檬去核切成条，还有酸荞头、酸辣椒、大蒜、鲜姜、花生油、盐、白糖、黄酒、酱料等作为配料。炒鸭时要掌握好火候。鸭块入锅用花生油爆炒，炒至几分熟再放入配料，但柠檬要留到快熟时再放，否则会苦而无柠檬味。用文火焖到鸭肉熟透，再放入柠檬，接着改用强火翻炒至汁水成糊状，这时就可以出锅了。

炒好的柠檬鸭，外观金黄诱人，因为有柠檬、酸辣椒、酸荞头为配料，吃起来酸辣爽口，香而不腻，不软不燥，好吃开胃，老少皆宜。

2018年9月，柠檬鸭被评为"中国菜"之广西十大经典名菜之一。

五色糯米饭

五色糯米饭，既是一道美食，也是寄托情思的供品，有着丰富的文化内涵，象征五谷丰登，代表幸福、美好、和谐、吉祥、如意，也是壮族"五方""五色""五行"的图腾崇拜和信仰在食物上的体现。一般是在农历三月初三时各家才做五色糯米饭，用来招待亲朋好友和祭祀祖先。

五色糯米饭有红、黄、紫、黑、白。制作前，要先备好用来染色的各种树叶、草叶。如红色用红兰草的汁染成，黄色用密蒙花（黄花汁）、黄栀子煮汁染成，紫色用紫香藤汁染成，黑色用枫树叶汁染成。

采摘或购买到这些用于染色的植物叶后，要分别洗干净切碎，放入锅中煮出颜色，再过滤出纯汁，放到温热才能用来浸泡糯米。黑色浸泡时间要长一点才成。几种颜色的糯米浸泡好后，捞出滤干才能放蒸笼里蒸熟。

蒸熟的五色糯米饭，色泽鲜艳、晶莹透亮、滋润柔软、香喷喷的，不仅好吃，而且用来上色的植物具有清热解毒的功能，有益于身体健康。

糯米馍

黏黏软软的糯米馍也是人们爱吃的传统食物，一般在农历六月初六做，平时节日也有做的。

先要备好肉馅。将肥瘦相间的猪肉剁碎，现在用绞肉机更方便了。然后根据个人喜好加入蔬菜、配料，如切碎的萝卜、韭菜或其他青菜、葱和姜等，在锅里放花生油、盐、生抽把肉菜炒熟备用。也有用木耳炒鸡肉做馅的。

把糯米碾成粉，再用水把糯米粉和成团状，并揉匀。取一小团用手摊成圆形皮，把肉馅放入，两手转着捏成圆鼓鼓的馍。捏好一批，就可以放入开水锅中煮，等馍馍都浮在水面也就熟了。这种肉馅糯米馍，大人小孩都爱吃。

粽子

粽子是春节和端午节制作的一种食品。北方粽子是三角形，个头比较小。腾翔古圩六村制作的粽子是壮乡传统的枕头粽，形状如枕头，个头可大可小，从几两到两三斤，甚至更大，只是煮的时间长一点。

枕头粽一般用柊叶来包，它是一种竹竿类的多年生草本植物，叶子长圆形或长圆状披针形，长 25~50 厘米，宽 10~22 厘米，叶柄比较长，具有清热解毒、凉血止血、利尿等作用。柊叶采回来后，要浸泡洗净备用。包粽子的草绳用龙须草，学名叫拟金茅，秆高 30~80 厘米，平滑无毛，在上部常分枝，一侧具纵沟，具 3~5 节，它是优良的纤维植物。过节包粽子前，如果没准备柊叶和草绳，圩日市场上也能买到。

枕头粽以糯米、绿豆、五花肉等为原料制成。糯米要泡 2 小时备用，绿豆浸泡后去皮。猪肉切成 5 厘米的一条，用酱油、三花酒、五香粉、精盐等佐料腌制一夜。包小一点的粽子用 2 片柊叶，大的粽子可增加叶子。叶子要背背相对铺开，然后放一层糯米，一层去皮的绿豆，再将肉条直放其中，盖上一层绿豆，一层糯米。要中间米多两头少，这样把两边叶子合盖好，将两头粽叶剩余部分由米末处折盖上来，在折处把两边的角折好，就形成枕头状的粽子，再用草绳绕扎整个粽身。

粽子全部包好后放在大锅中，放入冷水用大火煮开后改用中小火续煮 4 小时，熄火焖 1 小时左右。过去用大铁锅，木柴烧火煮，保温性好，煮出来的粽子很香，但煮的过程中要不断添柴，麻烦一点。现在用大不锈钢锅，煤气燃火煮，方便省事。

煮好的粽子能闻到一股浓浓的粽香味。剥开后，一股粽叶的清香扑鼻而来，口感非常好，既有肉香又有绿豆香。放到第二天的粽子，切片后用油煎软更好吃。

猪血肠

猪血肠是人们爱吃的一种美味佳肴。我虽居京城，但如今快递方便，每年都能收到老家寄来的猪血肠。家乡味道很奇妙，闻到那个味道，再吃上两口，就知道是自己家乡的，觉得很亲切、很特别，心里暖暖的。儿时的记忆总是难忘的，家乡的味道会伴随一辈子。

记得，学前每天晚上都跟我爸在腾翔食品站睡觉，第二天早上醒来，揉揉眼睛就去找我爸。阮伯伯、陆叔叔是我爸同事，见我起来了就问：想吃什么？我看了看灶台上滚开的大锅里有猪血肠，就指着锅里说：吃猪血肠。阮伯伯从锅里捞起一根，切一小段给我。赶圩日，食品站都要杀好几头猪供应学校、税务所、粮站、道班等单位职工。杀完猪后一般都灌点猪血肠，除了卖猪肉外，猪血也是要供应单位职工的，特别是优先供应道班职工。因为猪血有除尘作用，道班工人在邕武路上作业，接触灰尘多，需要保健。俗话说，吃什么补什么。科学证明，猪血不仅补血健脾，而且被人体消化吸收后，进入血液循环时，有一种类似胶质的物质，可以吸附血液里的微尘等垃圾。当吸附了一定量的微尘后，体内的吞噬细胞就会处理这些垃圾，并最终排泄出体外。因而特殊人群把猪血作为日常保健食物。

猪血肠做法并不复杂：新鲜猪血放适量盐搅拌匀，猪小肠洗净，用绳子将猪肠一端扎紧，另一端灌入新鲜猪血。每隔一段，用绳扎一个扣儿，形成一段一段的，直至灌完。如果想好吃一点，可将一些猪肠油切碎，放入猪血中搅拌均匀，再灌入猪肠。凉水下锅，小火慢煮，开锅 7~10 分钟，猪血由红色渐变成黑色，再用牙签在肠衣上扎一个孔放气。当放气孔没有猪血流出，血肠就煮好了，捞出即可。

还有一种做法，在猪血中加入煮熟的糯米饭、生姜、五香粉、食盐等并拌匀，灌入洗净的猪肠中，入锅煮熟。方言叫"龙碰"，一根长长的猪血肠，中间还扎了一段一段，盘放在一起，圆滚弯曲，宛若长龙。

猪血肠煮熟后切片，可蘸佐料吃，也可与青菜炒着吃。如猪血肠炒韭菜、炒青椒、炒芹菜等，鲜香美味。纯猪血肠软嫩，入口即化，加了糯米的口感软糯，齿颊留香。

以上只是几种最具代表性的美食，古圩六村还有许多地道的风味食品，如糍粑、糖心汤圆、焖田螺等。这些传统美食，从制作到食用，有着丰富的文化内涵，独具特色，是这一方人非常喜爱的风味食品。其中，许多传统美食已列入非物质文化遗产名录。

喝粥身安

———

记得老伴儿金梅跟我回腾翔，晚饭时她总爱给我妈盛一碗新蒸的米饭，可我妈每次都问还有粥没有，要喝粥。金梅说，那是早上煮的粥，剩的就别喝了，米饭新蒸的，吃米饭吧。我妈说，喝粥身安，还是喝粥吧。那时我妈已80多岁。到90多岁时，基本上一日三餐都喝粥。

喝粥身安，是这个地方老人的普遍共识，生活习惯，经验总结，经典之语。其实不光是老人，我们从小到大都喝粥，到老了也还是爱喝粥。无关富贵贫穷，生活好坏。只图喝着舒服，身体安康。

千百年来，腾翔古圩这个地方，家家户户早上起来，家庭主妇的第一件事是：洗米架锅，煮上一锅大米粥或玉米粥。炒一碟菜，没菜也可以，有碟辣椒酱、辣萝卜条，或从腌缸腌坛里挟点荞头、柠檬、牛柑果等，配粥喝。那可是喝粥绝配，有辣酱、腌菜可多喝一碗粥。家人起床后，没事就一起吃早餐。有事先吃，不用等，吃饱好去办事。中午也是随意，谁饿了，或从外面干活儿回来，到厨房盛碗粥喝。但晚上全家人必须一起吃饭，有干饭有稀粥，菜肴丰富，再来点米酒，慢慢吃，慢慢喝，说说笑笑，其乐融融。

这里人爱喝粥有其历史原因，也是气候使然。

遥远的历史，艰苦的年代。人们生活只能顺其自然，有什么条件过什么生活。科技不发达，靠天吃饭。种植水稻玉米，抗自然灾害能力差，产量低。若风调雨顺收成就会好一点，若遇到旱涝灾害，收获少，甚至颗粒无收。不管多少，一年收获的粮食，必须精打细算，吃到来年新米下来。粮食少，不可能餐餐吃干饭，喝粥是最好的选择。稀的干的搭配着吃，才能度过那漫漫长月，等到新米接上。否则，两三个月就把家里一年的存粮都吃光了，青黄不接的日子，就会出现无米下锅的窘境。

但若归咎于粮食少，穷得吃不起米饭，也不尽然。现在科技发达，水利遍布，不再靠天吃饭，水稻玉米等粮食作物产量很高，市场也不缺粮，口袋也有钱，各家各户都不再那么穷了，可这里人还是爱喝粥。一日不喝粥，好像少吃了什么，觉得不对劲了。那是打心底里的喜爱，喝得有滋有味。

其实，爱喝粥与这里的天气炎热有很大的关系。北回归线从武鸣穿过，每年夏日，太阳光垂直照射这里，天气炎热，温差小。特别是八九月，阳光晒得泥沙路发烫，柏油路软化，远看地面冒起的热气，若火焰升腾。在如此气候下，人们干活儿汗流浃背，口干舌燥，静坐都冒汗，面对干饭佳肴，即使有食欲也很难吃进去。可有一锅粥，那就不一样了，一碗稀粥喝下去，太爽快了。既解渴，又解饿，省时省力，干起活来，自然也就精神快活。

人民公社时期，每到"双抢"时节，为了抢收抢种，到远一点的田地干活儿，中午都不回家，就地吃饭，然后接着干。因此，下地干活儿都要自己带饭，或让家人在午饭时送来。天热干活儿，大多数人带粥，再带点炒菜，如醋炒空心菜梗等配粥吃的菜，还有酸咸菜。中午时，干活儿的人三三两两围在一起喝着粥，并互相交换带的炒菜、酸咸菜，品尝谁做的好吃。记得我们第9队有一片最远的地，有两三里远。走小学校园边的一条小路，要翻过2个山坡才到，那片地就在山坡下。不管什么时候，人们去那片地干活儿都带一小锅粥，或大大的铝饭盒装粥，饿了渴了就喝点粥，然后接着干。太阳快落山时，才收工回家。

可见，炎热的气候使这里的人们形成了喝粥的习惯。如果再看看各地的饮食习惯，那就更容易理解了。北方人爱吃面食，那是因为那里种植麦子，产面粉，也有了各种各样的面食；南方人爱吃米食，也是因为这里适合种植水稻。湖南、四川、重庆吃辣椒出名，那是他们生活的地理环境在古代称为"卑湿之地"，多雨潮湿，吃辣椒可以御寒祛湿。即使在广西，不同的地方也有差别。如桂林、柳州、河池爱吃辣椒，是与湖南、贵州接壤，受气候和饮食习惯影响。不同的地理气候，造就了独特的饮食习惯。

一碗大米白粥，谷香浓郁，爽滑细腻，淡淡的味道，简单实惠，让人爱不释手。古人认为米粥"莫言淡薄少滋味，淡薄之中滋味长"。绵软黏糊，一粥入口，通体舒畅。大米中再加点碎细玉米面，煮出来的粥，白中透黄，碳水化合物丰富，能及时为肌肉当中的糖原进行补充，增进体力，滋阴降火。纯玉米粥金黄金黄的，色香味俱佳，非常好喝。

如今，粥已不再只是为了食饱充饥的食物，而是一道美食。经济快速发展，人们开始走上了富裕之路，想吃什么都能吃得起，吃得到。日常餐桌上像年夜饭一样丰富，但粥是不可少的。除了日常传统白米粥、玉米粥，或大米和玉米一起煮的二米粥外，粥的品种更多样化，营养更高，味道更好，如瘦猪肉粥，鸡肉粥、鱼肉粥、菜粥……

我妈爱吃肉，特别是老了每天都吃一小碗肉，吃青菜很少。怕她光吃肉不好消化，营养不全面，劝她多吃点青菜。她说：有肉不吃肉，吃那么多吃青菜干什么？90岁后牙不好了，弟媳梁小英就买瘦猪肉回来剁碎了煮粥给她吃。先把米粥煮到快熟了，再把剁碎的瘦肉放进去，再放点生姜、葱花、盐，加点剁碎的青菜即可。煮好的瘦肉粥，香气四溢，味道鲜美，味蕾顿开，每餐我妈能吃一大碗。

这里人养鸡吃鸡，无鸡不成宴，用鸡肉做粥也很常见。在生滚米粥中放入剁碎鸡肉，或鸡肉片、小鸡块，加上姜葱盐即可。鸡肉粥鲜浓酥香，味道极佳，食之口齿生香，妙不可言。鱼片粥用材与做鱼生差不多，选草鱼、鲮鱼、鲤鱼等，去鳞除刺，然后切成薄片。也是在生滚大米粥出锅前放入鱼片、姜葱、香菜，等再次滚开后加入调味品搅匀即可。做好的鱼片粥，浓稠顺滑，暗香浮动，营养丰富，鲜甜美味，入口即化。猪肝粥比较讲究，煮前要先将切好的猪肝片浸泡，让猪肝渗出血水后洗净，再用食盐、料酒、生抽、生姜调匀后腌制。放进生滚大米粥中还要再煮 10 分钟左右才能出锅。火候和时间掌握好，煮出来的猪肝粥才嫩滑无腥味，美味可口。也可以搭配多种配菜，如生滚猪肝芥菜粥、瘦肉猪肝粥等。实际生活中，在大米粥中可随意搭配各种自己喜欢吃的食材，做成各种各样美味可口的粥，如各种青菜粥、肉类粥、鱼肉粥。还可以将蔬菜和肉类混搭，如青菜瘦肉粥。

现代生活，世人更重视饮食养生。其实，日常喝粥本就是最好的养生。大米粥不仅有营养，还养胃、清脾健肺。玉米粥维生素含量非常高，含有核黄素等营养物质，能有效预防心脏病等，有助于延缓衰老。国人自古就将粥喻作"滋生育神丹""滋养胃气妙品""世间第一补人之物"，《周书》中也有"黄帝始，烹谷为粥"的记载。中医就有以粥养生疗疾一说，如《黄帝内经》载有"半夏秫米汤"之方：以秫米为汤，配半夏和胃安神。民间则以鸡肉粥补肾益气，健身壮力。鸡肉含钙丰富，适合孕妇、老人吃。羊肉粥补阳虚、干姜粥温阳、沙参粥补阴虚、玉竹粥补阴等。中老年人脾胃虚弱，气血不足，体倦少食，食欲不振，消化不良，吃鱼片粥疗效就很好，还能健脑益智、降低血脂、抗动脉硬化、抗血栓形成、缓解衰老等。

科学研究也证明，唱粥对延年益寿大有裨益。《中国日报网》曾刊登一篇文章，说哈佛大学对 10 万人进行长达 14 年的研究发现，每天喝一碗粗磨谷物煮成的粥，可降低 5% 的死亡率和 9% 患心血管疾病的概率。证明长期喝粥，特别是粗粮粥，可以预防疾病，健康长寿。

历代许多文人墨客对喝粥也是推崇备至，留下咏粥的优美诗句。如唐朝李商隐的"粥香饧白杏花天，省对流莺坐绮筵"，储光羲的"淹留膳茶粥，共我饭蕨薇"，白居易的"空腹一盏粥，饥食有余味""先进酒一杯，次举粥一瓯。半酣半饱时，四体春悠悠"。北宋大文豪苏东坡也喜欢喝粥，经常用米粥来调补，并留下赞美粥的诗篇。如咏赞薏苡粥"春为芡珠圆，炊作菰米香"；咏豆粥"地碓舂秔光似玉，沙瓶煮豆软如酥"。活了80多岁的南宋著名诗人陆游，认为喝粥是延年益寿最简便有效的妙法，并写下诗句："我得宛丘平易法，只将食粥致神仙。"

虽然喝粥是一件平常的事，但对养身健体却有着非凡的功效。足见，稀粥可不"虚"。一碗粥，一锅粥，养活了一代又一代人。粥是"硬通食"。喝粥已融入人们的观念感受，融入人们的生活习惯，融入人们的生命长河，张扬地方的个性。

老街坊的粉店

我和老伴儿每次回到腾翔，放好行李，便到老街坊的粉店美美地吃上一碗米粉。是那种迫不及待、根本就等不到明天的感觉——久居京城对儿时味道的惦念，馋粉的冲动！

"苏记粉店"专营扁粉和榨粉。扁粉也叫切粉，榨粉是生榨现煮。我们每人点一碗扁粉，尤喜手工切的。有时也吃榨粉，轮着吃。我要瘦肉粉，一碗8元；老伴儿的加了猪肝粉肠，一碗10元。本地食材，粉为当天做，肉是早起在圩场刚宰上市，青菜从地里摘来。生料煮粉：从厨窗看到粉厨从大锅骨头汤中舀一大勺汤放进灶台上的煮粉锅，高汤煮开后，放入瘦肉、猪肝、粉肠煮滚开，然后再放姜丝、料酒压腥。盐、酱油、鸡精提鲜，小白菜或油麦菜提味，最后放入切粉，煮滚开后装碗，撒点炸花生在上面。厨窗台上有小葱、蒜末、酸豆角、辣椒酱、酱油、香油、醋等许多种佐料，自己添加，然后端到餐桌食用。半自助的形式，既有饭馆感，也有家厨的温馨。刚煮好的米粉，冒着热气，香气缭绕。扁扁的粉条缠绕于清鲜的骨头汤中，露出薄薄的肉片，上面覆着金黄的花生、火红的辣椒、翠绿的葱花……筷子夹起，嗦入口中，满嘴生香，引爆味蕾。瘦肉、猪肝软嫩鲜美，粉肠滑嫩无腥味，格外好吃。嗦完粉，再喝汤，那种爽滑细腻软嫩的感觉，那种可口清甜、酸辣鲜美的味道，棒极了——古圩米粉的老味道。

粉店位于圩场边东排楼顶头第二间，北圩街丁字路口。店前门口是圩街，店后门口是邕武路，是过往人员最多的地方，区位优势凸显。早在20世纪70年代，供销社就在其隔壁骑楼开过粉店。80年代，改革开放后，古圩店铺复兴，农机配件店、修理店、商店、食品店、粉店等，如雨后春笋陆续开办。苏家男主人"特先"（苏以先）购买大卡车搞运输，挣钱后，和我弟"特进"（陆耀进）商量并约上几家邻居一起，将各家骑楼后院靠邕武路的小房子，改造成两三层钢筋水泥楼，成为古圩首批改建的新楼。女主人"达珍"在自家新楼下面开了米粉店，面对邕武路，生意兴隆。后来又将骑楼改建成三四层钢筋水泥楼，前后楼贯通，楼下一层全用作粉店，粉厨靠近店后门，其余空间摆了许多餐桌、塑料凳子，供顾客落座用餐。与城里大饭店比，略显简陋，但与南宁市大排档一样，整洁方便，有城镇风范，独具圩店特色。

粉店最有特色的是生榨粉。制作讲究，工艺比扁粉复杂、精良。选优质大米后，需用暖水泡米至数日，发酵、细磨、滤干、舂和，然后用压器榨成圆圆的粉条。工艺繁杂细腻，因而成了女人的专利。苏家粉店老板"达珍"和两个儿媳，三个女人，都是做榨粉高手。现场可见，其儿媳两人负责做榨粉。一人将充分揉和后的米粉团放入一个底部有数十个小孔的压榨机内，将米粉团从小孔榨出，形成了一条条圆形的米粉，直接掉入下面一口大锅的开水里，十几秒即熟。另一人将煮熟的榨粉捞起装入碗中，浇上一大勺碎肉末，再加进滚热的骨头汤，放上豆腐干、葱花、花生、酱油等佐料，递给顾客。看着碗中滚圆滚圆的粉条，晶莹剔透，散发出浓香酸味，筷子搅拌几下，嗦入口中，口感爽滑，细腻柔软，味道鲜美，酸度恰好，"馊味"正宗。

也可吃干捞粉：在煮好的榨粉上浇特制酱汁，放入叉烧、肉末、葱花、豆腐干、炸花生、香油等。酸酸甜甜，爽滑清新，食而不腻。每碗汤粉8元，干捞粉9元，大碗10元。加肉2元，加蛋2元，加豆腐干1元。如果打包带走，按一榨（粉团）25元。味道好，价格适中。

后来圩街粉店多了,"苏记粉店"停了扁粉业务,专营生榨粉,并改名"苏记生榨粉"。街坊的米粉店各具特色,均衡发展。目前,"苏记生榨粉"独家专营榨粉,因而顾客盈门。排队等候吃粉的人和正在埋头大口大口嗦粉的人,显示出古圩人对榨粉这一口的迷恋,百吃不厌。

究其原因,可能与生榨米粉有增进食欲、刺激肠胃、易于消化、解暑祛湿、清爽提神、促进代谢的功效有关。古圩人生活在山区,气候湿热,喜食酸物。生榨粉发酵而成,不仅富含碳水化合物、脂肪、蛋白质,而且偏酸,可去瘴、去痧、健脾胃、助消化,确有不同凡响之处。因而本地人尤喜生榨米粉的独特口味。

腾翔圩的米粉店,分布在圩街两头和圩场东排楼。除了北头丁字路口打头的"苏记生榨粉"外,这一排楼与其相邻的是"阿五老友粉"店,专营老友粉、牛腩粉、螺蛳粉。紧挨着的是"粉之圆"店,老板梁春婷,嫁伊岭居腾翔,夫妻俩租隔壁供销社一楼开店做生意。先开网吧并做烧烤,赶圩日和每天晚上在门口摆摊烧烤,生意红火。后来又在自家一楼开粉店,专营卤菜粉、老友粉、螺蛳粉,有汤粉、炒粉。在其粉店吃粉,可同时点喜食的烧烤串、炒田螺,还有奶茶等。老友粉是南宁特色粉,腾翔属南宁,也爱吃。螺蛳粉则是柳州特色粉,也有人喜食。店家为适应人们多样化饮食,引进了非本地特色粉,反映出古圩的开放。这排楼中部是"黄家粉店",老板黄宪楷,专营扁粉:瘦肉粉、三鲜粉等。店门口对面是圩场卖肉摊,坐在餐厅嗦粉时,可看着圩街来来往往的人和圩场的买卖交易。戏台旁入圩场的丁字路口有两家粉店,左边是梁增秀二女开的"黄府烧鸭粉"店,右边紧挨戏台的是刘家开的"和平粉店",老板刘品存。两家店门都面对邕武路。"黄府烧鸭粉"特点是烧鸭,但也有瘦肉粉、三鲜粉等。烧鸭与北京烤鸭差不多,本地鸭烤后呈枣红色,油润发亮,皮脆肉嫩,但吃法不同:北京烤鸭片皮片肉吃,而烧鸭连皮带肉带骨切块吃。北京吃得精细讲究,广西吃得痛快过瘾。"和平粉店"与其他粉店不同的是,不仅卖扁粉,还可点菜吃米饭,几个老友相聚一起喝点米酒。跨过邕武路东排楼往食品站的旁边是"甘家粉店",老板甘小英,老文艺人,年过七十,逢年过节仍参加文艺演出,参加武鸣区"三月三"山歌比赛,日常则开店做生意。我们回腾翔时间长,都轮着去这几家店吃粉。最初老伴儿想一家家吃,看看哪家最好吃,但最后感觉各有特点,都好吃,难分伯仲。

这里的粉店,属圩场经济,其特点是家庭作坊,大多在自家一楼开门店,粉厨也是家庭成员,少有外雇。父母当老板,女儿、儿媳掌勺当主厨,家族经营。

粉店门口上都挂有大大的店名招牌,有的占满二层楼,十分醒目。还有各种商店超市、食品面包店、医药店、饲料店、理发店、汽车维修店、中国邮政、储蓄银行、中国移动等,都打出自己的店铺招牌、广告牌,商业气息浓厚,成为圩街的新景观。20世纪60年代郭沫若先生路过腾翔,看到一排排骑楼和周围耸立的山峰美景时,写下赞美的诗句:"群峰拔地起,仿佛桂林城……借问此何处?腾翔属武鸣。"如果看到现在腾翔的新景观,不知又作何形容了?是否"仿佛南宁城?"

圩场经济的特点是,固定地点,集散交易,区域性、季节性强,以满足生产生活为主,拉动商品经济发展。人们做生意,不急不躁。哪怕圩街家家户户一楼都开店,同类店有许多家,如粉店就有六七家,但不受任何竞争影响,各自营生,各有特色,随性随市而为,都有"行到水穷处,坐看云起时"的心胸。相互包容,共同发展。因为,即使开粉店或开各种商店也不只做一项,还同时兼营其他。所以,古圩人做事从容自若。

这里地处交通要道,南来北往的人很多,经此地歇脚食宿自古有之。在京城工作的老乡华缤先生,武鸣仙湖人,忆起20世纪80年代初到南宁市上大学的情境时说,经常周日骑自行车往返于仙湖和南宁,每次经过腾翔圩都要歇脚吃碗米粉。至今记忆犹新,对腾翔米粉大加赞赏。

国人主食有"南米北面"之特点,广西武鸣腾翔古圩是南方的南方,米食文化中,米粉文化独具特色,蕴含着古圩人的聪明智慧,勤劳坚韧,以及随和乐天的精神,是本土文化的亮丽符号。

风味小吃酸嘢

　　酸甜苦辣咸，让人柔肠百转。中国地域广阔，地方口味各不相同。四川、湖南、贵州吃辣最有名，一者不怕辣，二者怕不辣，三者辣不怕。山西吃醋也出了名，说山西人一年喝的醋比酒多，渴了喝碗醋，可能有点夸张，但在京城曾经有一位山西人邻居，我送她2瓶特制山西醋时，她很兴奋，说拿到办公室喝，显然是直接当水喝了。广西则吃酸嘢，用米醋、白糖、辣椒、食盐腌制果蔬吃，酸辣皆有，还有点甜，有点咸，酸甜苦辣咸，五味调和，生出上佳口感。

　　酸嘢，是广西白话，与粤语相通，意为酸的东西。古时两广同为南越国，定都广东番禺，是岭南的一个地方政权。汉武帝灭了南越国，至唐朝后期分出岭南东道、岭南西道，宋朝分属广南东路、广南西路，分出了广东、广西，清朝正式设置广东省、广西省。因此，古今两广地区流行的语言就是粤语，广西叫白话。酸嘢，就是腌酸、酸品，在白话区域最为盛行。

　　武鸣腾翔古圩，是南宁市郊区，因而吃酸嘢很普遍。虽然此地并无食辣本性，但对酸甜微辣的食品非常喜爱，可能是火爆的辣椒遇到酸甜变得温柔了。

因而大多数人家都做腌酸，吃酸品。吃法灵活多样：当零食来吃，餐桌上的小菜，佳肴中的佐料……

圩街上卖酸嘢的摊子，摆了好多玻璃小缸，这些小缸分别浸泡着白萝卜、菠萝、木瓜、阳桃、黄瓜、沙梨、三华李、杧果、荞头等，五颜六色。制作时，将白萝卜切薄厚适度的大长片，菠萝切块，先用盐腌一下萝卜脱水使之更脆爽，盐水浸泡菠萝去掉其中的酶，然后取出滤干放玻璃缸中，加入白醋、辣椒、白糖、姜蒜等佐料及适量白开水浸泡。透明的玻璃缸中，纯白的萝卜，嫩黄的木瓜菠萝，翠绿的芒果，点缀鲜红辣椒，色彩艳丽，非常诱人。小孩、年轻人路过酸嘢摊，无不垂涎欲滴，停下来挑几样酸嘢吃。有的小孩看见别人拿着酸野吃，就吵着让家里大人去买，或拿钱自己去买。特别是姑娘，遇到酸嘢摊腿脚就挪不动了，吃上几串才离开。想吃什么酸嘢，选定后，摊主用一根长竹签插入缸里腌的萝卜片，或菠萝、木瓜等酸嘢，许多人拿在手中站在酸嘢摊旁边吃，咬一口嘎巴脆爽，微辣酸甜，口齿生津，开胃解腻，回味无穷。

过去，圩街上酸嘢摊有好几个。如今保留下来的还有一家：黄家酸嘢。男主人黄翔明，女主人她伍是我小学同学，家住西排楼，门口是卖菜的圩场。记得 20 世纪六七十年代，他们家就在门口摆摊卖酸嘢，或许还会更早，手艺是祖传下来的。黄家做的酸嘢非常好吃，因而生意红火。近几年我回腾翔，还特意去他们家吃过酸嘢，有儿时的味道，也有不少改进，如品种更多，制作更讲究。别小看腌酸简单，摆个摊子挣几个小钱而已，黄家凭着腌酸好手艺和勤劳智慧，执着坚持，从小酸嘢摊，越做越大，挣钱后将老骑楼改造成三层现代钢筋水泥新骑楼，一层门面高 4~5 米，装修增加了半层，成为楼上楼下的酸嘢店。一层靠圩街是售卖柜台，其他空间摆放餐桌椅凳，从楼梯上半层，也是餐桌椅凳。顾客买酸嘢，还可买饮料、点心等，与餐馆用餐一样，楼上楼下坐着慢慢品尝。如今已扩大发展为"绿之皇茶店"，经营果蔬饮料、奶茶、炸鸡汉堡、麻辣烫等品种，以及批发烧烤料（烤串）。

古圩人做生意，不嫌大小，不挑肥拣瘦，靠的是手艺加勤劳智慧。卖酸嘢确实是个小生意，制作酸嘢也不复杂，好像自己也能做。如腌萝卜，把白萝卜切薄片，放点食盐抓拌，腌一两个小时，然后把水倒掉，放进白醋、辣椒、白糖搅拌，就可以吃了。但酸嘢摊卖的酸嘢就特别好吃，让你不得不服。为什么？酸嘢摊制作更讲究，除基本佐料外，都有自己的秘方，如放炒米、甜酒、冰糖……腌制过程中，用料比例、腌制时间等各个环节把握恰到好处，味道自然也就更好，酸辣爽够劲。我回腾翔，看到黄家酸嘢店生意红红火火，特别是赶圩日，店里楼上楼下都是年轻人吃酸嘢喝饮料吃点心；晚上顾客少了，一家人在门口开始削菠萝皮，一筐一筐地削，然后切块制作酸嘢。用当下时髦的说法：这么卖劲，不发财都难！

家里腌酸，可即腌即食，也可长久保存。如腌萝卜片，两三个小时即可当小菜食用。三华李洗净，用刀拍扁便于入味，放进玻璃容具（或大碗）加少许盐拌匀腌制一会，食用时撒点白糖、胡椒粉，酸甜咸爽；腾翔圩上秋香农家园直播平台卖三华李时，还现场做了酱香味的：将三华李洗净拍扁，放入冰糖、生抽酱油、小米辣、香菜，搅拌均匀后，食之有酱香的味道。同样，阳桃洗净，切掉头尾和棱角边缘，再切成片，形状如五角星，放盐糖拌匀，腌制一会儿即可食用，喜欢吃辣的再放点辣椒。腌柠檬、青辣椒、酸梅、芥菜、头菜等，可长时间保存。柠檬洗净晾干，放进玻璃缸或瓦罐里，一层柠檬一层盐，然后密封腌制。几个月后，柠檬表皮皱巴呈深黄色，切开里面果肉黄褐色，就腌好可食用了。也可长时间储存，慢慢食用，即使放一年，浸泡的水干了，柠檬表皮上结一层白盐，味道依然非常好。

腾翔人爱喝粥，佐以一碟酸嘢，堪称妙品绝配，这粥喝得足够爽。特别是炎热的夏天，胃口都不太好，来一碟腌酸小菜，开胃爽口，增加食欲，能多喝一碗粥，或多吃一碗饭。吃肉菜会觉得腻，饭后吃点酸嘢，解腻助消化。平时闲着没事，把酸嘢当零食吃，解馋消暑。天热容易"肝火旺"，咽喉痛，牙龈疼。中医认为：酸味入肝经。因而夏季吃点酸嘢，能降火消肿，还能除湿提神，消除疲劳。

腌酸品是烹饪的上佳提味佐料，用酸和辣来激发食材的美味，因而在各种菜肴特别是肉菜中，都有酸辣味道。广西名菜柠檬鸭，用的佐料就是酸柠檬、酸辣椒、酸姜、酸荞头、酸梅及生姜大蒜等。一盘冒着油汁、金黄诱人、香味扑鼻的柠檬鸭，柠檬的酸香中透着梅子的甜味，微辣中藏着鸭肉的细腻，酸辣鲜香，可口开胃。柠檬酸梅辣椒入味与鸭肉中脂肪蛋白融合，具有滋阴补虚、润肺止咳、降燥护嗓、预防感冒等功效。

放几颗酸梅、几片酸姜炒排骨，肉质软嫩，酸香可口，比糖酸排骨好吃。酸笋炒肉片，加入小辣椒、料酒、盐、生抽，酸辣滑嫩，爽口下饭。大凡炒肉菜，放点酸梅、酸姜、酸辣椒等酸品，酸辣提味，肉质更好，口感更佳。鱼生的酱料，由酸柠檬、酸梅、酸荞头、酸姜丝与萝卜丝、香菜、紫苏、小葱、花生、辣椒等配料制作而成，酸辣鲜香。

米粉的佐料少不了酸辣。一碗汤粉，加入骨头汤外，还放腐竹、香菇、酸笋、酸豆角、辣椒、香菜、小葱等，酸辣鲜香。生榨粉本身就具有自然形成的酸馊味，加入熟肉末、酸笋丝、辣椒酱、香菜、小葱等佐料，味道酸馊香辣。

在广西人的食谱中，桂南与粤西比较接近，口味偏重酸甜微辣，吃酸嘢追求酸得清香，甜得温柔，辣得适度，咸得够味，脆得动人，鲜得爽口。可能是从西汉起至南朝，桂南与粤西的湛江和海南就同属一辖区，或属高州，或属越州，区域气候相同，形成相似的地缘文化，饮食相互影响、相互靠拢。而桂北与湘贵比较接近，口味偏重酸浓辣烈，吃酸嘢比桂南地区更酸更辣一点。

广西人吃酸嘢的历史，大多认为始于秦始皇下令修建兴安县灵渠（湘桂运河）的时候，省外来的一些厨子将泡菜工艺传到了广西，经过广西人的改良发展，变成了现在的酸嘢。当然，经济、地理、环境、气候，以及本地多产果蔬，也是酸嘢能够发展兴盛的重要原因。君不见，别的地方也会腌泡菜，但没有广西人这样爱把果蔬做成酸嘢吃。贵州少数民族也食酸辣，但大多是熟食，如把酸菜、酸鱼、酸肉做成白汤或红汤，味道酸甜或酸辣。而广西人吃的酸嘢大多为生食，当零食吃，当小菜吃，或当佐料与米粉、菜肴一起吃。为什么？

因为广西盛产各种水果、蔬菜，人们发现用果蔬腌成酸嘢，既多了一种食法，又助消化吸收、增强食欲、消除油腻、调节脾胃，饭前开胃，饭后解腻，还能除湿、解暑、提神、减缓疲劳等，适合当地湿热气候饮食，满足了人们的生活需求。所以酸嘢才会大受欢迎，甚至令当地人痴迷。民间长期腌酸食酸，把酸这一味道做到了极致，从地摊文化到店铺升级，富有魅力和吸引力，形成独特的酸嘢文化。

无酒不欢

　　腾翔古圩这个地方，不仅有独特的美食，还有美酒——自酿米酒，本地人称"土茅台"。

　　一方水土，酿一方美酒，我对此深以为然。茅台酒用的是茅台镇本地的红缨子糯高粱和"集灵泉于一身，汇秀水东下"的赤水河之水酿造而成，用别的水就酿不出茅台的醇香味了；"浓香天下"的五粮液用的是高粱、大米、糯米、小麦、玉米和岷江之水；泸州老窖用的是高粱和龙泉井水；等等。不胜枚举。同样，腾翔古圩这里喝的米酒，是用本地产的稻米和清冽甘甜的泉水，以传统手工艺发酵、慢火蒸馏酿造出来的米酒。虽然工艺简单不复杂，酒精度也不高，但好喝得让你爱不释手，喝了还想喝。

　　得益于亚热带温和的气候，雨水丰沛，溪水潺潺，河流遍布；得益于地处山岭间盆地，平缓可耕，土地肥沃；得益于古骆越先民创造的稻作文化传承。考古证实，大明山南麓的武鸣是古骆越国都城，古骆越人很早就开始进行水稻人工栽种。因此，腾翔古圩这个地方种植水稻的历史悠久，盛产稻米，主食以大米为主，自然也就用米来酿酒了。这也就解释了武鸣人（广西人）爱吃米食而吃不惯面食的原因了。自给自足的年代，各个村庄大多数成年人都会酿酒，有很多酿酒高手。小锅酿造，家里存上几缸米酒，等到有客人来的时候，就拿出来招待，或逢年过节、喜庆、祭祀等都要用酒。现在，市场经济发达，不再需要人人都会酿酒，而会酿酒的都成了专业户。

酿酒的历史，可就悠久了。有考古为证：武鸣马头元龙坡出土了一件距今有三千多年的酒器，属于商朝晚期的酒器。证明了这里早就拥有酿酒、饮酒的历史。同属武鸣地区的腾翔、伊岭、八桥、苏宫、造庆、伏林6个村的先民们，也很早就掌握了酿酒技术，饮酒已融入了人们生活的各个方面，成为不可缺少的东西，并形成独特的酒文化，代代相传，长盛不衰。

如古榄屯的陆耀祖，是个酿酒高手，用古法小锅酿酒。选择优质大米，无杂质，无污染，无虫蛀。用本村清冽的泉水，煮到80~85℃后浸泡30分钟，使大米软化。然后将泡好的大米放入蒸锅内蒸煮30分钟左右，再把蒸熟的大米倒出摊凉并沥干水分，用自己做的酒曲拌匀，放入陶瓷缸内3~5天，让大米糖化散发出酒香后，密封发酵15~30天。发酵好后放入蒸馏大锅内一层层铺好，即可点火蒸酒。经过蒸煮的酒糟产生酒蒸气，随着锅盖上的管道进入旁边的大缸或木桶内（里面盛有凉水），管内蒸汽遇冷凝聚为酒液，顺着引酒管缓缓流到酒坛。一般30斤大米能蒸出10斤30°的酒。

这种土法酿造的米酒，可将米饭的香味带入酒中，酒质纯净，淡淡的醇香味，清柔不烈，入口甘爽，回味怡畅，醉不上头。酒中富含氨基酸和短肽，有利于人体吸收，营养健康。别看酒精度不高，但后劲很大。因为微甜好喝，酒劲上来慢，容易喝多。一般不会喝醉，但真喝醉了，可能要躺上半天一天才醒。即使喝醉了也不伤身体，可放心喝。

市场上销售的自酿米酒，多为散装，腾翔圩上食品店铺用大酒坛或酒缸装着卖，过去赶圩时，也有人挑两坛酒来摆摊卖。买酒用酒瓶来打，聚餐人多用大塑料桶来装。卖酒有铁皮制作的量酒"提子"，分1两、2两、5两和一斤。用"提子"伸进酒坛酒缸里灌满提上来，倒进已插漏斗的酒瓶酒桶即可。现在大酒厂生产的米酒是瓶装的，方便售卖，但村里老百姓还是喜欢喝散装的米酒，那才叫地道土味，喝得带劲。

米酒陪伴着人们的生活，温暖着人们的情感。饭桌上有酒，氛围立马热烈。喝酒不分男女，有的女人酒量比男的还大。但男人酒瘾大，很少有女的喝酒上瘾的。有的人一日三餐都离不开酒，多少不论，但一定要有酒。20世纪六七十年代，腾翔圩理发店在圩场东排骑楼，有个理发师叫"咩寫"，理发技术非常好，是个"话篓""酒仙"。之所以叫"咩寫"，意思是喝酒慢慢地品，慢慢地喝，慢悠悠的一点也不着急、不爽快，一次一小口，从不干杯。壮语叫"咩咩寫寫"。他每日三餐必须有酒。喝了酒话就多了。给别人理发时，天南地北地聊，古今趣事、村里村外新闻，家事、国事，什么都能聊，诙谐幽默。人们都喜欢找他理发，不仅理得好，而且可以听到许多新鲜事，觉得跟他聊天有趣、有意思，快乐无穷。如果哪天或哪餐他没喝酒，可就闷不作声，一句话也不说。酒能活跃人的思维，激发人的灵感，信也。李白斗酒诗百篇，"咩寫"喝酒话连篇。虽然"咩寫"不是诗人，没有留下脍炙人口的诗篇，但在当时凭手艺美化了人们，靠口才讲古论今，传播信息。在古圩人中，像"咩寫"这样好酒的人，一日三餐都喝的人还有不少。

人们赶圩，除了逛街买东西外，老表、老朋友相见，少不了一起喝点酒。到粉店或亲戚朋友家，炒点鲜肉，炸碟花生米，每人喝上二两，叙旧聊天。20世纪六七十年代，圩上还有熟猪肉卖，邀上一两个朋友，在熟肉摊切几两肉，打瓶酒，大家坐在肉摊旁的小板凳，或蹲在旁边，一边喝一边神侃一通。然后，散圩前晃晃悠悠地回家。现在，圩上有许多饭店、粉店，圩街上有烧烤摊，赶圩人吃饭、吃粉、喝酒更方便了。几个朋友点上一份炒田螺，十几串烤鸡翅、烤鱼、烤豆腐干、烤腰子、烤韭菜等下酒菜，围坐在小矮桌前慢慢喝。随遇而喝、随心所为、没有目的、没有功利、淳朴的生活方式，真诚的人际交往，大家喝得高兴就好。

"斗格漏喂！"壮语意思是：来喝酒呀！朴实真诚。受到这样的邀请，不要犹豫，不用推辞，直接去他家喝酒便是。一般有好菜，如杀鸡宰鸭烫鹅，或整了鱼生,买到山羊肉等,约几个朋友和家人,围桌而坐,开怀畅饮。"酒逢知己千杯少",你一杯,我一杯;你一言,我一语;碰杯、干杯。不管多晚,尽兴为止。

逢年过节,亲戚走访,家庭族人聚会,备上皮爽肉滑清淡鲜美的白切鸡,或鲜美细嫩的炖鸡炒鸡,精细薄片鲜而不腻的鱼生,酸辣可口的柠檬鸭,或连皮带骨切块的烤鸭,肥而不腻入口即化的芋头扣肉,葱姜炒猪肚、猪腰、猪肉,枸杞叶排骨汤等,满桌丰盛的佳肴。打一桶米酒,慢慢吃,慢慢喝。酒菜飘香,亲情弥漫,其乐融融。

遇到婚娶嫁女、生儿生女、乔迁新居等喜庆事,亲戚朋友前来祝贺,必须好酒好菜招待。少的几桌,多的十几桌,甚至几十桌。"无酒不成席",人多就拿大塑料桶去打上几大桶米酒,再买几箱啤酒。饭桌上大家谈笑风生,散发出浓浓的酒香,快乐与激情写在人们的脸上,那场面就喜庆热闹了。

酒是祭祀必需品。这里的人们信仰祖宗,尊敬、崇拜先人,有着自己的婚姻观、家庭观、人生观、价值观,非常重视祭祀活动。每年春节和清明节,不管身居何处,相隔千里万里,都要从四面八方回家和亲人团聚,回家拜祖宗。祈求祖先保佑兴旺发达,降福免灾;永远不忘祖先、礼敬先人、永怀祖德。祭祀时,摆上一只煮熟的公鸡和祖先爱吃的东西,点三炷香,摆上三个小瓷勺,一碗酒,祭拜的人轮流从大碗酒往小瓷勺加酒,每加一次酒大家拜一次。所有人拜后,将小瓷勺中的酒倒地上,完成祭祀。这是最虔诚且根深蒂固的信仰,传统的祭祀,真挚的感情,文化的自信。

喝酒,喝的是气氛,喝的是感情,开心快乐为上。招待客人,要让客人喝好了才能表达出感情的深厚。因此,酒桌上有很多助酒的游戏,如猜码,也叫划拳:"兄弟好啊,八匹马啊,三轮车啊,一点点,开齐手⋯⋯"两人同时伸一只手喊码,其中一人喊中双方两只手手指相加的数为胜,输者喝一杯酒或一大口酒。游戏玩起来气氛一下子就热闹了,因而喝酒能喝好几个小时。

喝酒还是养身之道。这里人喜欢喝米酒浸泡的各种药酒,如鸡血藤、当归、枸杞等泡的酒，以及蛇酒、蛤蚧酒、蚂蚁酒等，可以舒筋活血，促进人体新陈代谢，调节人体生理功能，对各类风湿病、肩周炎、手脚麻木、补肾壮阳等有显著疗效。各种常见果也用来泡酒，如金樱子酒、稔子酒、龙眼酒、青梅酒、杨梅酒、桑葚酒等，可以帮助人体祛除寒冷，开胃消食，营养好喝。年轻人平常喝酒，喝到最后也来点药酒或果酒。老年人晚饭或睡前喝一小杯药酒，许多八九十岁甚至百岁老人也还坚持每晚喝一点。

如今年轻人在外面应酬多了，各种品牌的白酒和啤酒、葡萄酒也都喝。但最爱喝的还是地道土味的米酒。

美味的
古圩烧烤

　　邻居在门口圩场旁摆了一个烧烤摊，至今已摆了十几年。烧烤摊旁边的一棵杧果树，与我家门口的龙眼树很近，树冠枝叶相挨，郁郁葱葱，提供了一片绿荫。初夏挂着许许多多肾形的杧果，盛夏时吊下一串串的龙眼果也熟了，站在烧烤摊旁伸手就能够到树上的果。摊主从杧果树往旁边拉了一个帆布棚，为烧烤摊遮雨遮阳。那块棚布中间挂在树干上，四角用绳子拉开，长短松紧不一，有的紧绷，有的软不拉塌，皱褶起伏，造型独特，罩着下面的烧烤摊和吃烤串的人，在圩街上独树一景，我曾坐在家门口为其画了一张写生画。

　　刚摆摊时，主人守着一个烧烤炉，虽叫炉其实就一个铁皮做的长方形凹槽，里面放木炭烧火，上面架着各种各样的烤串。吃串人围站旁边手执烤串，一咬一撸，吃得津津有味。后来，烧烤摊旁摆放了几个塑料凳，吃串人可以坐下来慢慢撸，慢慢吃。再后来，年轻人宵夜撸串要喝酒聊天，摊主就在圩场摆放了简单朴素的折叠矮桌、矮凳、小椅和塑料小圆墩，拉线安了电灯，挂树的伞形遮雨棚，也换成铁架支撑的四方雨棚，烧烤摊变成了小排档。

　　赶圩日的早晨，新骑楼下的商铺陆续开门，烧烤摊主也开始忙着摆摊备料，附近的村民从四面八方三三两两地走进圩场。有卖肉卖鸡卖鸭卖鱼的，卖菜卖果卖甘蔗的，卖日用小商品的……总之，应有尽有。烧烤摊左边的小商品摊也支起遮棚货架，摆上衣服毛巾围巾等日用品，右边是水果摊，各踞一块场地，互不影响。摊前留出行人通道，电动车摩托车也能慢行通过。不知不觉，赶圩人越来越多。烧烤摊的生意也开张了……

烧烤炉槽里炭火冒出淡淡的轻烟，十几根鲜红的肉串架在炉槽上，烤肉发出"滋滋滋"声响，几滴热油顺着饱满的肉纹路慢慢滑下，丝丝缕缕油烟混杂着炭火烟袅袅升腾，散发出诱人的肉香味。摊主将肉串翻过来烤另一面，肉串逐渐焦黄油亮，在上面撒点胡椒粉，再翻烤几下就熟了。把烤熟的肉串挪到一边，放上其他烤串，然后一把抓起烤熟的肉串，用一把食刷蘸满事先备好的秘制酱料，刷遍肉串的两面，需要辣的撒点辣椒粉，递给站在旁边等候的食客，或放在食盘里送到食客的小桌上。

摊主姓梁，嫁到伊岭居腾翔圩，老公的父母家是做生意的。三十多岁，一米六个子，身材苗条，一头黑长发，脸庞清秀，双手灵巧，踏实能干。生意不嫌小，从烧烤摊做起，赶圩日从早至晚一整天烧烤，平常日是晚上摆摊烧烤让人们吃宵夜。后来又开了网吧，开了米粉店，大家都叫她梁老板，但她始终没有放弃烧烤摊，而是越做越好，并坚持亲自烤串，老公当助手。这不，赶圩日她的烧烤摊一开张，滋滋滋冒着油烟的烤串香味在圩街上飘散，陆陆续续就有赶圩人围过来吃串。烤炉旁边的架桌上摆放各种用竹签串好的串，有牛肉，很少有羊肉，还有鸡翅、鸡爪鸭掌、鸡胗鸡脆骨、掌中宝（鸭掌中间肉）、鱿鱼、香肠火腿、豆腐片、韭菜酸菜等，任由食客挑选，然后梁老板放炉上烧烤。她热情地招呼着食客，手上翻转着炉上的烤串，并刷点花生油，洒点椒盐……

傍晚，赶圩人慢慢地少了。散圩后，梁老板才暂停烧烤，回家做晚饭，照看儿子做作业，并准备好宵夜的食材烤串。夜幕降临，华灯初上，圩街的门店依然敞开营业，许多人家门口停放着小轿车，那是出门做生意或单位上班的人回来了。偶尔电动车摩托车闪着车灯嗖嗖嗖地穿过圩街，有的停在店门口，进去买点什么。遛弯聊天的人慢悠悠地走在圩街上，圩场里面一群人放着音乐跳舞排练节目，西北头信用社门口许多跳广场舞的人，踏着音乐节拍扭动身体伸展胳膊翩翩起舞。此时，梁老板的烧烤摊灯光明亮，烤烟袅袅，宵夜开始了。古圩附近村庄的许多年轻人出来玩喜欢吃宵夜，三五个朋友，男男女女，骑着电动车摩托车来，要些爱吃的烤串，买上几瓶啤酒，或来一瓶白酒，边吃边喝边聊天，非常惬意。或者两个谈恋爱的年轻人出来玩，饿了就来吃点烤串，香香的，甜蜜蜜的，享受着夜生活的温情。圩场里五六个矮桌和矮凳经常坐满，还有坐在烧烤摊旁吃烤串的。

梁老板为满足年轻人吃宵夜的需求，增加了烤鱼、炒田螺、炒米粉、炒米饭等品种，由老公掌厨。在烧烤炉旁边添了个煤气灶，古圩人用煤气罐，移动方便。大盘烤鱼，选用新鲜的鲤鱼、鲈鱼、罗非鱼，肉嫩刺少，洗净去鳞片，在鱼身划几刀，自家土法腌制，然后放锅里煎一下，装在长方形的金属容器里，浇上汁，在上面放酸菜、粉丝、炸花生、绿豆芽、韭菜等配料，再烤熟，满满当当，汁多味美，香气四溢。冬天则放在微波炉里，温着慢慢吃。炒田螺是古圩人爱吃的美食，尤其是宵夜喝酒人常吃。将田螺浸泡清水养 1~2 天，排尽污泥，然后将外壳擦洗干净，敲碎尾部尖角。大火烧锅，花生油热后，倒入葱姜蒜青辣椒翻炒爆香，加入几粒花椒和适量酱油，再倒入田螺翻炒，并加入酸笋或洋葱以及精盐、适量水焖煮，让佐料浸入田螺，焖熟后撒上紫苏，翻炒均匀即可出锅装盘。佐料是烧田螺的灵魂，生姜去腥，大蒜提升香味，辣椒让你吃得痛快淋漓，配着酸笋，酸酸辣辣，别样风味。掀开田螺盖，嘴巴用力一嘬，螺蛳肉就出来了，连汤吃下，或用牙签挑出螺蛳肉再吃，清脆可口。一边嘬着田螺，一边喝着啤酒，亲切、质朴、温暖，有一种春风不如你的感觉。

年轻人享受夜生活时没有时间概念，乘兴而来，尽兴而去，不管多久多晚。我们睡在二楼临窗房间，半夜醒来还能听到楼下烧烤摊年轻人喝酒聊天猜码的声音。古圩老板做生意从不赶客，只要你愿意吃，奉陪到底，服务周到，让你满意。

一年四季，赶圩日烧烤摊总是个美食点，每天晚上来烧烤摊吃宵夜的人也络绎不绝。我侄子侄女都喜欢吃烧烤，侄子上学时，有时在楼上看书做作业，懒得下楼，就从楼上叫烧烤摊老板烤几个串，然后从楼上用绳子吊个竹篮下来，老板将烤好的串放竹篮里，再吊上楼。

我们每次回腾翔，老伴儿除了爱吃米粉外，也爱吃烧烤。每天晚饭后，在圩街上遛弯散步，然后就到烧烤摊吃宵夜。每次吃几串，把所有的品种都尝了个遍。最爱吃的是烤鸡翅、鸡爪、鸭掌，还有烤豆腐片、烤韭菜。豆腐是腾翔人爱吃的炸豆腐片，薄薄的长方片，竹签插进去，烤一烤后，外焦里嫩，香香的更好吃。韭菜洗净后，竹签从韭菜根上插进去串成串，烤熟后刷上秘制酱料，微辣鲜香，深受食客喜爱。我怕上火很少吃烧烤，但经常陪老伴儿坐在烧烤摊旁看着他们吃烤串。有时逛街后坐在这里休息一会儿，老伴儿要了几样烤串，慢慢地吃。看着烧烤摊轻烟袅袅，勤劳的老板和品尝美味的食客，圩街上来来往往的赶圩人，后面圩场讨价还价交易的人们，前面店铺里购物的顾客，还有粉店里埋头吃米粉的人，都是不紧不慢，从容淡定，悠然自得，安逸闲适，不管是做生意，还是购物逛街、品尝美食，脸上都显出心满意足神色，仿若天底下没有什么事可让人着急的，一切都云淡风轻。

圩上有几个漂亮的小姐妹、小媳妇，经常到烧烤摊来坐坐，吃几个烤串，喝杯奶茶或果汁，然后帮梁老板把食材做成串，大家嘻嘻哈哈地聊天谈笑。我老伴儿也喜欢跟她们在一起吃串聊天。她们性格开朗，健谈活跃，说话底气很足，声音有点大，穿着时尚，有的怀里还抱着孩子。我老伴儿以为她们有老公做生意，自己只管带孩子逛街玩，可她们个个自信地说，我们是不靠男人的，自己也做生意，手上也有钱，想买什么就买什么，想吃什么就吃什么。并自我介绍：我开了一个饲料店，我开了服装店，我做……我老伴儿很惊讶，真看不出来。这就是古圩人，吃烧烤的人。

古圩的这种烧烤方式，最早见于新疆烤羊肉串，后来火遍全国。传到南方，到了腾翔古圩，与当地食材结合，就不是单纯烤羊肉串了，品种更丰富，只要想吃，什么都可以烤。为什么古圩人爱吃烧烤？其实，古圩人自古就有烧烤的传统，我们小时候，家里生火做饭时，往灶里扔两根玉米棒，几个红薯，用火灰埋上，或者用长竹签插进玉米棒，伸进火里烤。冬天烤火盆取暖，红红的炭火，一边烤火，一边烤红薯，香喷喷的，很好吃。还有垒土窑烤红薯，几个小伙伴到已收过红薯的地里，寻找并挖出剩余的红薯，然后选一些土块，挖个浅坑，用大一点土块做个灶口，四周从下往上垒土块，越垒越小，直到封顶，像个小圆宝塔。用柴火把土块烧红，然后在顶部捅个洞，放进红薯，让土块跟着掉进灶里，打碎埋上。20~30分钟后，扒开土块取出烤熟的红薯，剥开皮，红瓤甜糯，绵软芳香。

古圩人餐桌上的辣

在人们对广西的印象中，桂北桂中吃辣，桂南清淡不吃辣。那么，南宁市武鸣区腾翔古圩属桂南地区，应该不吃辣了。其实不然，虽然这里的饮食，与南宁、梧州、玉林等地的口味一样接近广东，以清淡为主，但受桂林、柳州等桂北地区吃辣的影响，以及当今东西南北中人员往来频繁，带来不同的饮食习惯，相互影响，本地佳肴中也少不了辣味，许多人也爱吃辣椒，只是吃辣的程度，比不上桂林、柳州，更比不上特别能吃辣的湖南、贵州、四川。在火红、强烈、劲爆的辣椒面前，古圩人选择了微辣，柔中带刚的那种辣。

人们爱吃的柠檬鸭，用的是本地土鸭，一流食材。佐料中，除了葱姜蒜酱油料酒外，必须要有腌柠檬、腌辣椒，酸辣是这道菜的灵魂。但与湘菜的泼辣红火、川菜的麻辣霸气不同，柠檬鸭是酸中带辣，犹如绵绵细雨润心田。酱汁丰盈，金黄诱人的鸭块，香味扑鼻，鸭肉细腻，吃上一口，满嘴鲜香，酸辣爽口，一口入魂，这滋味令人难忘，欲罢不能。因而本地人都爱吃，外地人也慕名前往柠檬鸭店品尝。

薄如蝉翼、晶莹剔透的生鱼片，没有经过炒、炸、蒸等烹饪，就摆放成精美的一碟，那是古圩人最爱吃的鱼生。当然，吃生鱼片的佐料就显得十分重要了。姜丝、辣椒压腥提味，紫苏、薄荷、香菜提香增鲜，胡椒粉调和寒性暖胃，芥末辛辣芳香强烈、刺激口舌，酸姜、蒜丝、洋葱丝解毒杀菌，生抽酱油、白糖提味，花生油或香油润滑，再配点炸花生和芝麻，香脆好吃。辛辣酸甜鲜香，是鱼生的主味道。从碟中夹一片鱼生，放在酱料碗中浸一浸蘸上佐料，放入口中，香辣酸鲜，直冲鼻腔，刺激味蕾，口舌生津，满嘴浓香，鲜甜美味。食后齿颊留香，回味无穷。

米粉中的辣，那是辣度自由。当你拿到一碗做好的米粉，里面配好的是主料，如生榨粉，里面有熟肉末、炸豆腐、炸花生、炸黄豆等；瘦肉汤粉（扁粉）有瘦肉、生菜（或其他蔬菜）、炸花生，葱姜油盐和骨头汤等，其他佐料可以自己添加。厨窗台上有小葱、香菜、蒜末、酸豆角、辣椒酱、辣椒油、酱油、香油、醋等许多种佐料，喜欢吃辣的，添加辣椒酱，或辣椒油、小米辣等。吃多辣，根据自己口味自由调配。也照顾到了不吃辣的。本地人大多以微辣提味为主，也有能吃辣的，一勺辣椒加入米粉中，粉汤红红的吃得很过瘾。

炒田螺也离不开辣。田螺有土腥味，下锅前要备好葱、姜、蒜、辣椒等佐料。锅中油热后放生姜、大蒜、辣椒炒出香味，再倒入田螺爆炒，加料酒、醋或酸梅去味提鲜，再加花椒酱、油盐和清水焖熟，出锅前加紫苏、香菜和几粒小米椒。嗦一口田螺，吸出螺肉，酸辣入味，鲜香可口。

麻辣血旺是本地的一道家常菜。古圩人逢年过节，家家户户都要杀鸡宰鸭，如今生活好了，日常生活餐桌上鸡鸭不断。每次杀鸡宰鸭用碗接流出的血，冷凝后切小片，可做汤也可做麻辣血旺。生姜、辣椒、大蒜剁碎，酱油、料酒备好，锅里油热后，佐料下锅炒香，倒入血旺片，颜色一变即加入适量水，煮熟后放点香菜、小葱起锅装碗。麻辣鲜香，软嫩美味，入口即化，大家都抢着吃。

红烧鱼有不辣的，也有辣的，类似于南宁老友鱼。将鱼收拾干净后，在鱼身斜切几个切口，用盐和料酒在鱼身抹匀，腌20分钟去腥备用。锅中油烧至五成热，将鱼下锅煎至两面金黄后，捞出备用。放入葱、姜、蒜、辣椒炒香后，再放入酸笋、西红柿、生抽调味，最后放入鱼，加清水和八角、白糖、鸡汤等，大火煮开至汤汁收汁，即可出锅。汤色红亮，酱汁包裹鱼肉表面，酸辣鲜香，鱼肉嫩滑美味。

青菜中的辣，是别样的风味。空心菜（雍菜）是这里人爱吃的家常菜，可一菜两吃，叶子做汤或单炒，菜梗切小段炒肉末辣椒。大蒜、辣椒切好，起锅烧油，放入辣椒、大蒜、肉末炒香，空心菜梗倒入锅中，大火爆炒，加生抽、料酒、盐等佐料，炒熟起锅装碟。翠绿中点缀着红红的辣椒，鲜嫩脆爽，微辣下饭。

年轻人爱吃的烧烤串，离不开麻辣酱料。肉串或豆腐皮串、韭菜串等，在炭火炉上烤得快熟时都要刷上酱料，烤出来的串才有独特的风味，更加鲜美。麻辣酱料，是由辣椒粉、蒜末、辣椒酱、蚝油、黑胡椒粉、番茄酱、黄酒、红糖、柠檬汁、食盐等佐料调制出来的。肉串经炭火烧烤，香气四溢，又因辣酱增色提味，口感上佳，嫩滑焦酥，麻辣鲜咸，瞬间肉香满嘴，鲜辣爽口。

有人说，在广西没有酸嘢的夏天是没有灵魂的。还应该说，夏天的酸嘢因为有了辣与酸的结合而有了灵魂。白萝卜、三华李、菠萝、石榴、黄瓜等时令果蔬，蘸上酸梅粉、辣椒盐，或放入辣椒、酸醋、食盐、白糖等佐料腌制，酸辣融合，甜脆爽口，生津止渴，开胃解暑，除湿提神，软化血管。因此，这种独具特色的开胃小吃，不管大人小孩都喜欢吃。

古圩人不仅吃辣椒，也种植辣椒。过去，大多数人家在房前屋后种点辣椒，主要自己食用，剩余的才拿到圩场卖。如今已扩大了种植规模，品种有朝天椒、甜椒、线椒、牛角椒等，并形成产业，有公司来收购，拉到市场上批发。造庆村成立了昌辉辣椒专业合作社，协助村民种植辣椒和市场销售，加工成辣椒酱，腌制酸辣椒。许多人家买些新鲜辣椒，腌制酸辣椒：将辣椒洗净晒干，扎些小洞，放入玻璃缸或坛子中，用食盐搅拌均匀，加入大蒜、姜片、花椒粒和适量米酒、米醋、凉开水，腌制半个月左右即可食用。餐桌上放一瓶辣椒酱，或从腌缸腌坛中夹点酸辣椒、酸嘢，送粥下饭，超级好吃。

　　饮食反映了一方人的性格。古圩人食辣也是带有几分含蓄，朴实自然，不是那种直白的爆辣，而是辣得有内容，微微的辣，酸中带辣，温柔婉转，余韵缭绕。

老家的酒宴

酒宴，也叫酒席。我们老家壮语叫"格漏"。"格"是吃，"漏"是酒的意思。自己在家"格漏"，炒个小菜、炸点花生米、喝点酒，那是家常便饭。但别人请你"格漏"，那是请你吃酒席，吃大餐。有客即为宴，酒菜要丰盛讲究。

城里搞个宴席请人吃饭，功利性、目的性很强，大多有求于人，请人办事。于是就有了吃人家的嘴软，拿人家的手短，官员腐败无不与吃吃喝喝有关。在我们老家，乡下人淳朴善良、热情好客，请人喝酒吃饭，没那么多的功利和目的，就因为你是客人，是朋友，或是亲戚，见面了请到我家来，宰鸡宰鸭弄鱼生，吃好喝好聊好，加深感情。好友，是平常互相关照、互相帮助建立起来的友谊。古圩人不是要找你帮忙了才请你喝酒，而是你帮忙后要设宴好酒好菜款待你。壮家人待客之道，那热情、豪情、真诚都体现在酒席上了。

哪怕是在经济并不富裕的年代，乡下各家各户也还是有散养的土鸡。这种土鸡吃虫吃米长大，是一流食材。有客人来，当然要抓只鸡宰了，做个原汁原味的白切鸡，鲜香滑嫩，肉色洁白皮油黄，葱段打花镶边，蘸点酱料食之别有风味；或是做炒土鸡，肉质细嫩略有嚼头，香甜入味，就连骨头里都香飘四溢。鸡杂蘑菇打个汤，配点青菜。无鸡不成宴，有了鸡这酒席就有了底气。炒个柠檬鸭，酸辣适宜，鲜香可口，下酒下饭。还有猪肉炒尖椒，排骨炒青笋，猪肝炒黄瓜……肉炒什么那就随主人的喜好和现有食材决定了。当然要搞条鱼，有草鱼就做鱼生，那是特色美食。去刺的鱼肉切成薄片，摆放碟中晶莹剔透，十几种食材做成酱料，去腥增鲜。或者红烧鲤鱼，红烧罗非鱼，放点红辣椒，色泽鲜亮，香嫩滑口，也是招待客人的上品佳肴。再炒两个时令蔬菜，如蒜蓉油麦菜、辣炒蕹菜，或炒油菜花，翠绿鲜嫩，清香爽口。当然，米酒是必需的，好喝管够。

一桌丰盛的酒席，山乡本色，菜品质朴，食材均来自本地，独具田园土菜的农家风味。主客围桌觥筹交错，劝菜敬酒，开怀畅饮。传统是把酒倒在大碗里，然后用匙羹从碗里舀一匙酒喝。因此，敬"交杯酒"是各自从碗里舀一匙酒，相互交饮，望着对方饮下，真诚豪情。"交杯合卺"，永是好友。酒过三巡，菜过五味，开始猜码划拳，直至尽兴。

古圩人有好吃的总想与亲戚朋友一起分享。如养了只菜狗，过年过节，或者入冬天寒了，就宰了请亲戚朋友吃一顿。红烧或干锅狗肉，色泽金黄，热气腾腾，配以甘甜可口的米酒，美味大补。或者搞了点黑山羊肉，那可是少有的，得请好朋友来喝酒品尝。虽是寻常往来，重要的是人情交集，心灵沟通。拉拉家常，掏掏心窝。几杯米酒下肚，心情格外舒畅，感情也开始升温，肺腑话语频出，豪情之言不少，率真流露，无拘无束，酣畅淋漓。

当然，纪念性、庆贺性的喜酒宴席，一般都比较隆重。如婚礼摆三五十桌是普遍，小孩满月、百日摆八桌十桌，老人寿宴摆十几二十桌，进新房也得摆十几桌，等等。请亲朋好友和街坊邻居来喝喜酒，同庆共贺，风风光光。这类酒宴非常讲究，宾客众多，菜肴丰盛。

既讲究礼仪，待客也要有道。宾客来了，主人要到门口迎接，让客先入门，主方可随入，并陪客人饮茶、说话聊天。酒菜做好后，主人和家里人要招呼客人入席。先请客人坐下，主人才可落座。本地习惯男女分桌，小孩可随母同桌，以便男客喝酒聊天。席间主人要给客人敬酒，请客人多吃点，喝好吃好。酒席结束后，宾客陆续离席，主人要相送，并再三挽留，或希望客人有空再来玩。客人没有散尽，主人尤其是女主人及相关人员不可将空碗空碟收走，打扫清理餐桌。要尊重客人，尽到地主之谊。

掌厨的大多是家族亲人和街坊邻居。虽是乡村，又是自己人掌厨，但酒宴办多了经验丰富，厨艺高超。在门口空地上搭建简易的灶台，或租用铁桶做的移动灶台和煮饭机、大炒锅、大圆桌、塑料凳、不锈钢大菜盆等，腾翔圩上有人提供租赁服务。几个大厨聚在一起，分工明确，砍鸡，切肉，切菜，煮饭，炒菜，炖汤，忙得不亦乐乎。妇女给大厨打下手，负责摘菜洗菜，拿盆摆碟等。因此，虽然菜品多菜量大，但上菜速度也很快，味道一流，不比大酒店的厨师差。

十几道菜，有时多达二十道，宜双数，不宜单数，图个吉利。土鸡是头牌菜，做好的白切鸡，几十碟摆在长长的案板上，颇为壮观。还有鱼生也是凉菜，可先做好备用，一碟一碟地摆放在案板上。五花扣肉，或芋头扣肉、梅菜扣肉，色泽鲜艳，质地柔嫩，味道香醇，肥而不腻。柠檬鸭是大家都爱吃的，当然不能少，鲜辣美味，风味独特。省事点，就到圩街店铺买烧鸭，砍好装碟即可。白灼虾色泽红亮，原汁原味，鲜嫩脆爽，香甜无腥，佐以特制蘸料，咸辣两种，随意选用。清蒸鲈鱼，或红烧鲤鱼、罗非鱼，供不吃鱼生的宾客选食。炒猪肉，炒牛肉，配以香菇、木耳、芹菜、青椒、辣椒等，鲜香美味。肉丸子，寓意团圆，鲜嫩好吃，有嚼劲。鸡胗鸡肝和鸭胗鸭肝等内脏，葱姜蒜炒一炒，也是一道美味好菜。排骨玉米汤，玉米棒切成小块，加上胡萝卜块，清香美味，营养丰富。酒宴以荤菜为主，硬菜多体现主人的盛情和诚意，也上档次。此外，荤素搭配，还有各种蔬菜、特色菜，包括拍黄瓜、花生米等。菜品丰富，色彩缤纷，大圆桌上摆得满满当当。

主食为白米饭，还有五色糯米饭，散发出淡淡的芳香味道。天热时，备有大米玉米粥，随意选用。

酒是本地自酿米酒，度数不高，味道甘醇，绵柔爽口，清香怡人。古圩人喜欢喝酒，且有一定的酒量。朋友之间把酒言欢，也洒脱豪放。但酒宴上都比较节制，喝得轻松自在，从容愉悦，很少放肆，几乎没有喝得酩酊大醉的，大多饮至微醺酣畅的境界，恰到好处。

喝喜酒，有随礼习俗。旧时是集体合伙送礼，众亲友按约定的数额出钱，集中之后做贺礼，因而也称凑份子。现在是各送各的，封个红包，随一份礼。礼数不在多少，讲究的是心意。人情社会，办喜事喝喜酒，随一份礼表达贺意，人之常情，本应无可厚非。但离开了礼俗本意，变成人与人之间的盲目攀比，你送的礼多，我比你还多，不断攀升，蔚为风气，无形中多了一份压力，随礼味道也就变了。此风不可长，当回归礼俗本意为好。

俗话说，人逢喜事精神爽。有了喜事，办个酒宴，大家一起热闹一下。受邀去喝喜酒，沾沾喜气，自然也很开心。朋友乡邻情深，办喜事当然要互相帮忙，你家办喜事我去庆贺，到我家办喜事了，你也来庆贺，礼尚往来。当然，喜事办酒宴也图个吉利。酒和"九""久"是谐音。九为极数大数，寓意富有吉祥。天长地久，是人生所期盼也。

后记

时光荏苒，白驹过隙。离开家乡到京城学习和工作，至今已近半个世纪。想起当初从广西乡村来到京城上大学时，踌躇满志，也想学成后回家乡工作，回报父老乡亲，但京城把我留下了。

从此，在机关整日奔忙于各种文化事务。强烈的责任感，鞠躬尽瘁的服务精神，容不得半点懈怠，加班加点成为常态。忙碌的时光中，工作会把所有的一切占满，留不出闲情。但稍有空隙，对故乡的思念总在不经意间到来，丝丝缕缕，绵绵长长，挥之不去。好在因文化部机关工作需要，我经常到广西出差，或开会，或调研，或参加活动，也可顺便回故乡看看。

每次回腾翔，走进美丽富饶的故乡，心灵便有了一种甜美的归属感，乡愁慢慢得以舒缓。腾翔之美，那是精致之美，娇秀之美。一山一石，如刀削斧劈，怪石嶙峋，形状奇特，可观可赏；一树一林，郁郁葱葱；田连阡陌，沃野良田；弯曲小河，塝常塘水，古井清泉，空气中弥漫着泥土和花草的芳香，令人陶醉；古老的村庄，圩街骑楼，熙熙攘攘的圩场，往事依稀，今事动人。总想写点什么，留下故乡的记忆。但工作时未能实现，直到退休后方可动笔。

先是绘画打开了往事的记忆，在2018年画出了8米长《腾翔古圩全景图》，描绘 20 世纪 70 年代腾翔圩的繁荣场景。后来又画了腾翔村和附近几个村的一批往事场景及风光作品，同时写了 14 篇散文。在 2021 年出版了《腾翔古圩绘画散文集》，以画为主，以文为辅，作为诠释。

固然，形象能够表现内涵，但文字表现得更生动。因而，历历在目的往事，陆续变成了一篇篇散文。温馨的往事，一方人的情感，历史人文，生命情怀，开拓奉献，在书写过程中一次次的感动着我，恍惚间穿越时光回到了过去。我喜欢古圩的烟火气，那是寻常百姓的生活状态，是这里人的特质、精神、品格。我喜欢古圩的山山水水，外表低调稳重，内在张力无限。古圩不只有烟火，也充满了诗意。走在乡间小路上，满目清新翠绿，连绵起伏的高峰岭，巍峨神秘的天井岭，还有喀斯特地貌峰林，虽静默无语，却有表情、有灵魂，有着田园山水的诗情画意。从历史中缓缓走来的古圩，千百年循环往复的村庄，正在发生着亘古未有的变革，沧桑巨变，今非昔比，留下了许许多多动人的故事。故乡的历史需要我们叙述，记忆依赖文字留存，因此有了《古圩往事》这本书。

一代人有一代人的使命。我们这一代人历经峥嵘岁月、风风雨雨，见证了家乡的发展变化和国家的繁荣富强，有责任讲好家乡的故事，记录那些动人的往事，留下古圩人的集体记忆。《古圩往事》围绕腾翔圩，以及赶这个圩的附近 6 个行政村几十个自然村庄，涉及自然风物、历史文化、美酒美食等方方面面，以反映古圩全貌的广度，聚焦深挖内核的深度，彰显独特的精神文化和内生动力。

这本书收入 52 篇散文，因篇幅有限，还有许多村庄、许多人和事、许多过往等没有写到。写着写着，愈加觉得故乡要写的东西太多了，千言万语道不尽，永远也写不完，唯有继续努力，笔耕不辍，再续新篇。

在本书撰写过程中，得到了古圩乡贤和乡亲们的支持帮助，在此致以最诚挚的谢意！

陆耀儒

2023 年 1 月 2 日